한의 노래

고석호 지음

한의 노래

발   행 | 2024년 06월 25일
저   자 | 고석호
펴낸이 | 고석호
디자인 | 윤현준
펴낸곳 | 생각방앗간
출판사등록 | 2024.05.03.(제2024-000011호)
주   소 | 강원특별자치도 춘천시 퇴계동 395-36
전   화 | 0507-1316-9709
이메일 | immunmill@gmail.com

ISBN | 979-11-987885-1-1(05810)

ⓒ 한의 노래
본 책은 저작자의 지적 재산으로서 무단 전재와 복제를 금합니다.

한의 노래

고석호 지음

가장 높고 아름다운 가치로 키워주신 어머님께 이 책을
바칩니다.

작가소개

고석호

1989년 정선에서 태어나, 산골짜기 계곡과 수많은
별빛 아래 뛰어놀던 추억들이 가득하다. 밤하늘을
수놓았던 별빛의 은은함에 경이와 신비를 느꼈고,
산골짜기 계곡에 생명의 약동(Elan Vital)이 선물한
호기심은, 대학에서 물리학 철학 생물학을
공부하도록 이끌었다. 현재 생명과학 연구원으로
근무하고 있다. 강릉원주대학교 물리학 철학 학사,
한국과학기술연구소(KIST) 면역학 석사,
강원대학교 예방의학 박사과정 중.

목 차

머 리 말	8
태백산맥	10
용마소(龍馬沼)	15
소 리	21
검도(劍道)	36
이무기 한	41
만신(萬神)	49
혼령(魂靈)	55
악귀(惡鬼)	59
홍주성	68
화암동굴	85
피아골	95

인민위원회　　　　　115

연곡사　　　　　　　121

조선자유연합　　　　145

제암리　　　　　　　153

금괴　　　　　　　　179

군함도　　　　　　　187

동북청년단　　　　　216

천인갱　　　　　　　229

보도연맹　　　　　　256

봉오동　　　　　　　262

나의 소원　　　　　277

리지샹 위안소　　　286

손가락 총　　　　　306

우금치　　　　　　　312

골령골　　　　　　　342

들국화　　　　　　　355

작가의 말　　　　　363

머리말

    산과 골짜기로 이뤄진 정선, 척박한 땅을 일구며 억센 삶을 이겨낸 민중들, 그 깊은 가슴에서 아리랑이 울려 퍼진다. 정선아리랑은 지난 한민족의 역사가 녹여져 있다. 새로운 역사의 주체는 '민중'이다. 지난 근현대사에서 잊혀진 민중의 애환과 고난의 삶을 주체로서 담으며, 한국 사람 누구나 가슴에 흐르는 '아리랑'이라는 '한의 노래'가 다시 울려 퍼지게 한다. 아리랑을 통해 고된 삶을 흥으로 이겨내고, 다시 흥을 한으로 삭히며, 종교적 믿음으로 승화해 나가는 민중의 삶과 역사를 국가폭력으로 희생된 소녀를 통해 바라본다. 국가폭력의 희생당한 이들을 추모하며, 판타지적 세계를 통해 국가폭력의 핍박과 잔혹함을 소개하고자 한다.
    시대 배경은 냉전이데올로기가 극에 치달았던 6.25 전쟁

직전의 해방공간의 시대이다. 강원도 시골 마을에 태어난 소녀가 우연히 설화 세계에 빠져들어가면서, 현실의 비극을 벗어나고자 새로운 역사를 꿈꾸며 일어나는 판타지 역사소설이다. 해방 공간은 일제강점기에 죄악들을 씻고, 새로운 정의로서 민중들의 꿈이 꽃 피어 날 수 있었던 시대였다. 그러나 또 다른 제국주의자에게 민중은 희생당하며 꿈이 좌절된 시대이기도 했다. 이러한 해방공간을 판타지로나마 민중의 아픔과 한의 넋을 달래 보고자 한다.

태백산맥

아리랑 아라리요~ 아리랑 고개 고개로 나를 넘겨주게~

어디선가 여인의 애달은 소리가 산자락 너머로 흘러 퍼졌다. 흐느끼는 여인의 가녀린 소리는 울부짖는 곡조 속에 잦아들었다. 여인은 수십 명의 빨간 점이 박힌 군복을 입은 이들에 둘러싸여 있었다. 휘둘리는 칼날은 흰 백지 같은 눈에 핏물을 붉게 흩뿌렸다. 그 앞에 희덕 거리는 일본군들은 여인에게 침을 뱉으며 말했다.

조센징 노래는 재수가 없다니까

군인들은 아무 일도 없었다는 듯 여인을 버려두고 지나쳤다.

여인은 죽어가는 몸을 부여잡고 계속 아리랑을 흥얼거렸다. 흩날리는 흰 눈발 사이 사이로 아리랑의 곡조가 산자락에 울려 퍼졌다. 백발의 머리처럼 흰 눈으로 덮인 산자락에 메아리치더니 나지막한 소리가 뒤에 울렸다.

저 고개를 죽어서는 넘어 볼 수 있으려나

살며시 떨리던 입술이 멈추었다. 그 숨길 또한 이내 멈추었다. 얼마나 지났을까 눈에 파묻혀 있던 여인의 두 손을 부여잡고 한 중년의 남자는 눈물을 흘리고 있었다.

쳐 죽일 일본 놈들!

그 여인을 깨우는 중년은 슬픔과 분노로 가득한 소리로 외쳤다. 하지만 옆에 있던 소녀는 여인을 부여잡고는 말없이 눈물만 흘리고 있었다. 그런 소녀를 보던 중년의 남자는 슬픔에 아리랑을 되뇌었다.

아리랑 아라리요~ 아리랑 고개 고개로 나를 넘겨주게~

남자는 여인의 목덜미에 있던 십자가 목걸이를 풀었다. 그리곤 여인의 가슴에 파묻혀 있던 소녀를 일으켜 세우곤 목걸이를 걸어주었다.

미옥을 꼭 잘 키우리라

중년의 남자는 눈이 쉬지 않고 내리며 쌓인 흰 산자락을 보더니 소녀가 태어나던 날이 떠올랐다.

하늘도 무심하지, 자식이 태어난 날과 어미가 죽은 날이 똑같구먼

대체 이 한을 어찌 풀어야 하는가?

만년 묵은 고목의 뿌리처럼 엉기고 성기어 굴곡져 뻗어진 태백산맥(太白山脈)의 끝자락, 그 산새가 워낙 제각기 험하게 튀어나와 마치 용들이 똬리를 튼 채 웅크리고 있는 모습처럼 보인다. 산자락에는 만년설로 가득 덮여 있고, 뿌연 안개가 산자락을 둘러쳐 용의 몸을 가리는 듯 성스러움이 가득하다. 태백산맥에 흩뿌려지듯 눈이 거세게 흩날리고 있었다. 마치 웅크리던 용들이 일어나 서로 부둥켜 싸우며 용의 비늘을 흩뿌리는 것처럼 보인다. 그 가운데 홀로 솟아 있는 소나무 가지에 눈꽃이 햇빛에 신비롭고 영롱하게 반짝이더니, 그 아래 한 떨기의 매화가 매서운 눈을 뚫고 떨어질 듯 아닐 듯 겨우 피어 있었다. 곧 떨어질 것 같은 매화가 흔들릴 때였다.
옆에서 짚신을 힘겹게 내디디며 중년의 남자가 흰 한복의 소매로 얼굴을 가리고, 옆에 늙은 아낙네를 부축해서 걸어가고 있었다. 겨우 한 발짝 한 발짝 앞으로 엎어질 듯 발을 내딛고 있었다. 그때 저 멀리서 산 자랑 바로 아래의 아궁이에서

뿌연 연기가 피어오르고 있었다. 멀리 아궁이에 불빛이 비치는 집을 보자 눈이 쌓인 눈꺼풀이 떨리며 미소를 지었다.
저기 우리 집이요.
힘을 내시오. 얼른 가야 하오.
순백으로 된 옥마냥 흰 눈이 발을 무겁게 짓눌러왔다. 불빛을 향해 사내는 온 힘을 다해 발을 딛었다. 온 몸의 힘을 다해 여인을 부축해서 불빛을 향해 나아갔다. 점점 희미한 불빛은 커지더니 초가집이 훤히 밝아져 보였다. 마침내 산파와 함께 온 중년의 남자는 집에 도착해 문을 열었다.
부뚜막에는 오래 해진 옷에 흰 머리가 듬성듬성한 할머니가 장작을 아궁이에 넣고 있었다.
이 한겨울에 아기를 배서 어쩌나.
이 추운 겨울에 태어났으니 애 팔자 사납기도 혀라.
살얼음이 여전히 맺혀 있던 물을 흰 자기에 떠 아궁이에 올렸다.
물결이 은은히 퍼져나가는 자기 위로 두 손을 모았다.
비나이다 삼신할매님 어멈과 아기를 돌봐 주시어요.
수차례 절을 하며 기도를 올렸다
문이 열리자 거센 눈보라와 함께 중년의 남자와 아낙네가 서 있었다. 할머니는 보자마자 놀란 눈으로 얼른 안방을 가리켰다. 중년의 남자는 눈이 가득 휘날리는 밖으로 나가 장작을 한 아름 아궁이로 가져다 놓았다. 그리곤 산파가 들어가는 모습을 본 중년의 남자는 초조한 낯빛이 가득하다. 곧이어

방에서 응애응애 아기 울음소리가 적막한 산골 마을에 울려 퍼진다. 방에서 산파 할머니가 웃음 가득한 얼굴로 나온다.
딸이요!
옥구슬 흐르는 소리처럼 명랑한 우는 소리가 어찌도 크고 어여뻐 소리를 잘하겠소.
어서 뜨거운 물을 더 받아와요.
그제서야 환한 얼굴을 한 중년의 남자는 아궁이 위에 올린 솥에 끓인 물을 퍼 나른다. 아궁이에 불 지피던 할머니는 방에서 아기를 받아들었다. 그러자 할머니는 아기 얼굴을 보더니 환히 웃는 얼굴로 말한다.
아이고 곱다 어찌 이렇게 옥구슬 구르는 소리처럼 예쁜 소리로 우느냐
이름을 지어야지, 아범아
중년의 남자는 아기를 안아보더니 기쁜 얼굴로 말한다.
그래 네 이름은 아름다울 미(美)에 구슬 옥(玉) 미옥이다.
아름다운 옥구슬 소리를 내니 말이다.

용 마 소 (龍馬沼)

〈십이 년 후〉

　푸른빛이 도는 물결이 햇살에 비쳐 용마소에 찬란히 흩날린다. 용의 비늘처럼 반짝인 푸른 물결이, 용이 꽈리를 틀듯 물살이 서로 휘감아 아래로 솟구쳐 내린다. 그 아래는 짙고 고옥한 푸른빛이 깊이가 가늠되지 않을 만큼 고인 웅덩이가 신비로움으로 자아내고 있었다.

푸른 물결 뒤로 미옥의 어머니가 미소 짓고 있었다. 그 미소 짓던 어머니의 모습에 미옥도 함께 웃었다. 하지만 그 환영도 잠시였다. 미소 짓던 얼굴이 비추던 푸른 물결이 점차 크게 일렁이더니 금새 사라져 버렸다.

철민이 푸른 물결을 가르며 계곡 안에서 물장구를 치며 미옥에게 다가왔다.

뭘 그리 유심히 보고 있어?

미옥아 또 엄마 생각 하는거냐?

미옥은 푸른빛 물결을 물끄러미 바라보다 철민이 바로 코앞에 와서야 비로소 인기척을 알아챘다. 미옥의 엄마는 푸른 물결이 짙어질 때면 미옥을 데리고 용마소에 오곤 했었다. 짙어진 푸른 물결을 보던 미옥은 자신도 모르게 눈물을 훔치고 있었다. 철민은 그런 미옥의 등을 토닥였다.

미옥아 그러지 말고 나랑 같이 물속으로 깊이 잠수해보자

저 푸른 물에 빠져 있을 때면 아무 생각도 나지 않아

마치 엄마 품에 빠져 있는 것 같아!

철민은 마냥 물고기처럼 용마소에서 물장구치는 것을 좋아했다. 철민 어머니도 푸른빛이 비치는 용마소를 유난히 좋아했다. 철민은 어머니가 태몽으로 용마소에서 거대한 물고기를 잡은 꿈을 꾸었다는 말을 미옥에게 해준 적 있었다. 그런 철민 어머니는 철민을 매일 같이 용마소에 데리고 와 함께 물장구치면서 즐거워했다. 철민은 어머니가 돌아가신 날에도 계곡에서 물장구를 치며 슬픔을 홀로 삼키곤 했다.

철민 어머니는 정신대에 끌고 가려는 일본군을 피해 푸른 빛이 도는 용마소에 뛰어들었다. 그날도 푸른빛이 용마소에 가

득 비추는 날이었다. 그 푸른 빛은 마을 사람들에게 눈물을 상징하기도 했고, 신비한 전설을 상징하기도 했다. 슬픔의 용마소였지만 푸른빛에 이끌려 철민은 하루도 빠지지 않고 용마소를 찾았다.

철민은 미옥의 말이 끝나기 무섭게 다시 용마소에 푸른 물결을 가르며 물속으로 들어갔다.

오늘따라 유난히 계곡 깊숙한 곳까지 잠수했던 철민이는 놀란 얼굴로 물 위로 올라와 선 미옥한테 다급히 말했다.

미옥아 저 계곡 아래 거대한 뭔가 꿈틀거렸어!

미옥은 말을 듣자마자 놀란 표정으로 곧장 그 짙고 푸른 계곡으로 조심스럽게 들어가 물밑으로 잠수하여 유심히 바라보았다. 그 푸른빛이 도는 계곡 깊숙한 물속은 오히려 더욱 환하게 햇살이 투영되어 비추고 있었다. 찬란히 물에 투영되는 하얀 햇빛 사이로 거대한 푸른 형체가 보였다. 물속에서 보이는 세계는 마치 물에 묽게 풀어져 버린 물감처럼 번져 보인다. 푸른 빛이 가득 번져 있는 가운데 하얀 햇살로 비춰줘 더 신비롭고 환한 아우라가 일렁일 때였다.

눈동자에 희미하게 보이는 거대한 푸른 형체는 마치 용의 비늘이 반짝이며 꿈틀거리더니 물결을 헤치고 나타났다. 햇살에 비추는 물결 사이로 푸른 형체가 똬리를 틀더니 유유히 계곡 깊숙한 곳으로 들어가 버렸다. 미옥은 두 눈을 크게 뜨고는 푸른 형체가 사라질 때까지 눈을 떼지 못했다. 그리곤 점차 숨이 차오르자 수면 위로 올라와 거친 숨을 뱉어냈다. 철민도 수면 위로 올라오더니 신기하듯 눈을 동그랗게 뜨면서 미옥에게 흥분된 목소리로 말했다.

미옥아 봤어?

용마소에 진짜 용이 있나 봐

나도 푸른 형체를 봤어.

둘은 신기하게 용마소의 수면 밑을 한동안 계속 쳐다보았다. 한참을 계곡물로 둘은 잠수했지만 더는 아무것도 나타나지 않았다. 미옥과 철민은 용마소 밖으로 나와 푸른 빛 용마소에 혹여나 다시 푸른 형체가 나타날까 유심히 푸른 빛 물결을 바라보았다. 하지만 더는 나타나지 않았다. 어느덧 해가 저물고 밤이 찾아왔다. 미옥은 집에 오자마자 할머니에게 용마소에서 보았던 용을 이야기했다.

할머니는 미옥의 머리를 쓰다듬으며 말한다.

미옥이 용마소에 사는 이무기 한을 보았구나!

저기 사는 이무기의 이름이 한이란다.

이무기 한의 이야기를 해주마

옛날에 용마소 옆에 사는 착한 농부가 있었어요.

그런데 어느 날 농부에게 아기가 태어났는데 겨드랑이에 날

개가 나고 힘이 센 장수였단다

그러자 겁이 난 농부는 무서워서 돌로 아기를 찍어 죽여 버렸단다
그런데 다름 아닌 아기 장수는 이무기 한을 타고 무릉도원으로 용이 되어 승천하도록 도와주는 주인이었단다.
죽음을 알게 된 이무기 한은 매일 같이 슬퍼하며 울다가 결국엔 계곡에 숨어버렸단다
미옥은 의아하다는 듯이 물었다.
왜 용감한 아기장수를 농부는 죽였어요?
그건 겁이 나서 그런 거란다.
될성부른 잎은 싹부터 잘라버리라는 말이 있단다.
위에 힘센 양반들에게는 대단한 사람이 미천한 농부의 아들로 태어나면 가만 안 둔단다.
먼 훗날 자신들을 죽이고 백성을 위해 왕이 될까 봐 덜컥 무서워 겁낸 거지
용마소가 유난히 푸른 빛 물결을 나타내지 않느냐?
그건 이무기 한의 눈물이다.

특히 달이 가려진 개기월식이면 더욱 푸른 빛이 파래지지

바로 이무기 한이 주인을 만나 고향인 무릉도원으로 돌아가기로 한 날이다.

그러고 보니 개기월식이 얼마 남지 않았구나!

그래서 이무기 한이 주인을 찾아 미옥이 앞에 모습을 드러냈나 보다.

미옥은 집에 와서도 계속 이무기가 떠올랐다. 칠흑 같은 깊은 밤에도 달빛이 은은히 흰 문풍지에 비추었다. 가끔 흔들리는 나뭇가지의 그림자에서 흠칫 이무기가 지나가는 것인지 마냥 놀라곤 하였다. 그날 이후 미옥은 몇 날 밤을 지새우며 이무기가 아기 장수를 찾는 것이 꿈에 나타나곤 했다.

소 리

맑은 하늘 햇살이 봄을 알리고 있었다. 햇살이 비춰오는 산골짜기마다 밭을 가는 사람들이 있었다. 밭에서는 마을 총각과 아낙들이 밭을 갈고 있었다. 미옥의 할머니 마리아는 큰 솥뚜껑을 들어서 주걱으로 밥을 폈다. 그리곤 얼마 전 가리왕산에서 따온 두릅과 곰취를 한 아름 뜨거운 솥에서 넣었다가 얼른 꺼내 찬물에 깨끗이 씻어서 가지런히 보자기에 담았다. 미옥은 고사리 같은 손으로 김이 모락모락 나는 밥그릇 옆 방금 데친 두릅과 곰취가 담긴 접시들 사이에 수저를 나란히 보자기에 올려 두었다. 작년 땅에 묵혀둔 단지를 열자 꼬릿꼬릿한 냄새가 먼저 났다. 윗 둥에 있는 곰팡이가 가득한 김치를 꺼내자 아래에는 잘 익은 김치가 붉게 익어 있었다. 붉은빛의 김치에서 시큼한 향은 밥상에서 먹던 입맛을 도지게 했던 냄새였다. 붉은 김치를 큼직하게 썰어서 접시에 넣고는 보자기를 꺼냈다. 마리아는 보자기를 정성스럽게 싸고는 머리 위에 짊어졌다. 그리곤 한 손엔 미옥의 손을 잡고는 밭으로 걸어갔다. 봄의 햇살 사이로 밭마다 푸른 싹이 올라와 봄을 알리고 있었다. 마리아는 머리에 지고 온 음식을 내려놓고는 말한다.
고생이 많네요. 마커1) 참 먹고 해요
아이고 미옥 할머니 잘 먹겠습니다.
아 날씨 한번 덥다.
오늘따라 왜 이리 더운지 힘들어 죽겠어.
그거 더위 타령 그만하고 소리나 한번 해봐
한 아낙네가 일어나더니 저고리를 치켜세우곤 목청을 높여 아리랑을 부른다.
아리랑 아라리요. 아리랑 고개 고개로 나를 넘겨주게, 눈이 올라나 비가 올라나 억수장마 지려나 만수산 검은 구름이 막 모여든다2)~
소리가 땅을 넘어 산맥에 멀리 울려 퍼졌다. 소리를 머금은 땅은 저마다 비옥한 진흙으로 다져갔다. 사내들도 저마다 돌아가며 아리랑을 소리 높여 부르더니 흥이 났다. 묵은김치처럼 묵혀진 소리가 저마다 울려 퍼져 고된 삶을 달랬다. 그런 총각들이 그저 신기한지 미옥이도 아리랑을 흥얼거렸다.

---

1) 강원도 방언 '모두'
2) 정선아리랑

얼쑤! 우리 미옥이가 아리랑을 잘도 부르는구나!

　봄이 오는 햇살 따라 강물이 빛났다. 정선을 가로질러 흐르는 조양강에서 처녀들이 모여 있었다. 봄 햇살이 물살이 비춰 찬란히 반짝인다. 마을 아낙들이 모여 빨래하고 있다가 빨래하던 처녀는 미옥을 보곤 말한다.
아이고 우리 미옥이 왔냐? 미옥이 많이 컸네!
이제 새색시가 돼서 시집가도 되겠어!
미옥아 빨랫거리 많이 챙겨왔냐? 미옥이 엄마 닮아서인지 엄청 이쁘구먼
미옥은 물가에 앉아서 마리아에게 빨래를 건넸다.
마리아는 미옥에게 말한다.
미옥아 빨래할 동안에 여기 잠자코 앉아서 놀거라.
옆에 한 처녀는 화가 난 얼굴로 말한다.
글쎄 말이야 어제 우리 서방이 저 앞 동네 석곡에 사는 방앗간 처녀랑 붙어있지 뭐야
아이고 이놈의 남편이
그러자 옆에 처녀는 말한다.
우리 남편도 시장에 갔다가 어젯밤 늦게까지 술에 취해서 들어온 거야 정말 그날 장작 판 돈을 다 쓴 거야 아이고 정말
그러자 옆에 열심히 빨랫방망이를 두드리던 처녀는 말한다.
애유~ 맨날 애달은 소리 좀 그만하고 소리쯤 해봐
그러자 한 처녀가 아리랑을 흥얼대더니 나머지 처녀들이 빨

랫방망이를 같이 두드리며 박자를 맞춘다.
우리 집에 서방님은 잘년든지 못년든지~ 얼 거 매고 찍어 매고 장치 다 리 곰배팔이 노가지 나무 지게 위에 엽전 석냥 걸머지고~, 정선읍네 물레방아는 사시장철 물을 안고 뱅글뱅글 도는데, 우리 집에 서방님은 날 안고 돌 줄을 왜 모르나~.
옥구슬처럼 예쁜 목소리를 내는 미옥이 소리도 들어보자
미옥이가 처녀들이 하는 소리를 흉내를 내며 부른다.
어쩜 저렇게 목소리가 예쁠까 미옥아 정말 옥구슬 흐르는 목소리를 가졌구만
우리 미옥이 나중에 명창 소리꾼이 되겠어!
흥겨다 소리를 부르는 아낙네의 손등이 저마다 부르터져 있었다. 얼음장같이 추다 겨울날에도 매일 같이 불어 터지도록 빨랫방망이를 두들겼다. 잠시나마 아리랑 소리가 아픈 손등을 어루만지고 년 어주는 것 같았다. 매일 같이 흥얼대는 아리랑 소리에 꺾여 들어가는 곡조가 깊어져 갈 때 손등의 굳은살도 깊어져만 갔다.
빨래를 마친 미옥과 마리아는 빨래를 짊어지고 집으로 걸어간다.
할머니 저 소리 잘하나요?
그럼 미옥이 소리는 마을에서 제일이지!
왜 사람들이 모이면 소리를 하는 거에요?
소리를 하면 흥이 돋지 않느냐,
힘들 때 소리로 아픔을 이겨내는 거란다.

고랭지 밭에 내리쬐는 뜨거운 햇살 아래에서 농사를 짓고 있었다. 어느 날부터 땅이 거칠게 되고 흙은 메말라 가고 있었다. 마을 총각들이 산에 감자를 심고 있더니, 한 총각이 밭에서 일하다 말고 걱정이 가득한 얼굴로 말한다.
아이고 큰일이네! 비가 오지 않네! 어떡한대요.
다른 총각이 이를 듣더니 말한다.
아무래도 모내기 전에 마을 기우제를 해야겠어.
신세타령 그만하고 아리랑이나 불러봐
그러자 총각은 노래를 부른다.
저 건너 묵 밭은 작년에도 묵더니 올해도 날과 같이 또 한 해 묵네, 앞 남산 뻐꾸기는 초성도 좋다~
세 살 적에 듣던 목소리 변치도 않았네, 한치 뒷산에 곤드레 딱주가 임의 맘만 같으면 올 같은 흉년에도 봄 살아야지~

정선 오일장에 모여서 기우제를 지내고 있었다.
징~
둔탁한 쇳소리가 크게 울리더니, 장단에 맞추어 맑고 가는 쇳소리가 쉬지 않고 울려 퍼졌다.
쇳소리에 따라 가죽을 두드리는 소리가 연이어 울려 퍼지며 흥을 돋웠다. 청아하고 맑은 쇳소리는 잠든 마음을 울리어 맑게 정화하고, 가죽 소리는 혼란스러운 마음에 불을 지폈다.

야단스러운 장단이 흥으로 바뀌어 마음을 두드렸다. 흰 장삼에 오방색의 끈을 온몸에 치장한 사내들이 신나게 마을을 돌고 있었다. 거대한 쇠로 된 징을 든 청년과 작은 쇠로 된 꽹과리를 유난히 빠르게 두드리는 청년이 앞서서 흥을 돋우면 그 뒤로는 두꺼운 가죽으로 된 장구와 북을 든 청년이 뒤를 따랐다. 한 손엔 소고를 든 청년들은 장단이 울릴 때마다 머리에 달린 끈이 쉼 없이 하늘로 뻗어가도록 움직였다.

풍악 놀이패가 온 마을을 돌며 흥을 돋우고 있었다. 소리를 듣고 집마다 사람들이 풍악 놀이패 뒤를 따라서 춤을 추었다. 미옥도 마리아 손을 잡고 집을 나와 풍악 놀이패를 따라섰다. 풍악 놀이패가 도착한 곳은 마을의 중심에 있는 1000년 묵은 은행나무였다. 은행나무 앞에는 음식상이 놓여 있고 무당이 기우제를 지내고 있었다. 풍물 놀이패가 소리를 끝내자 기우제가 본격적으로 시작되었다.

비를 다스리는 봉황 님이시어, 비나이다, 비를 내려주세요.

봉황의 그림을 그린 깃발을 높이 세워놓고 온 마을 사람들이 함께 장만한 음식이 있고 그 앞에 모여서 모두 두 손을 모아 기도한다.

기우제의 소리를 듣던 미옥이 마리아한테 묻는다.

저 소리는 뭐래요.

마리아는 말한다.

봉황께 농사를 잘 지내게 해달라고 비는 거란다

풍악 놀이패가 흥이 나도록 장단을 맞추고 무당이 기도를 드리고 있었다.
미옥은 소리를 흥얼거리며 말한다.
풍악 놀이패 소리가 정말 흥이 나네요.
그럼, 봉황 님이 이 소리를 듣고 신이 나야 비를 내려주시지!

　어디선가 아리랑의 슬픈 가락의 소리가 들려왔다. 어머니에게 자주 들었던 소리였다. 소리를 따라 옆집에 가자. 철민이 마당에서 소리를 흥얼대고 있었다.
어떤 소리를 하는 거야?
아리랑이야, 너도 한번 따라 해봐
아리랑 쓰리랑 아라리가 낳네~
미옥은 아리랑이 무슨 노래일까 궁금해졌다. 보름달이 비추는 밤이면 어머니는 용마소에 가서 아리랑을 부르곤 했다. 하지만 이게 무슨 의미인지 몰랐던 미옥은 예전부터 궁금해 왔던 터였다.
아리랑은 뭔 소리야?
아리랑은 살면서 한이 담긴 이야기를 가락에 담은 거라고 아버지가 그러셨어!
철민은 온 마을이 들썩이도록 크게 아리랑을 불렀다. 어찌나 열심히 부르는지 목청이 쉬어갔다. 미옥은 그런 철민이 애석하게 느껴졌다 어머니를 잃은 슬픔은 같았기 때문이다. 철민은 더는 목이 아파 목소리가 나오지 않았다.

난 신명 나는 아리랑을 불러서 어머니가 있는 무릉도원에 갈 거야
아버지가 아리랑을 불러 신명을 일으키면 무릉도원에 갈 수 있다고 하셨거든.
철민은 더는 소리 내는 게 어려운지 점잖아지고 있다가 미옥을 보더니 아리랑을 불러보라고 했다.
한을 가득 울려서 해야 해 자 따라 해봐' 미옥은 어머니가 부르던 방법을 생각하며 목청 높여 따라 불렀다.
철민은 감탄하며 말한다.
미옥아 어머니를 쏙 빼닮아서인지 소리가 정말 좋다,
미옥이도 소리를 배우면 정말 잘할 거야
같이 신명 나는 소리를 배워서 무릉도원에 가자

　매달 오 일에 한 번씩 2일과 7일로 끝나는 날은 오일장이 열린다. 봄이 찾아온 소식은 시장에서 가장 먼저 들려왔다. 긴 겨울 한적했던 오일장에 왁자지껄 소리가 들리고 사람들이 여기저기 산과 계곡에서 가져온 나물과 물고기가 저마다 가득했다. 신이나 사람들의 소리를 뚫고 신명을 울리는 가락이 시장 한복판에서 울려 퍼져갔다. 소리꾼인 재효와 철민이 시장에서 아리랑을 부르고 있다. 미옥은 마리아 손을 잡고 조심스럽게 철민을 가리키면서 마리아에게 말한다.
할머니 소리를 배우고 싶어요.
마리아는 맑은 눈망울로 바라보던 미옥을 쓰다듬으며 측은한

얼굴로 말했다.
이것아, 어미가 이 소리로 일본 놈들에게 죽었다.
근데 운명을 어찌하겠느냐? 이리도 목소리가 어미를 쏙 빼닮아서 원

소리꾼 재효의 집은 장구, 징, 북이 나란히 놓여 있었다. 재효는 악기들 사이로 한복을 입고 단정하게 장구를 조율하고 있었다. 장구의 조율이 끝나자 장단을 치면서 소리꾼 재효는 미옥에게 아리랑을 부른다.
미옥아 보거라
아리랑 아리랑 아라리요 아리랑 고개로 나를 넘겨주오~
따라 해보거라
미옥은 힘껏 재효를 따라 소리친다.
아리랑 아리랑 아라리요 아리랑 고개로 나를 넘겨주오~
재효는 미옥의 목소리를 듣는 순간 귀가 번뜩였다. 그토록 아끼던 사랑스러운 제자와 같은 소리였기 때문이다. 오래전 죽어버린 소리가 다시 되살아 온 것만 같았다. 죽음이 있고 난 뒤로 오랜만이었다. 하지만 불길한 예감이 스쳐 갔다. 재효는 불현듯 알 수 없는 운명의 장난을 느꼈다. 이 시대의 타고난 소리를 갖는 자의 저주 같은 불행한 삶이 되풀이될지 모를 운명을 말이다.
미옥아 명창이 될 목소리를 타고났구나!
한데 소리란 지른다고만 되는 게 아니다.

그만 집에 돌아가거라!
소리는 아무나 하는 게 아니다. 더는 소리를 가르치지 않겠다.
미옥은 갑작스러운 재효의 돌변하는 태도에 절로 모르게 눈물을 흘렸다.
스승님 소리를 배우고 싶어요.
소리를 할 때면 돌아가신 어머니가 함께 있는 것 같아요.
눈물을 흘리며 꼼짝달싹하지 않는 미옥의 모습에 재효는 어쩔 수 없는 운명에 한탄했다. 재효는 내려놓은 북채를 다시 집어 들고는 소리쳤다.
소리는 가슴에 깊은 한을 담아 꺾여 들어가야 한다.
미옥은 눈물을 그치곤 의문이 든 얼굴로 재효에게 묻는다.
한을 어떻게 가슴에 넣어 꺾는 것이에요?
재효는 답답한 듯 탁하고 장구를 치며 말한다.
사랑하고 미워하는 애정의 감정이 교차하여 가슴 속 깊은 곳에서 삭히고 삭히면
마침내 소리가 절로 꺾여서 얽히고설키고 구속된 한이 터져 나와야 하는 거란다
억지로 꾸며서 된다고 되는 게 아니다.
나중에 이 풍진 삶의 한이 네게도 생기면 알게 될 거다
백지 같은 네가 한을 알 턱이 없지
네 어미처럼 명창이 되려면 한이 목청을 삼킬 정도로 부단히 노력해야 한다.

미옥은 집에 돌아오는 길 내내 아리랑을 흥얼거리자 어머니가 함께 아른거렸다. 아리랑을 부를 때면 어머니와 함께 있는 것 같아 마음이 평온했다. 미옥이는 어머니처럼 명창이 되고 싶었다. 명창이 돼서 어머니에게 인정받고 싶었다. 언젠가 어머니가 다가와 미옥의 아리랑을 듣고 있을 것만 같았다. 앞으로 어머니처럼 명창이 될 생각에 미옥은 집에 가는 내내 들떠있었다.

미옥은 집에 와서도 연신 흥이 나서 아리랑을 불렀다.
마리아는 미옥을 품에 안았다. 피는 속일 수 없는 것처럼 마리아는 미옥 어머니가 떠올랐다.
미옥 어미가 아리랑의 명창이었단다.
미옥 어미도 연신 아리랑을 흥얼거리기 좋아했다.
미옥아 아리랑이 무슨 뜻인지 아느냐?
아리랑은 네 한을 맞아들이고, 쓰리랑은 그 한을 가슴에 묻는다는 뜻이다.
미옥아 나중에 아녀자로 사는 아픔을 알면 저절로 아리랑을 부르게 될 것이다.
네 목소리가 마치 어미 목소리를 쏙 빼닮았구나!
어미의 한이 스며든 겐가 어찌 이리 목소리가 비슷할꼬
마리아는 얼굴에 겹겹이 쌓인 주름이 살며시 떨리더니 목청 높여 아리랑을 불렀다.
아리랑 쓰리랑 아라리가 낫네~

마을 중심에 있는 우물 앞에 사람들이 모여 있었다. 향나무로 지은 반듯한 관이 놓여 있었다. 사계절 변치 않는 향나무처럼 죽음 뒤에도 변치 않을 혼이 되길 기원하는 것 같았다. 관은 시신에 대한 마지막 예우이며, 이승에서의 마지막 집이었다. 시신을 신은 관을 짊어지고 사람들이 이동한다. 종을 치더니 그 뒤로 곡소리를 내며 사람들이 따라간다. 곡소리는 맺힌 삶의 원한만큼이나 길고 굴곡져 울리더니 마을 전체로 퍼졌다.
아이고 ~
관 뒤로는 사람들의 통곡하는 소리가 들린다.
아휴 이제야 시신을 찾았구먼
저 우물에 빠져 죽어버렸는지 어찌 알았겠소
아까운 사람이 죽었구먼.
쳐 죽일 일본 놈들
미옥은 아버지에게 묻는다
저 소리는 뭣이어요?
미옥아 귀신의 한을 달래주는 소리란다.
저 소리를 듣고 억울한 죽음을 달래주고 귀신이 저승으로 돌아가도록 하는 거지.
소리를 불러 고인을 추모하고, 유족에 대해 위로하는 게야
수운은 관을 뒤따라 함께 걸어갔다. 관이 도착한 집에선 상

주들이 손님들을 맞이하고 있었다. 눈물로 밤을 지새운 상주들이 저마다 창백한 안색을 하고 있었다. 한데 몇몇 사람들은 예쁘게 한 얼굴로 재롱을 피우고 있었다. 얼굴에 치장하고 옷을 입은 사람들이 상갓집 마당에 모이더니 노래와 춤을 추면서 흥을 돋우고 있었다. 한 놀이꾼은 춤추면서 상주들에게 말을 건넨다.
식구 한 명 줄었으니 배고픔은 줄었구먼!
농을 듣자 상주들의 창백한 안색이 환한 웃음으로 변하였다. 미옥은 그런 모습이 신기하게만 보고 있었다. 그러자 수운도 환히 웃으며 미옥에게 말하였다.
얼쑤~! 다시래기가 신명 나는구나.
미옥은 웃는 사람들이 너무나 의아하게 생각되었다.
아버지 왜 사람들이 시신을 앞에 두고 웃어요?
미옥아 아픔을 아픔으로 받아들이기만 하면 슬픔에 빠져 헤어 나오지 못하지 않느냐?
소리는 한을 흥으로 솟구쳐 슬픈 세상을 넘어 성스러운 길로 축복하는 게다.
미옥은 그제야 이해되었다. 미옥도 놀이꾼들의 춤과 노래에 신이 나서 같이 소리를 흥얼거렸다.

낡고 허름한 나무 십자가가 오랜 흔적을 나타내고 있었다. 마을 한 켠에는 나무로 세워진 십자가가 걸린 교회가 있다. 교회에는 찬송가가 흘러나오고 있었다. 미옥은 여전히 교회에 가면 어머니가 살고 있는 집 같았다. 기억나는 가장 어린 시절부터 어머니 손을 붙잡고 교회에 온 추억으로 도배되어 있다. 교회에 와서 기도하는 어머니 옆에 꼭 붙어서 잠들곤 했던 미옥이었다. 미옥에게 찬송가는 어머니가 들려주던 자장가이기도 했다 어머니가 없는 지금은 할머니 마리아 손을 붙잡고 왔다. 미옥은 자장가로만 느껴졌던 찬송가의 소리가 갑자기 궁금해졌다.

저 소리는 뭣인가요?

미옥아 이 소리는 예수님께 우리들의 악업을 씻고 복을 기원하는 소리다.

그러자 미옥이 의구심으로 가득한 눈으로 마리아를 바라보았다. 그런 미옥을 보자 마리아는 천천히 말해 주었다.

예수님은 하나님과 계약을 맺었다.

우리의 악업을 대신해서 십자가에 못 박혀 돌아가셨지!

크나큰 희생 없이는 더러운 악업을 씻고 성스러운 길로 나아갈 수 없단다.

악업을 대신 짊어진 덕분에 우리를 성스러운 길로 이끌어 무릉도원을 보여주었다.

마리아의 말을 듣던 미옥은 어머니가 생각났다.

무릉도원에 가면 어머니를 만날 수 있나요?

그럼, 네 어미도 아픈 사람들을 위해 소리를 했다.

그 한을 대신 짊어진 덕분에 일본군 눈에 밟혀서 죽었지!

차마 더는 말을 하지 못하던 마리아는 입술이 파르르 떨리었다. 잠시 침묵하던 마리아는 성경을 펼치더니 큰소리로 찬송가를 부르기 시작했다. 마리아의 찬송가 소리에 미옥은 나는 눈물이 참을 수 있었다. 어머니의 그리움이 점차 평온해져 갔다. 미옥은 마리아의 찬송가 소리가 낯익었다. 어디선가 많이 듣던 소리와 닮았다. 불현듯 아리랑이 떠올랐다. 아리랑의 슬픈 곡조와 너무나 닮았기 때문이다. 뭔가 이제 깨달았다는 듯 마리아에게 말했다.

찬송가는 돌아가신 예수님에 한의 소리고, 아리랑은 살아있는 사람에 한의 소리네요

마리아는 절로 웃음이 나왔다. 대견하다는 듯 대답 대신 미옥을 웃으면서 머리를 쓰다듬어 주었다.

검 도 (劍道)

    미옥의 집 한 채에는 서당으로 꾸며져 있다. 서당에는 수다이 앞에 앉아 있고 아이들과 미옥이 모두 중용(中庸)이라고 쓰여 있는 책을 보고 있다. 아이들이 책을 보고 읽는다.
하늘이 끊임없이 명령하는 것이 성이요(天命之謂性)
성이 끊임없이 따르는 것을 도라고 하니라. (率性之謂道)
도를 끊임없이 닦는 것을 교라고 하니라(修道之謂教)
도는 잠시도 떠나서 안되며 떠나면 도가 아니라(不可須臾離也 可離 非道也)
아이들이 책을 읽자 수운은 말한다.
타고난 성을 끊임없이 닦는 공부해야 한다.
공부를 하면 길인 도가 만들어지는 것이다.

오직 자기만의 도가 있는 자만이 군자가 될 수 있는 것이란다.
모두 게으르지 말고 공부를 해서 자기만의 길을 닦거라

수운은 수업을 마치고, 미옥이와 검을 겨루었다.
검을 만지는 순간부터 수운의 표정은 온화함은 사라졌다. 강하게 검을 미옥에게 휘둘렀다. 여러 차례 합이 이루어지자 미옥은 금세 지쳐가자 수운은 말한다.
벌써 지치면 어떡하느냐! 계속 내 검에만 끌려다녀 금세 기운이 빠진 게 아니냐?
내 검을 흉내 내지 말고, 스스로 검의 도를 체득해야 한다.
그리고 다시 수운은 미옥에게 검을 휘둘렀다. 두 개의 목검이 서로 허공을 갈랐다. 그러다 마주치는 검의 소리가 크게 들리더니 검을 겨루다가 그만 미옥의 목검이 부러졌다. 그러자 수운은 부러진 목검을 들고서는 미옥에게 말한다.
미옥아 새로운 목검을 만들어야겠구나!
같이 목검에 쓸 나무를 가지러 아우라지를 가자꾸나!

아우라지는 길고 긴 인생의 길처럼 굴곡져 잔잔히 흐른다. 두 물결이 만나 긴 강을 이루어 한강까지 이어지는 아우라지는 정선 사람에게 중요한 곳이었다. 아우라지 소나무는 반듯하고 윤기가 가득해서 한양으로 운반하여 건축 목재로 사용하는 데 주요한 자원이었다. 아우라지 강줄기 따라 소나무가 빽빽이 들어서 있었다. 정선 소나무는 유난히 뻗어 있고 반듯하게 나 있어 좋은 목재로 유명하였다. 일본이 기차를 놓기 전만 하더라도 강변에는 뗏목이 가득 나무를 싣고 서울로 운반되곤 하였다. 하지만 일제강점기 철도가 놓이면서 더 나룻배로 운반할 필요가 없어졌다. 일제 강점기가 끝나고 나선 더 소나무를 채취하거나 운반하지 않았다. 그 이유는 아우라지가 오랜 가뭄으로 강물이 말라가고 있어, 얼마 남지 않는 소나무마저 말라 죽어가고 있었다. 강을 다스리는 봉황 신의 노여움이라고 마을 사람들은 믿고 있었다.
수운은 미옥과 손을 잡고 아우라지를 보고 말한다.
미옥아, 아우라지 소나무가 질이 좋아서 미옥이 단검을 만들기 좋단다
미옥은 버려진 뗏목을 보면서 아버지에게 묻는다.
이 뗏목은 어디까지 가요?
옛날에 정선의 소나무를 실은 뗏목이 영월을 거쳐 한양까지 갔지
그런데 이제 기차가 다녀서 더 뗏목을 쓰지 않는단다
아우라지에서 소나무를 자르던 청년들이 말했다.
아이고 큰일이구먼. 아우라지가 메말라 가고 있어
봉황 신이 노한 것이지
이 나쁜 일본군들 아우라지의 소나무를 죄다 베어서 한양에 가져가 버려서 봉황 신을 노하게 한 것이지
미옥은 아버지를 따라 아우라지에 간다. 청년이 나무를 보면

서 말한다.
역시 정선 소나무는 옹이가 적고 결이 좋구먼.
얼마 남지 않은 소나무라도 어서 빨리 싣게
수운은 얼마 남지 않는 소나무를 보며 한탄하면서 말하였다.
자연은 열매를 낳되, 그 열매를 소유하려 하지 않는단다.
이러한 자연을 현덕(玄德)3)이라고 한다.
그래서 자연은 스스로 그러하게 사계절의 때(時中)를 맞이할 수 있는 거란다.
하지만 인간의 탐욕이 자연을 삭막한 벌판으로 만들어 버렸단다!
잘리고 남겨진 소나무 가지 더미에서 수운은 곧게 뻗은 소나무 가지 하나 들어 올리며 미옥에게 보이며 말했다.

수운은 아우라지에서 가져온 소나무를 열심히 칼로 다듬어서 마침내 목검을 만들었다.
12번째 목검이다. 미옥이 나이와 같구나.
수운은 미옥의 왼쪽 허리춤에 직접 목검을 채워 주었다.
검을 연마하면 마음을 연마하는 거와 마찬가지라.
미옥아 이제 나에게 검을 휘둘러보아라.
미옥은 목검을 허리춤에서 꺼내서 수운에게 겨누었다. 그동안 배운 내리치기, 베기, 찌르기를 연속해서 수운에게 휘둘렀다. 수운은 검의 합을 맞추어 주면서 흐뭇하게 미옥의 검술

---

3) 노자도덕경 10장

을 보고 있었다.
이제 칼날을 내리치는 격법(擊法), 칼날을 베는 세법(洗法), 칼날로 찌르는 자법(刺法)을 모두 익혔구나
자 지금껏 가르친 본국검4)의 32세 동작은 이만하면 되었다.
검을 휘두르는 법은 이만하면 훌륭하구나.
그러나 검을 찌르고 베어 내리치는 건 검의 시작일 뿐이니라.
앞으로 본격적으로 검의 도를 알려주마.
수운은 멀리 태백산맥을 바라보며 천천히 말하였다.
빛이 지극해지면 뒤편엔 그림자가 맺히듯
불이 거세지면 타오르는 불씨엔 물이 맺히는 법이다.
스스로 그러함의 음과 양에 조화가 자연을 이룬다.
이 우주의 법칙을 도라고 한다.
도는 스스로 그러한 자연(道法自然)을 본받는다.
무릇, 이 검에도 도가 따르는 법이다.
검도(劍道)를 체득한 자만이 검술이 대가가 될 수 있다.

---

4) 신라시대에서 화랑도를 중심으로 사용한 한국 고유의 검술.

이무기 한

 어둠보다 짙은 묵이었다. 갈면 갈수록 묵은 칠흑 같은 밤으로 덮어진 옷을 풀어 헤치듯 짙어졌다. 아이가 묵을 갈고 또 갈아 벼루의 깊이가 다 차오를 때쯤이었다. 흰 한복에 자로 잰 듯 옷깃을 가지런히 양반다리를 하고 앉아 있는 수운이 천자문을 읊고 있었다. 묵은 갈고 또 갈아 어둠보다 짙은 묵이 가득 벼루에 담겨있었다. 천자문의 책이 보이며 아이들이 수운의 말을 따라 읽는다. 하늘 천(天) 땅 지(地) 검을 현(玄) 누를 황(黃) 이란 글씨가 그 짙은 묵 따라 굵게 쓰였다. 미옥은 아이들과 수운이 써 내려간 글자를 보고 있었다.
검을 현(玄)은 하늘이다.
하늘을 생각해 보아라 끝없이 펼쳐져 있고, 보이진 않지만, 그 깊이는 헤아릴 수 없지 않으냐? 그것을 깊고 현묘하다고 한다.

묵을 들여다보거라 묵을 갈수록 깊어지지 않느냐?
세상도 보이지 않는 것일수록 무한한 깊이가 잠들어 있다.
이처럼 현묘한 깊이가 담긴 하늘은 만물의 시초이다.
누를 황(黃)은 땅이다.
땅을 보아라 항상 그 자리에서 만물을 품어내, 모든 생명을 잉태하지 않느냐?
땅은 하늘을 품고 생명을 낳아내니, 만물의 어머니다.
이 우주는 검을 현(玄)과 누를 황(黃)의 조화로 이뤄져 있다.
이제 집으로 가서 저마다 숨겨진 검을 현(玄)과 누를 황(黃)의 조화를 찾아보거라
수운은 손을 멀리 뻗어 하늘과 땅을 가리켰다.

서당에 아이들이 모두 떠나자 수운은 미옥을 보며 말했다.
우리도 숨겨진 우주를 찾으러 가자꾸나!
수운은 미옥을 데리고 용마소로 왔다.
푸른빛이 찬란히 빛나는 용마소였다. 수운은 용마소를 보며 말하였다.
저 푸른 빛에는 현묘한 그윽함이 숨겨져 있다.
천자문에 검을 현(玄)자를 말해 주었지.
현이란 너무 깊어 말로 헤아릴 수 없는 그윽한 세계를 말한다.
아픔이 짙어져 그윽해지면 한이 되는 거란다.
한이 짙어져 그윽해지면 성(聖)이 되는 거란다.

저 용마소에는 이무기 한이 성스러움을 감춘 채 잠자고 있단다.
수운은 미옥에게 책을 주면서 말한다.
9가지 아리랑 구절과 이야기를 생각하며 그려 넣었다.
책은 수운이 정성스럽게 붓으로 그려 넣은 수묵 담채화와 아리랑 구절이 그려 넣어 있었다.
미옥이 아리랑을 그렇게 잘 부른다지 12살 생일 선물로 주는 것이란다.
앞으로 이 책을 보곤 열심히 아리랑을 따라 부르고 명창이 되로구나.
미옥은 기쁜 얼굴로 책을 받고는 책에서 눈을 떼지 못했다.

보름달이 비치는 밤이었다. 흰 문풍지에 비친 주목의 가지가 계속 흔들리며 무언가 손짓하는 것 같았다. 보름달 아래 어디선가 멀리 아리랑이 들려왔다. 미옥은 아리랑이 들리는 곳을 따라 이끌려 나왔다. 아리랑이 울려 퍼져오던 곳은 푸른 물결이 잔잔히 비치는 용마소였다. 멀리서 흐린 여인의 형체가 보였다. 그런데 자세히 보니 아리랑을 부르던 사람은 다름 아닌 어머니였다. 미옥은 어머니인 것을 깨닫곤 눈을 떼지 못하였다. 미옥은 믿을 수 없지만 조심스럽게 어머니에게로 다가갔다. 용마소의 푸른 물결이 어머니에게 일렁이고 있었다. 어머니는 미옥을 보자 따뜻한 손으로 얼굴을 천천히 쓰다듬으며 미소 지었다.

미옥아 슬퍼 말거라
네가 아리랑을 부를 때면 늘 함께 할 거야.
말이 끝나자마자 어머니는 푸른 물결의 일렁이는 용마소의 아래로 사라져 버렸다. 미옥은 잠에서 깨어났다. 어머니의 꿈이었다. 보름달 아래 달빛이 흰 문풍지 사이로 비쳐 들어 왔다. 미옥은 어머니가 머릿속에서 지워지지 않았다. 보름달이 환히 비추는 문풍지 밖으로 어머니가 여전히 떠올랐다. 미옥은 아리랑이 담긴 책을 집어 들고는 집을 나섰다. 꿈속에서 보았던 길을 따라 걸었다. 보름달에 비쳐 환히 푸른 빛이 일렁이는 용마소 였다. 천천히 입을 연 미옥은 어머니 얼굴이 비치듯 반짝이는 용마소 물결을 보며 아리랑을 불렀다.
아리랑 아라리요 고개 고개로 나를 넘겨주게~
어머니의 그리움이 아리랑으로 퍼져갔다. 미옥은 아리랑을 부르자 어머니의 목소리가 귓가에 울렸다. 마치 어머니가 함께 있는 게 느껴져 자기도 모르게 눈물이 맺혔다. 눈물은 볼을 따라 용마소에 떨어졌다.
그때 놀라운 광경이 일어났다.
달빛에 용마소의 푸른 빛 물결이 더욱 반짝였다. 아리랑이 물결 따라 흘러 퍼지자 이상하리만치 용마소의 푸른 물결이 힘차게 흔들렸다. 곧 하늘 높이 솟구치면서 푸른빛으로 온 주위를 물들였다. 물결의 소용돌이 속에서 푸른빛이 영롱하게 반짝이는 비닐로 뒤덮여 있고 튼실한 말의 다리 같은 두 발과 사람과 같은 손이 있었다. 게다가 얼굴은 호랑이처럼 무섭게 부릅뜬 눈매의 볼에는 곧고 길게 자란 수염이 있었다. 다름 아닌 이무기였다. 달빛에 비쳐 이무기의 푸른 비닐이 은은히 반짝였다.
이무기는 호랑이의 울음소리처럼 계곡 전체를 울릴 만큼 포효하더니 소리쳤다.
슬픔에 갇힌 소녀여 푸른 기운을 보라
이무기는 미옥의 바로 앞까지 다가가 말했다.
미옥은 고개를 들자 푸른 빛의 이무기를 보곤 너무나 놀라웠다. 얼마 전 용마소 깊은 수면에서 봤던 형체와 같았다.
내 이름은 한이란다.
네가 노래를 불렀느냐?
미옥은 고개를 끄덕였다.
정말 아름다운 노래구나!
내 옛 주인도 그 노래를 부르는 걸 즐겼었다
주인님은 그 노래를 한의 노래라고 했었다.
한의 노래를 따서 내 이름을 지어주셨지!
노래를 듣고는 깨지 않을 수 없었다.
미옥은 믿을 수 없는 광경에 자기도 모르게 푸른 빛의 영농한 이무기 한의 비늘을 만져보았다. 이무기 한의 비닐은 매끈한 비단같이 부드러웠고 불덩이처럼 뜨거웠으며, 푸른빛이 미옥의 손에 그대로 반짝였다. 뭔가 강하고 성스러운 기운이 미옥의 손으로 전해지며 온몸으로 퍼져 나가는 게 느껴졌다.
이무기 한은 고개를 숙여 푸른 눈동자로 가까이 미옥의 눈을 바라보며 말했다.
천 년 동안 잠자던 나를 네가 깨웠으니, 네게 놀라운 기회를 주겠다.
네 소원이 무엇이더냐?
미옥은 푸른 빛이 반짝이게 비추는 한의 비늘에 압도되어 말이 나오지 않았다.
그러던 미옥은 곧 한의 영농한 푸른 비늘에 비친 엄마의 미소가 떠올랐다.
어머니를 만나고 싶어요.
한은 미옥을 지긋이 바라보더니 푸른 비늘을 치켜세웠다.
좋다. 네 어머니를 만날 수 있는 무릉도원으로 데리고 가마!
대신 계약을 지켜야 한다.
지금부터 내가 하는 말을 잘 듣거라.
이무기 한은 푸른 수염을 쓰다듬자 푸른 빛이 온통 계곡 전체로 퍼져 나갔다. 그리곤 미옥을 지긋이 푸른 눈동자로 바라보며, 천천히 말을 이었다.
내가 낸 아홉 가지 문제를 해결하면 되는 것이다.
한 달 뒤 달이 사라지는 개기월식까지 아홉의 수호신을 풀어주고, 수호신으로부터 씨앗을 받아 가져와서, 마지막으로 내게 노래를 부르는 거란다.
과제를 모두 해결하면, 네가 신이 되어 무릉도원에 함께 데려가 어머니를 만나게 해 주겠다.
이무기 한은 잠시 말을 멈추곤 푸른 눈동자가 커지더니 힘주

어 말했다.
하지만 계약을 지키지 못하면 큰 화를 입고 소중한 걸 잃게 될 것이야.
미옥은 이무기 한의 모습에 겁이 덜컥 났다. 하지만 고민도 잠시 어머니를 볼 수 있단 생각에 가슴이 떨렸다.
신비로운 한의 모습을 보며 미옥은 고개를 끄덕이며 말한다.
계약을 받아들일게요.
좋아 계약은 절대 무를 수는 없다.
이무기 한은 손을 미옥의 책에 갖다 대는 순간 불이 피워 오더니 빛이 가득 스며들었다.
한은 말하였다.
책에 안내된 아홉 가지 장소에 가서 악귀에 봉인된 수호신을 구하거라.
그리곤 미옥의 허리춤에 있던 목검에 손을 가져다 대었다. 그 순간 검에 푸른 싹이 휘감아 돋아나더니 곧 복숭아꽃이 활짝 피어났다. 그리곤 푸른 비닐의 뱀이 검을 휘감더니, 푸른 빛이 반짝이다가 금세 사라졌다. 미옥은 푸른 빛이 목검의 손잡이에서 빛나고 있는 걸 놀란 눈으로 바라보더니, 손잡이를 잡아 빼었다. 목검 안엔 푸른 빛이 가득한 뱀의 비닐 무늬가 새겨진 칼날이 있었다.
이 검으로 악귀를 물리치거라.
과제를 마치면 다시 이곳에서 나를 찾아오너라.
이무기 한은 푸른 빛을 뿜으며 용마소로 다시 들어가 사라졌다. 미옥은 사라진 이무기의 뒷모습을 멍하게 바라보았다. 푸른 빛의 용마소는 더욱 푸른 빛의 물결을 반짝이고 있었다.

밤새 잠을 못 이룬 미옥은 해가 뜨자마자 마리아에게 달려갔다. 이무기 한을 본 걸 말할 생각에 흥분되어 있었다. 미옥은 진정되지 않는 숨을 들이마시며 마리아에게 이무기 한을 상세히 말했다.
할머니 용마소에서 아리랑을 부르자 이무기 한이 나타났어요.
이무기 한은 푸른 빛 비닐로 뒤덮여 있는 거대한 뱀이었어요.
몸에는 말의 다리처럼 튼실한 두 다리로 용마소에서 걸어 나왔어요!
저에게 와서는 아홉 가지 수호신을 풀어주면, 신이 되어 무릉도원에 데려다준다고 했어요.
마리아는 처음에는 놀라워하였지만, 곧 걱정스러운 마음이 들었다.
우리 미옥이 신기(神氣)가 있구나!
네 말이 맞는다면 분명 예삿일이 아닌 것 같구나!
같이 마을을 지키는 만신께 가보자

만 신 (萬神)

　마을 한가운데 있는 거대한 은행나무에 오방색(五方色) 색깔의 띠가 묶여 있고 그 앞에는 돌탑이 쌓여 있고 오방색 끈으로 둘러쳐 있는 서낭당이 있었다. 그 앞에는 화려한 오방색의 고운 자태의 한복을 입은 여인이 춤을 추고 있었다, 겨우 십 대 후반으로 보이는 여인은 희고 고운 얼굴과 잡티 하나 없는 고운 자태를 뽐내고 있었다. 그의 눈빛은 강한 기운이 가득했다. 그가 마주한 앞에 놓인 칼날을 바라보자 눈빛엔 뭔가 신성한 기운으로 일렁이고 있었다. 여인은 날이 시퍼렇게 반짝이는 거대한 작두 앞에 종을 흔들면서 눈을 감은 채 장단에 맞추어 춤을 추고 기도를 올리고 있었다.
황금 잔에 물을 동그랗게 주위에 흩뿌리더니 북과 장구의 장단에 맞추어 춤을 추기 시작했다. 여인의 춤은 부드럽게 목부터 팔을 뻗어가면서 몸을 흔들었다. 부드러운 춤사위는 마치 혼령의 흥을 돋구어 불러들이는 것 같았다. 두 손으로 바닥에 놓여 있던 황금빛 칼을 들더니 자기 허벅지와 목에 살며시 그었다. 몸을 혼령과 함께하겠다는 표시 같았다. 한칼은 입에 물고는 앞에 묶여 있던 닭의 모가지를 그었다. 솟구치는 핏물이 대야에 흘러내렸다. 대야에 얼굴을 파묻자 온 얼굴엔 핏물이 가득했다. 박자가 점차 빨라지자 햇빛에 반짝이는 작두를 앞에 놓았다. 징과 북이 절정에 달할 무렵에 혼들이 울부짖는 소리처럼 들렸다. 그 순간 울분을 대신 토하듯 작두의 칼날이 공명처럼 같이 흔들릴 때였다. 날이 시퍼렇게 선 칼날 위에 버선발로 여인은 뛰어올랐다. 놀랍게도 피 한 방울 흘리지 않은 채 그 위에 올라 뛰며 장단에 맞추어 춤을 추고 하늘을 바라보며 종을 흔들고 말했다. 뭔가 알 수 없이 기운이 여인을 휩싸이고 있었다.
비나이다
천지신명이시어 억울한 혼령의 한을 풀어주시고 이승을 떠나 저승으로 극락왕생(極樂往生)하게 해 주소서
그렇게 춤추던 여인은 먼가가 쓰인 듯 눈빛이 변했다.
어두운 기운이 가득 그의 여인에 스며들더니 눈의 검은자가 사라지고 말았다.
곧 그 여인은 정체를 알 수 없는 죽은 영혼의 목소리로 울부짖었다.
그가 울부짖는 괴성이 온 동네에 울릴 만큼 크게 외쳤다.

곧 칼날에서 내려와 죽은 가족들에게 다가가자 여인은 소리쳤다.
우리 아기 어디 있어 나 절대 못 가 우리 아기 없이 절대 못 가!
그러자 신이 내린 여인을 붙잡고 늙은 여인이 말하였다.
아이고 이것이 죽었으면 얼른 저승으로 가서 환생할 것이지 언제까지 이러고 한이 맺혀서 있느냐?
너도 아기도 모두 일본 놈들에게 죽지 않았느냐?
인제 그만 한을 풀고 저승으로 가거라
그러자 울부짖던 여인은 갑자기 바닥 아래로 쓰러졌다.
그리고 약간의 시간이 흐르자 여인은 겨우 정신을 차렸다.
여인은 얼마 전 우물에 빠져 죽은 혼령을 달래주는 씻김굿을 하고 있었다. 미옥은 신기하면서도 무서웠다. 그래서 마리아 손을 꼭 부여잡고 있다가 물었다.
할머니 저 여인은 누구예요?
이 마을의 만신 한설이다.
신내림을 받고 악귀를 물리쳐서 마을을 지켜주고, 억울한 한을 풀어주는 영험한 무당이란다.
사람들이 모두 집으로 돌아가고 홀로 남아 한설은 짐을 챙기고 떠나려고 할 때였다. 마리아는 가볍게 합장하고 조심스럽게 다가가 한설에게 말하였다.
만신 한설님 손녀 미옥이가 어제 용마소에서 이무기를 보았다 지 멉니까?

제가 한 번도 말해 주지 않았는데 상세하게 이무기에 대해서 말하지 맙니까?
그게 너무 상서로워서 말입니다.
혹시 이 아이가 무슨 일이 생긴 게 아닌가 걱정이 됩니다.
그러자 한설은 미옥을 지긋이 바라보다 미옥의 허리춤을 보자 눈이 커졌다.
할머니 먼저 집으로 돌아가 계시고 미옥인 나를 따라오너라.
한설은 미옥을 데리고 마을에서 은행나무 뒤편에 서낭당을 지나 초가집으로 향했다.
서낭당 뒤 편에 작은 초가집으로 된 한설의 집이 보였다. 방 안에는 향이 가득 피워 올라 있었다. 향의 연기가 가득 뿌옇게 피어진 방에는 신묘한 그림들이 에워싸여 벽에 붙어있었고 다양한 글자들이 새겨져 있는 노란 종이가 곳곳에 붙어있었다. 그 중앙에는 거대한 서낭신 그림이 방에 놓여 있었다. 한설은 들어오자마자 향을 피워 서낭신 그림 앞에 꽂아 놓고 합장으로 기도를 드렸다. 그리곤 서낭신 그림 앞에 놓인 책상에 미옥과 마주 앉았다.
미옥아 다시 나에게 용마소에서 본 이야기를 자세히 해다오.
그러자 미옥은 한과 계약한 이야기를 해 주었다. 그러자 놀라운 표정과 걱정이 가득한 얼굴을 한 한설은 말했다.
너의 왼쪽 허리춤에 숨겨진 검을 보여줘.
미옥은 숨겨둔 단검을 알아챈 한설을 보고 놀라움 기색으로 칼을 꺼내 책상 위에 올려 두었다. 평범한 목검처럼 보이는 이 목검의 손잡이를 손에 쥐고 빼자 초록빛의 용의 비늘무늬가 새겨진 칼날이 나타났다. 한설은 놀라움으로 눈을 떼지 못했다.
이건 인간의 검이 아니야 악귀를 물리치는 성귀의 검이지
정말 한이 너에게 줬단 말이야?
미옥은 고개를 끄덕였다.
이러한 검을 만들 수 있는 사람은 이 세상에 없어.
천 년간 잠자던 성귀 한이 나타나서 계약하다니
이게 무슨 상서로운 일인가 말이다.
도저히 알 수가 없구나!
미옥은 의아한 듯 고개를 저으며 물었다.
한이 성귀(聖鬼)라니요?
악귀를 물리쳐 인간과 혼령을 보호하는 수호신이지.
한데 오래전 한은 주인이 죽고 성귀의 자리를 잃어버렸지
뱀이었던 한은 오랜 성업을 이룬 끝에 용이 되고자 성스러운 주인을 만나길 기다렸지만, 주인이 태어나자마자 억울하게 죽여버렸지 한심한 인간들이 말이야.
그 이후로 천 년 전에 용마소 계곡에 숨어버렸다고 알려져 와서 그런 한을 천년 만에 네가 깨운 거야
이건 예사로운 일이 아니야 정말 무서운 일이야.
네가 한의 계약이 얼마나 무서운 일인지 아는 게냐
어리석은 것아, 한의 계약을 지키지 못하면 너와 너의 가족 모두 위험한 일이 생길 수 있어.

미옥이 아무렇지도 않게 말했다.
그럼, 계약을 무효하면 되죠
한설은 이마를 찡그리고 답답한 듯 크게 소리쳤다.
어리석은 것아 성귀와 계약은 무조건 지켜야만 해
어서 한의 계약이 담긴 책을 보이거라
그제야 미옥은 책을 꺼내 들었다. 겉으론 아버지의 글자가 새겨진 평범해 보이는 책이었다. 하지만 책 위에 한의 검을 비추자 갑자기 책에 마법처럼 수호신의 그림과 악귀의 모습이 나타났다. 그걸 본 한설은 그만 칼을 얼른 내려놓고 가슴에 손을 얹더니 급하게 숨을 쉬었다.
정말 무서운 일이구나 어떻게 이 악귀들을 물리치고 수호신을 이 어린 소녀가 구한단 말인가?
한이 대체 너에게 무얼 보고 위험한 계약을 한 것이지
한참 이마에 손을 얹고 고민하던 한설은 미옥을 보더니 말한다.
용마소에서 아리랑을 불렀는데 한이 나타났다고 했었지?
바로 네 목소리에서 성한 기운이 있나 보다
한이 깨어난 걸 보면 분명 성한 기운이 목소리에 있을 것이야.
가자 너의 성한 기운을 확인하러 말이다.

혼 령 (魂靈)

　사람이 없는 지금은 스산한 기운만이 가득했다. 씻김굿을 했던 은행나무 앞 우물가엔 검은 그림자가 가득 에워싸여 있었다.
혼령은 스산한 음지 속 불안한 기운을 숨기며 떠돈다.
씻김굿을 했지만, 혼령이 한을 풀지 못하고 여전히 있구나
미옥아 이무기 한이 보였으니 분명 혼령이 보일 거다.
이 우물가엔 일본군에 피해 도망치다 아이를 품은 채 여인이 빠져 죽었다
아무리 달래 보아도 원한이 풀리지 않는구나!
어찌 이 한을 풀 수 있을꼬.

내가 저 혼령을 불러오마!
한설은 종을 흔들며 기도를 시작했다.
얼마 정도의 시간이 지난 후였다. 구슬피 울며 소리치던 목소리가 우물가로부터 들려오기 시작했다. 그러자 음산한 기운이 퍼지더니 여인이 아이를 안고 우물가 앞에 나타났다.
자장자장 우리 아기 잘도 잔다.
아기를 놓지 않고 있는 한 여인이 보인다.
한설은 여인에게 말한다.
그만 저승으로 돌아가는 게 어떻겠어요?
여인은 돌변하더니 소리치며 말한다.
절대 안 돼 내 아기를 돌봐야 해 내 아기를 키워야 한다고 어디 내 아기를 뺏어가려고 나쁜 것들아!
여인이 더 강하게 아기를 품에 안았다.
자장자장 우리 아기
여인은 아기에게서 눈을 떼지 못했다. 아기에 대한 강한 집념만이 그 여인을 지배하고 있을 뿐이었다.
한설은 그런 여인을 안타깝게 보다가 미옥에게 말한다.
미옥아 이무기 한에게 했듯이 여인에게 아리랑을 불러 주렴.
아리랑 아리랑 아라리요 아리랑 고개로 나를 넘겨주오 ~
그러자 미옥은 가련한 여인을 보며 아리랑을 부르기 시작했다. 아리랑의 구슬픈 소리가 미옥의 목소리를 넘어 여인에게 전해졌다. 아이만 보던 여인의 얼굴이 다시 미옥을 향하기 시작했다. 그러자 여인은 미옥을 보며 눈물을 흘리다가 점차 밝은 표정으로 변하기 시작했다.
마침내 여인은 아리랑이 끝나자 그만 눈물을 그치고 천천히 말하였다.
저 아이의 아리랑이 내 가슴의 한을 풀어주네요. 인제 그만 돌아가야겠어요.
내 아이 때문에 전 이곳을 벗어나지 못하겠는데 다 제 부질없는 미련이겠죠.
말을 남긴 채 혼령이 점차 흐려지면서 하늘로 점차 솟구쳐 사라져갔다.
안타까움과 놀라움으로 지켜보던 미옥은 한설에게 물었다.
저 여인이 악귀인가요?
미옥이 묻자 한설은 저 여인은 악귀가 아니란다.
하지만 저 혼령도 이승에 계속 있었다면 악귀에게 먹혀 악귀의 노예가 될 뻔했지!
단지 억울한 한을 못 풀어 저승으로 가지 못하고 남겨진 혼령일 뿐이지
한설은 미옥의 목소리에 성한 기운이 잠들어 있는 걸 짐작했던 대로 맞은 걸 깨달았다.
신비롭구나! 네 목소리엔 신기가 있어!
억울하게 한 맺힌 혼령을 저승으로 돌아가게 하는구나!
딱 머리를 치더니 한설은 그제야 깨달았다는 듯 말했다.
이제 알겠구나 한이 너를 선택한 이유를 말이다.
지금 여기엔 한 맺힌 혼령들이 너무 많아

일본군들이 뿌린 죄악들로 마을 곳곳에 한 맺힌 혼령들이 가득해
게다가 악귀들이 그 가여운 혼령들을 먹어 치워 악한 기운을 키우고 있어.
한설은 말을 잊지 못하곤 슬픈 표정을 짓더니, 천천히 다시 말을 이었다.
거대해진 악귀들이 이 마을의 수호신들마저도 봉쇄해 버렸어.
일본군들은 떠나갔지만, 그 들이 남긴 죄악들이 씻겨지지 않은 채 온 마을에 죄악과 악귀들만 남겨져 버렸다.
한설은 침울한 얼굴을 지우곤 지팡이를 치켜들곤 산 밑 어둠의 그림자로 가려진 작은 초가집을 가리켰다.
자 이제 악귀를 보러 가자 그래야 한의 계약이 얼마나 위험한 것인지 알 수 있으니까

악 귀 (惡鬼)

　산 밑 낡고 허름한 초가집이 보인다. 집과 마당에는 햇빛이 들지 않고 음산한 기운이 가득했다. 밝은 낮이었지만, 이 집엔 짙은 그림자가 어둠이 깔린 밤처럼 악한 기운이 가득 깔려 있었다. 집 앞에 도착한 한설은 미옥에게 말한다.
악귀는 정말 무서운 놈들이야 혼령을 먹어 치우고 노예로 만들어 버리지!
게다가 살아있는 사람까지도 미혹시켜서 혼령을 갉아먹기도 한단다.
특히 귀신의 한을 풀어주는 우리도 저들의 먹잇감인 걸 잊으면 안 돼.
한설은 미옥을 단호한 얼굴로 바라보며 강한 어조로 말하였다.

악귀는 인간의 미혹된 마음을 먹고 살아가.

그렇게 자란 미혹된 마음이 죽음을 넘어설 때 악귀가 되는 거지

그런 악귀들이 사람들을 탐욕과 죄악에 구렁텅이로 유혹하여 세상을 어지럽히지!

저 일본군들이 이 땅을 어지럽힌 것처럼 말이다.

초가집엔 악귀 묘두사가 있었다. 묘두사는 원래 고양이였다. 그런데 초가집 지붕에 백 년 묵은 지네가 독을 밥솥에 흩뿌린 걸 본 고양이가 밥솥에 흙을 뿌렸는데, 그런 것도 모르곤 고양이를 주인이 죽여버린 것이다. 은혜를 원수로 갚은 고양이는 원한을 품고는 일본군에 겁탈당한 소녀의 원한에 들어가 혼령을 먹어 버리고 악귀 묘두사가 되고 말았다.

한설은 걱정된 얼굴로 말했다.

곧 악귀가 저 소녀의 혼령을 완전히 노예로 만들어 죽게 될 거야

한설은 천천히 집의 마당을 들어섰다가 집 마당에는 창백한 얼굴의 농부가 짚을 꼬고 있었다. 그의 얼굴에는 생기가 하나도 없어 보인다.

무슨 일이 신지요.

힘이 전혀 없는 목소리로 한설을 보더니 물었다.

따님을 잠깐 볼 수 있을까요?

딸이 이상하오. 몇 달째 굶은 거지처럼 방에 틀어박혀 온종일 밥을 먹고 있다오. 귀신에 홀린 것인지 원.

한설은 방문을 열었다. 그때였다. 소녀가 거대한 솥단지만큼의 밥을 혼자 미친 듯이 먹고 있었다. 소녀의 뒤에는 거대한 고양이의 악귀가 어둠의 그림자를 길게 깔린 채 등 뒤에 있는 게 느껴졌다. 그의 눈은 사람이 눈이 아닌 고양이의 눈동자가 있었다. 그러더니 한설을 보는 순간 고양이의 푸른 눈동자가 커지더니 매섭게 바라보았다.
이 년이 나를 해 하려고 왔구나!
이 소녀의 혼령은 내가 먹어버렸다.
얼른 꺼져버려라.
소리를 지르더니 매서운 손톱을 치켜들고 달려들었다. 소녀의 몸으로는 도저히 할 수 없는 빠른 속도로 달려들었다. 한설은 그 순간 지팡이를 꺼내어 소녀의 눈앞에 들자 멈칫 소녀의 발걸음이 멈추어 섰다.
이 더러운 악귀야 겁도 없이 이곳에 왔느냐고 한설이 소리를 질렀다.
소녀는 웃으면서 말하였다.
그깟 벼락 맞은 대추나무 지팡이로 나를 상대할 수 있을 거 같더냐
그러더니 뒤에 있던 미옥을 향해 덤벼들었다. 그 순간이었다. 미옥은 자신도 모르게 한의 검을 빼 들고 방어 태세를 취했다. 한의 검을 본 소녀는 더 다가서지 못하고 겁을 먹고 뒤로 물러서더니 주저앉아 고통스러워했다. 그리곤 소녀의 몸에서 고양이의 얼굴에 거대한 구렁이의 몸통을 가진 악귀가

본래의 모습을 드러냈다.
한설은 말하였다.
드디어 진짜 모습을 드러냈구나! 악귀 묘두사!
네가 원래 있던 저 어둠의 굴로 물러서거라 아니면 한의 검으로 영원히 없애 버리겠다.
그때 미옥은 악귀 묘두사의 푸른 눈빛을 보고 공포스러운 모습에 떨리는 손으로 검을 부여잡고 있었다.
한설이 다시 다급하게 소리를 질렀다.
미옥아 악귀 묘두사의 푸른 눈에 미혹되어 선 안 돼
묘두사의 푸른 눈은 공포로 인간을 미혹시켜버리곤 한다.
그러자 묘두사는 웃으면서 미옥의 가슴팍을 물려고 달려들었다.
미옥은 공포에 떨리는 손으로 한의 검을 휘두르다가
그만 한의 검을 손에서 놓쳐버린 채 땅에 덩그러니 떨어뜨려 버렸다.
묘두사는 웃음을 띤 채 미옥에게 푸른 고양이의 눈빛을 다시 강렬하게 비추면서, 먹이를 사냥하듯 혀를 날름거리며, 미옥의 가슴팍을 물려고 달려들었다.
그때 옆에 있던 한설은 부적을 꺼내 지팡이에 붙이고 묘두사 머리에 휘둘렀다.
그러자 묘두사가 소리를 지르며 나뒹굴었다.
저년이 어디서 성한 기운의 부적을 갖고 온 것이냐? 하지만 이걸로 당할 거 같으냐!

한설은 땅에 떨어진 한의 검을 들고 미옥에 손에 쥐여 주면서 말하였다.
미옥아 묘두사의 푸른 눈은 너를 공포에 갇히게 할 거야 절대 눈을 보지 말고 공격해
자 얼른 묘두사에게 검을 휘두르지 않으면 악귀에게 당할 거야
미옥은 한의 검을 손에 쥐어 들었다.
그때 묘두사가 한설에게 달려들었다.
한설은 지팡이로 막아섰지만, 지팡이를 물어버린 묘두사가 한설의 지팡이를 저 멀리 땅바닥으로 던져버렸다.
그리곤 다시 한설에 가슴팍으로 달려들려는 순간이었다.
그때 미옥이 한의 검으로 옆에서 묘두사의 꼬리를 잘라버렸다.
묘두사는 고통스럽게 고양이의 울음소리를 내며 몸부림쳤다.
곧 다시 고개를 들어 일어나더니 묘두사가 소녀를 보며 말하였다.
내가 그냥 갈 거 같으냐? 이 소녀의 혼령을 갖고 가겠다.
미옥아 혼령을 먹어 버리기 전에 얼른 한의 검으로 저 악귀를 없애 버려야만 해
악귀 묘두사가 소녀에게 달려들어 고양이의 얼굴로 소녀의 목을 물려고 달려들었다.
미옥은 재빨리 소녀에게 물려는 찰나의 순간 한의 검으로 묘두사의 머리를 잘라버렸다.

악귀 묘두사가 더는 움직이지 못하게 되었다.
한설은 말하였다.
미옥아 저 악귀 묘두사에게 아리랑을 불러 주고 혼령이 저승으로 돌아가게 해 주렴.
미옥은 아리랑을 불렀다.
아리랑 아리랑 아라리요 아리랑 고개로 나를 넘겨주오 ~
그러자 악귀가 갖던 어둠의 기운이 빠져나왔다. 맑은 고양이의 혼령이 나타나더니 마침내 저 하늘로 솟구쳐 사라졌다. 한설은 쓰러져 있던 소녀를 부축한 채 소녀 이마의 식은땀을 닦아내고 종을 흔들며 소녀 몸의 여기저기를 몸을 훑으며 기도를 올렸다.
미옥아 저 우물에서 물을 좀 길어줘
물을 받은 한설은 부적을 불에 태우더니 그 잿가루를 물에 타 소녀에게 먹이었다. 그러자 소녀는 점차 의식이 돌아왔다. 집안에 드리웠던 어둠의 기운도 사라졌다. 부모의 안색도 변하더니 생기가 찾아 들었다.
악귀는 사람을 해하거나 죽이기까지 해 게다가 우리 같은 혼령을 보는 자들을 가만두지 않지!
자신의 행위에 방해되기 때문이야.
그런데 아까 그렇게 빠르게 다가오는 악귀에게 어떻게 빨리 검을 빼 들었어?
놀라움을 숨기지 못하고 한설이 물었다.
아버지에게 배운 검법이에요

한설은 웃으며 말했다.
정말 대단한 검술이구나!
그러자 미옥이 한설에게 물었다.
소녀가 왔을 때 손에 들고 있던 종이는 뭐에요?
이건 부적이란다.
내가 모시는 서낭신의 성한 기운이 악귀가 내뿜는 악한 기운을 없애는 부적이란다.
이렇게 악귀가 덤벼들 때를 대비해서 갖고 다녀야 한다.
하지만 이걸로는 악귀를 해 하기엔 부족해!
한의 검이 아니었으면 저 악귀를 몰아내지 못했을 거야.
악귀는 동물의 모습으로 나타날 때도 많아.
몇 만 년 동안 한 맺힌 혼령들을 잡아먹고 거대한 악귀로 자라서 이승을 떠돌아다니지
다행스럽게도 저 악귀는 이제 막 생겨나 약한 편에 속해.
한의 계약에 나타난 악귀는 무시무시한 악귀들이 넘쳐나고 있단다.
미옥아 마음이 흔들려선 안 돼
악귀는 욕망과 죄악을 먹고 인간을 지배한다.
끊임없이 네 흔들리거나 미혹한 마음을 이용하려 들 거야 명심하렴.
이제부터 미혹한 마음을 다스려서 악귀를 대항할 수련을 해야 해
거듭된 한설의 당부에 덜컥 겁이 나기도 했지만 이내 어머니

가 생각났다.
어머니도 어릴 적 기도를 할 때면 미옥에게 같은 말로 당부한 적이 있었다.
기도할 땐 몸과 마음을 가지런히 하고 온전히 집중해야 한다.
그렇지 않으면 악귀가 네 기도를 엿듣고 다가오고 말 거다
미옥은 어머니를 따라 매번 기도하곤 했다.
그 덕분인지 마음을 온전하게 집중하는 것이 무엇인지 잘 알고 있었다.

어느덧 붉은 노을이 내려앉고 있었다. 서둘러 한설과 집으로 돌아가고 있었다.
미옥은 한설의 지팡이와 종에서 알 수 없는 강한 기운이 뿜어져 오는 것을 지나칠 수 없었다.
집으로 돌아가면서도 흘깃흘깃 한설을 보며 궁금증이 잔뜩 생겼다.
어떻게 만신이 되는 기운을 갖게 되었어요?
사람은 저마다 신기를 가지고 태어나
천지 만물은 기를 활동운화(活動運化)5)하는 변화와 생성의 능력을 갖추고 있지!
그러나 기를 성스러운 기운으로 지극히 만드는 데는 육체적 고행과 강하고 올바른 마음가짐이 필요해

---

5) 혜강 최한기의 기학(氣學)

마침내 지극한 성스러운 기운이 갖게 될 때 신이 되는 것이지
반면 악한 기로 빠지기는 언제나 쉽지
인간은 연약한 존재다.
삶의 번민이 함께하기에 미혹된 유혹에 쉽게 넘어가곤 하지!
혼령 대부분은 윤회(輪廻)에 따라 새로운 탄생을 위해 저승으로 사라지지.
지극한 기운으로 세상을 이롭게 한 위인은 마침내 신이 되어 무릉도원에 갈 수도 있고, 미혹된 욕망에 빠진 자는 악귀가 되어 영원히 이승을 떠돌 수도 있단다.

홍 주 성

 미옥은 소리꾼 재효의 장구 박자에 따라 아리랑을 부르고 있었다.
아우라지 뱃사공아 배 좀 건네주게 ~ 싸릿골 올 동박이 다 떨어진다~ 아리랑 아리랑 아라리요~ 아리랑 고개 고개로 나를 넘겨주게~

소리꾼 재효가 화난 표정으로 미옥에게 외쳤다.
무슨 생각을 하고 있길래 이리도 소리가 끊긴단 말이냐?
계속 실 가락처럼 끈기의 나오고 있지 않으냐
자 다시 해보거라
아우라지 뱃사공아 배 즘 건네 주게~
미옥은 다시 아리랑의 길게 부르는 마디에서 다시 소리가 끊기고 말았다.

소리의 시작과 끝은 호흡이다. 알겠느냐?
자연스러운 소리가 몸에서 끌어 내어 나오려면 호흡을 저 가슴 깊이부터 가져와야 하느니라
그저 지르면 되는 게 소리가 아니다.
얼른 집에 가서 더욱 연습하거라.

집에서 돌아온 미옥은 마당에서 아버지가 앉아 있는 걸 보았다.
수운은 칼을 옆에 내려 두고 눈을 감고 가부장을 트고 앉아 있다가 슬며시 눈을 뜨고 말하였다.
미옥아 검을 가져와서 내 앞에 앉아 보아라.
지금부터 집안 대대로 내려오는 월인천강지검(月印千江之劒)법을 알려주겠다.
오늘은 첫 번째 검도인 월정도검(月精道劒)을 알려주마.
월정도검(月精道劒)이란 나쁜 음기를 걷어내고 정기로서 검도를 행하는 것이다.
만물은 음기와 정기가 교차하여 흐른다.
하지만 성급하게 기를 내뿜거나 약하게 기를 담으면 음기로 채워지는 것이다.
정기는 항상 일정하게 활동운화(活動運化)하는 기운이다.
이러한 몸의 기운은 호흡에서 시작하고 끝난다.
숨을 들이쉬어 들어온 기온은 온몸을 순환하고 다시 나아가 내 몸의 정기를 만드는 것이다.

호흡이 흔들리면 기운이 흔들리고, 기운이 흔들리면 음기가 발생하고, 음기가 발생하면 생각이 흔들린다. 생각이 흔들리면, 자세가 흔들리고, 자세가 흔들리면 검이 잘못 나아가게 되는 것이다.

그래서 가슴 깊은 곳부터 끌어와 천천히 내쉬며 일정한 호흡이야말로 가장 중요한 검의 도인 것이다.

눈을 감고 아주 깊숙이 숨을 들이마시고 천천히 내쉬면서 호흡을 느껴 보아라.

미옥은 수운을 따라 숨을 깊숙이 가슴 깊이 들이마시고 천천히 내쉬었다.

그러자 수운은 미옥의 흔들리는 호흡을 보고는 외쳤다.

미옥아 호흡이 흔들리고 있구나! 아주 깊고 일정하게 숨을 들이마시고 천천히 일정하게 내쉬면서 호흡을 연마하거라

자 이제 호흡이 되면 목검을 들고 해보도록 하겠다.

수운은 먼저 목검을 들고 검을 휘둘렀다. 수운은 한 치의 흔들림도 없이 일정하게 검을 휘둘렀다.

미옥은 따라서 검을 휘둘렀지만 할 때마다 조금씩 검이 가는 방향이 달랐다.

그러자 수운은 미옥에게 말했다.

미옥아 음기가 발생하니, 검이 흔들리는구나!

정기로만 몸을 유지하면 절대 검이 흔들리지 않는 걸 명심하렴.

반대로 음기가 들어온 순간 검이 흔들리고, 약점을 드러내게

되는 것이란다.
그래서 상대방의 호흡만으로도 약점을 알 수 있는 것이다. 명심하거라

늦은 밤잠이 오지 않는 미옥은 마리아와 누워서 아우라지를 가서 목검을 만든 이야기를 해 주었다. 마리아는 미옥을 보곤 말하였다.
아우라지에는 두 물길이 엮이어 어우러져 흐른다고 해서 이름 지어진 곳이란다.
오래전 아름다운 아우라지 처녀의 사랑 이야기가 있단다.
서로 사랑하는 처녀와 총각이 아우라지를 마주하고 각각 여량과 가금이라는 다른 마을에 살고 있었다.
그런데 장마가 오래되면서, 물이 불어나 서로 만나지 못하다가 그만 죽고 말았지 아우라지는 슬픔의 강이란다.
일본군들이 온 뒤 의병들을 무참히 죽이고 던져버렸다.
게다가 뱃사공과 일꾼들이 일본군에 죽어 나갔지
아직도 그 원한이 떠돌아다닌다고 하는구나
그 후 봉황신이 노해서 지금도 메말라 흐르지 않아

미옥은 한의 계약이 담긴 책을 펼쳤다. 붉은 성 아래 일본군과 맹렬히 맞서 싸운 의병들이 잔혹하게 죽어가는 모습이 보였다. 의병들의 핏물이 성을 뒤 덮어 붉게 되버렸다. 미옥은 너무나 그 모습이 잔혹해서 고개를 돌리고 말았다. 한설은

슬픈 목소리로 말했다.
홍주성은 의병들의 한이 서린 곳이야
한설은 말을 멈추곤 한탄하였다.
일본군이 조선을 강제합병을 하자 여기 저기서 들고 일어난 의로운 민중들이 있었다. 전쟁 한번 없이 순순이 나라를 판 왕과 신하들과는 달랐다. 한데 열악한 의병들은 총을 앞세운 일본군이 무참히 죽였다. 홍주성에서 죽은 의병들은 성을 둘러싸고 흐르는 강으로 던져졌다. 강물에 의병의 혼령이 고통스럽게 울부짖는 게 보였다. 그 고통에 몸부림치는 혼령들을 길다란 붉은 촉수가 날라와 붙잡았다. 거대한 붉은 거북이가 등에 수많은 촉수가 나와 사방에 휘날리며 혼령을 빨아먹고 있었다. 그 아래엔 말뚝에 박혀 옴짝달싹하지 못하고 봉인된 수호신이 괴로워하는 게 보였다. 한설은 수호신을 봉인한 말뚝을 가리켰다. 그 가리킨 말뚝 끝엔 빨간 점이 새겨져 있었다.
조선의 정기를 말살해버리려는 몹쓸 일본 놈들
겁이 났던 개지
이순신 장군과 같은 성군이 나타날까 말이다.
일본군은 조선 수호신들의 정기를 막으려고 정기가 흐르는 8도 곳곳마다 말뚝을 박아 두었다.
말뚝을 뽑아 수호신을 구해야 한다.
한설의 집 책상에는 많은 짚으로 된 인형이 놓여 있었다. 책에 나온 거대한 거북이는 악귀 귀수산이다. 악귀 귀수산은 거대한 붉은 거북이의 모습을 하고 등에는 수많은 촉수가 그려져 있었다. 귀수산은 아우라지에 숨어서 악한 기운을 키우며 아우라지 앞에 있는 비봉산(飛鳳山)에 살고 있는 봉황의 알을 훔쳐서 봉황을 봉쇄해버렸다고 쓰여 있었다. 그림 밑에는 귀수산의 약점은 이마 중앙을 찌르면 죽게 된다고 나와 있었다. 귀수산이 죽으면 봉황의 알을 꺼내 비봉산에 사는 봉황에게 쓰여 있었다. 그리곤 한설은 미옥과 한의 계약이 담긴 책을 펴 놓고 미옥에게 말한다.
아우라지로 던져진 의병의 한이 지금도 울부짓고 있구나
의병의 혼령을 먹고 자란 악귀 귀수산은 수많은 촉수로 제각각의 혼령을 매달고 기온을 빨아먹는 어마어마한 악귀란다. 귀수산은 눈이 보이지 않지만, 오직 혼령의 흔들리는 기운으로만 판단해서 촉수가 날아들어 혼령을 낚아채지
기운이 흔들리지 않으려면 호흡을 고르게 유지해야 해
짚으로 된 인형은 뭣이에요?
인형을 혼령으로 가장해서 촉수를 유인할거야
재빨리 귀수산의 이마에 올라서 한의 검으로 찌르렴

을씨년스러운 기운이 아우라지를 뒤덮고 있었다. 오래전부터 메말라 버린 아우라지는 바닥이 보일 정도로 얕게 흐르고 있었다. 그 많던 물고기와 생명체의 보금자리였던 아우라지였다. 하지만 지금은 모두 사라지고 아무것도 살지 않는 강이 되어있었다. 미옥과 한설은 아우라지에서도 깊은 안쪽 골짜

기로 들어갔다. 이미 오래전부터 사람의 인적이 드문 곳이었다. 길이 난 흔적도 없고 스산하고 음침한 기운이 가득했다. 아우라지 강은 검은빛의 물빛으로 탁하게 흐르고 있었고 강변에는 더 쓰지 못하는 버려진 뗏목이 가득했다. 정적이 흐르는 강물을 따라 올라가는 중에 저 멀리 여인의 울음소리가 들려오기 시작했다.

아우라지 나루터 앞에서 슬피 울고 있는 처녀가 앉아 있었다.

미옥은 여인을 발견하고 빠르게 다가갔다. 한설은 그런 미옥을 뒤따라 경계를 늦추지 않고 걸어갔다.

나도 아까부터 듣고 있었어! 하지만 악귀의 농단일 수 있으니 항상 조심해야 해!

나루터 앞에 흰옷을 입은 여인이 슬피 울면서 아리랑을 부르고 있었다.

아우라지 뱃사공아 배 좀 건네주게 ~ 싸릿골 올 동박이 다 떨어진다~ 아리랑 아리랑 아라리요~ 아리랑 고개 고개로 나를 넘겨주게~

미옥은 여인 앞으로 가서 말하였다.
왜 그렇게 슬피 아리랑을 부르고 계셔요?
여인이 눈물이 가득 맺힌 눈으로 미옥을 보곤 말하였다.
의병장인 남편이 저 악귀 귀수산에 잡혀 있어요.
귀수산에 혼령이 먹혀서 지옥에 가게 될 거예요.

다시 울기 시작했다. 미옥은 여인에게 말하였다.
제가 악귀 귀수산을 죽이고 남편을 꼭 구해드릴게요!
한설이 제지하며 말하였다.
우리에게 시간이 별로 없어!
촉수가 네게 날아들기 시작하면 그 순간 끝이다. 바로 악귀를 죽여야만 해
수많은 혼령을 구하지 않고 귀수산을 죽이면 혼령들은 지옥에 갈 게 뻔했다.
미옥은 귀수산에 억울하게 잡힌 혼령들이 안타까웠다.
저 혼령들은 무슨 죄가 있다고 지옥에 가게 한단 말인가. 한설은 고민에 잠긴 채 말을 잊지 못했다.
여인은 미옥을 보고 말하였다.
제 남편은 의병장이라서 군인 옷을 보면 알 수 있어요.
여인은 뭔가 생각난 듯 다급하게 외쳤다.
맞아요. 남편이 말해줬어요. 제가 귀수산의 촉수를 피하는 법을 알아요.
살아있는 인간의 기운은 흔들리는 호흡을 보고 촉수가 날아들어요.
호흡이 흔들리지 않으면 절대 촉수가 인간을 건들지 못할 것에요.
말이 안 된다는 듯 한설이 소리쳤다.
검을 휘두르는데 호흡이 흔들리지 않을 수 있겠느냐?
미옥은 아버지의 월정도검(月精道劍)을 회상하였다.

한의 검을 빼든 미옥은 더는 한설의 말을 듣지 않았다. 한설은 채념했다. 할 수 없이 가슴에서 부적을 꺼냈다. 부적을 손으로 작게 접어서 내밀었다.
부적을 입에 물고 있으면 호흡이 유지될거야
부적의 효력은 잠시 뿐 오래가진 않을 거야
그때 저 멀리 안개로 가득한 아우라지 깊은 골짜기에서 거대한 붉은 거북이의 형체가 나타났다.
한설은 서둘러 귀수산을 유인하기 위해 짚인형을 곳곳에 놓아두겠다.
명심해라 시간이 얼마 없다.
귀수산은 금세 인형이 가짜인 걸 알게 될 게다.
서둘러 촉수에 매달린 혼령을 구하고 이마 중앙으로 올라가 한의 검으로 찔러야 한다.
미옥은 고개를 끄덕이고 한의 검을 꺼냈다.
귀수산은 혼령의 기운을 느끼고 다가오기 시작했다. 한설은 짚인형에 부적을 붙이고 종을 흔들며 기운을 불러오기 시작했다. 귀수산을 짚인형에 혼령이 있는 걸 느꼈는지 빠른 속도로 다가오기 시작했다.
산만 한 크기의 붉은 거북이였다. 온몸이 검고 붉은 무늬로 뒤덮여 있고, 눈을 감은 거북이 얼굴에는 이마 중앙에는 거대한 붉은 점이 새겨져 있었다. 그리고 등에는 엄청난 촉수들이 춤을 추는 듯 움직이고 있었다. 그 촉수마다 혼령들이 잡혀 있고, 저마다 혼령의 비명이 진동하고 있었다.

미옥은 거대한 귀수산의 모습에 눈을 떼지 못하였다. 곧 정신을 차리고 귀수산 옆으로 빠르게 달려서 아우라지 강물로 들어갔다. 얼음처럼 찬 강물이었다. 쓰산한 기운이 온몸을 더욱 얼어 붙게 하였다. 강물은 짙은 검은 빛으로 물 안에 보이지 않았다. 점차 귀수산에 다가갈수록 거대한 촉수들이 쉬지 않고 움직이며 한설에게 날아들고 있는 게 보였다.

혼령의 비명이 귓가를 맴돌지만, 미옥은 흔들리지 않기 위해 안간힘을 써가며 뛰어들었다. 그때 발 앞에 일꾼들의 시체가 나뒹굴어 있는 걸 보고 미옥은 순간 주저했다. 다시 촉수에 갇혀 비명 지르며 고통받는 혼령들의 모습을 보자 용기를 내 뛰어올랐다.

귀수산의 등에 올라탄 미옥은 한의 검을 들고 수많은 혼령을 하나씩 촉수를 자르면서 해방하기 시작했다. 해방된 혼령들은 저마다 하늘로 날아오르더니 희미해지며 사라져갔다. 그런데 귀수산에 촉수에 백 개가 넘는 혼령을 모두 자르기엔 너무 많았다.

어느 순간부터 손목에 힘이 빠지면서 미옥이가 지치기 시작했다. 호흡도 점차 빨라지기 시작했다. 그리고 입속에 물고 있던 부적도 점점 너덜너덜 쪼개져서 글자가 지워지고 사라져가고 있었다. 그때 앞에 한 젊은 남자가 보였다. 여인이 보여준 의병의 옷을 입은 남편이었다. 미옥은 기쁜 마음에 전력을 다해서 남편을 향해 촉수를 잘라갔다. 그 순간 실수로 부적을 입에서 떨어뜨렸다.

난 조선의 혁명을 위하여 목숨까지 희생했을 뿐이요. 난 일찍 모든 것을 희생하고, 우리 민족을 위하여 일하기로 작정한 지 오래였고, 가정의 행복을 희생한 지 오래였소. 더욱이 여러 동지와 동포에게 빚진 것이 많고 지금은 늙었으니 집이나 무엇이나 사사한 일을 돌아볼 여지가 없고 오직 혁명을 위하여 최후로 목숨까지 희생할 것을 재촉할 뿐이요. 나는 밥을 먹어도 대한의 독립을 위해, 잠을 자도 대한의 독립을 위해서 싸웠소. 이것은 내 목숨이 없어질 때까지 변함이 없을 것이요

도산 안창호

수 많은 촉수가 미옥에게 날아들기 시작했다. 알고 보니 땅에 잘려 나가 버린 촉수들이 사라진 게 아니라 물에 떨어지더니 곧 거대한 촉수가 생겨서 미옥을 향해 날아들었다. 귀수산은 한설이 만든 짚인형이 가짜 혼령인 걸 깨닫고 모든 촉수를 미옥이가 자기 등에 촉수를 자르고 있는 걸 알게 되었다.

미옥은 거친 호흡을 진정하지 못하고 있었다. 드디어 겨우 의병장이 매달린 촉수에 다가서서 잘랐다. 그때 수많은 촉수가 미옥을 향해 날아들었다. 미옥은 더는 지쳐서 피할 수 없었다. 그때 의병장은 긴 장검을 들고 용맹하게 빠르고 정확하게 날아오는 촉수를 잘라내기 시작했다.

의병장은 놀라운 검의 솜씨로 날아오는 모든 촉수를 순식간에 잘라버리고 있었다. 그런데 놀랍게도 의병장에게는 정작 촉수가 날아가지 않았다. 미옥은 놀라운 광경을 보고 수운이 떠올랐다. 수운이 보여준 월정도검(月精道劍)을 저 의병장이 그대로 하고 있었다. 미옥은 다시 정신을 가다듬고 수운이 하던 데로, 몸에 힘을 빼고 숨을 깊게 들이마시고 호흡을 고르게 유지했다.

빠르게 날아오는 촉수를 흔들림 없이 정확히 자르기 시작했다. 두 사람은 점차 귀수산의 촉수를 거의 다 자르고 잡힌 혼령을 구하고 있을 때였다. 귀산수의 촉수는 혼령이 빠져나갈 때마다 힘이 약해지더니 마침내 촉수의 움직임이 엄청나게 느려지고 자리에 주저앉아버렸다. 그때 마지막 혼령을 구하자 한설이 소리쳤다.
얼른 기운이 빠른 귀수산의 이마에 한의 검을 꽂아!
미옥은 앞으로 뛰어들었다. 그렇지만 힘이 들지 않았다. 그리곤 이마 중앙에 붉은 점을 향해 정확히 검을 꽂았다. 귀수산의 검은 기운이 사라졌다. 귀수산이 사라진 자리엔 나이가 아주 많은 푸른 거북이가 보였다.
미옥이 의아하게 말했다.
봉황의 알이 보이지 않아요.
한설도 그제야 놀라서 주위를 두리번거렸다.
의병장이 다가와 말하였다.
봉황의 알은 저 아우라지 건너 비봉산 계곡에 있어요.
귀수산이 새끼을 잃은 슬픔으로 봉황의 알을 훔쳐 왔지요.
수 천 명의 의병들도 여기서 일본군에 죽었습니다.
이 모든 일은 일본군들이 저지른 죄악 때문이지요.
그제야 여인은 장군을 알아보고는 눈물을 흘리며 안겼다. 장군도 여인을 품에 꼭 안으며 말했다.
미안하오.
난 조선의 혁명을 위하여 목숨까지 희생했을 뿐이요.
난 일찍 모든 것을 희생하고, 우리 민족을 위하여 일하기로 작정한 지 오래였고, 가정의 행복을 희생한 지 오래였소. 더욱이 여러 동지와 동포에게 빚진 것이 많고 지금은 늙었으니 집이나 무엇이나 사사한 일을 돌아볼 여지가 없고 오직 혁명을 위하여 최후로 목숨까지 희생할 것을 재촉할 뿐이요. 나는 밥을 먹어도 대한의 독립을 위해, 잠을 자도 대한의 독립을 위해서 싸웠소. 이것은 내 목숨이 없어질 때까지 변함이 없을 것이요.6)
그러자 여인은 눈물을 흘리며 외쳤다.
장군님 이제 독립이 왔다고 해요!
우리 살아 생전 못다 이룬 독립을 대신해서 열세 걸음만 걷고 저승으로 가요.
조선 십삼도의 독립과 해방의 못 이룬 소망을 이렇게라도 이룹시다.7)
내 한발 한발의 조선에 살고 있는 인민들, 노동자들의 미래에 대한 희망, 새로운 사회가 실현되기를 바라는 마음을 담아 이 조국에 광명의 새벽이 밝아 오길 바랍니다! 조선 독립 만세~!
장군과 여인은 열세 걸음을 걷고는 목 놓아 소리쳤다
한설은 두 사람의 사랑이 너무나 애처로워 말했다.
아직 떠나지 마세요!
죽어서도 두 사람의 못다 한 사랑을 위해 사혼식(死婚式)을 치러드릴게요!
그러자 두 사람은 감격의 눈물을 흘리더니 한설을 향해 감사 인사를 표했다.

---

6) 도산 안창호
7) 알렉산드라 페트로브나 김

미옥은 아리랑을 불러 일본군에게 죽은 의병들의 혼령을 저승으로 돌아가도록 하였다
아리랑 아리랑 아라리요 아리랑 고개로 나를 넘겨주오 ~

미옥과 한설은 귀수산 둥지에서 푸른 빛이 가득한 봉황 알을 발견하였다.
미옥은 한설에게 말하였다.
영롱한 옥색의 푸른 알이 빛나고 있었다.
귀수산은 아우라지에 1000년을 살던 거북이었어!
아우라지를 지키는 영물이기도 해서기도를 드렸단다.
일본군들이 거북을 잡아 잘게 잘게 칼로 찌어 버리고 알은 깨뜨려버리고, 남은 새끼들마저 모조리 죽여버렸지. 원한을 품은 거북은 악귀 귀수산이 돼 버렸다.

비봉산(飛鳳山) 꼭대기에는 푸른 봉황이 누워 있는 둥지가 있었다. 푸른 봉황은 붉은 점이 그려진 거대한 말뚝에 날개가 박혀 있는 채 둥지에 힘없이 누워있었다. 미옥은 서둘러 날개에 박힌 말뚝을 제거하고는 들고 있던 푸른 알을 봉황 둥지에 다시 넣어 두었다. 그러자 봉황은 메마른 깃털에서 푸른 빛을 뿜으며 날갯짓하고 일어났다. 푸른 빛이 가득한 봉황의 날갯짓이 일 때마다 푸른 빛이 두 사람을 에워쌌다. 봉황은 알을 보자 푸른빛이 가득한 기운을 되찾았다.
봉황은 말하였다.

악귀 귀수산을 무슨 수로 물리칠 수 있었느냐?
미옥은 이무기 한과의 계약을 말했다.
봉황은 놀라워했다.
1000년을 잠자던 이무기 한이 일어나 너와 계약했더니 놀라운 일이구나
봉황은 계약을 듣자 미옥에게 분홍빛의 복숭아씨를 뿌리로 물어 미옥의 손에 주었다.
봉황은 푸른 날개로 날갯짓을 하자 푸른 기운을 흩날리며 하늘 높이 훨훨 날아올랐다. 푸른 빛이 비춰지자 아우라지에 생기가 돌더니 마침내 메마른 아우라지에 비가 내리기 시작했다.
미옥은 푸른 빛이 영롱한 복숭아씨를 받고 놀랐다. 씨앗에는 인(仁)이라는 글자가 쓰여 있었다.
미옥은 한설에 의아한 듯 씨앗을 보고 물었다.
이 글자는 무슨 뜻이지요?
미옥아 저 어지러운 세상은 서로 시기 질투하고 이익만 앞세워 탐욕만이 가득하지, 그러한 세상을 막고자 인간에게 인한 마음을 준 것이다. 인(仁)은 탐욕을 억누르고 타인의 아픔을 공감하고 배려하는 마음이다.
일본군이 온 뒤 인(仁)이 사라진 세상이 되어버렸지!

해 질 녘 붉게 타오르는 태양이 태백산맥에 내려앉고 있었다. 아우라지는 붉게 그을린 주홍빛이 물결을 비추고 있었다.

한설은 바랜 흰 명주로 된 옷을 입고는 붉게 물든 석양을 바라보더니 말했다.

음과 양이 조화를 이루는 지금 혼령이 가장 좋아하는 때다. 사혼식을 시작하자꾸나

아우라지 뱃사공아 배 즘 건네 주게~

아우라지에서 아리랑이 흘러나왔다. 재효가 장단을 맞추자 미옥이 부르는 아리랑이 아우라지 전체에 울려 퍼졌다. 상에는 술이 놓여 있었고 그 앞에는 두 사람의 이름이 새겨진 이름표가 짚으로 된 두 인형에 걸려 있었다. 한설은 짚으로 된 두 인형을 향해 종을 흔들며 기도를 올렸다. 그리곤 먼저 현주(玄酒)가 든 잔을 들어 땅에 흩뿌렸다. 그러자 아리랑이 절정에 이를 즘 한 젊은 여인으로 보이는 혼령과 젊은 총각으로 보이는 혼령이 나타났다. 두 혼령은 서로를 애처롭게 바라보더니 눈물을 흘리며 맞절하였다.

한설은 두 혼령을 보더니 종을 흔들며 외쳤다.

한이 되어 생전에 못다 이룬 사랑이여

이제 넋을 풀고, 사혼식으로 두 혼령이 혼인하여 평생 사랑할 것을 기약하시오.

두 혼령은 결혼식을 올리는 것처럼 서로가 서로에게 입술을 맞추더니 손을 잡았다. 한설은 두 혼령의 머리 위에 곡주를 뿌렸다. 그러자 향이 두 사람 주위로부터 가득 퍼져 나갔다. 그러자 향을 맡고 찾아온 혼령들이 나타나더니, 두 사람의 주위를 맴돌면서 혼인을 축하해 주었다. 이제 두 혼령이 손

을 맞잡곤 하늘로 승천할 준비를 하였다. 한설은 두 짚으로 된 인형을 불태웠다. 그제야 아픈 원한이 씻어냈다는 듯 두 혼령은 서로를 바라보며 환히 웃으며, 손을 맞잡고는 하늘로 승천하였다. 미옥은 생전에 못다 이룬 사랑이 얼마나 컸길래, 죽어서도 서로를 못 잊고 이렇게 애타게 기다렸을까 상상이 되지 않았다. 미옥은 자기도 모르게 눈물을 흘리며 아리랑을 부르고 있었다. 그리곤 하늘 멀리 완전히 두 혼령이 승천하여 사라지는 걸 보자 그제야 아리랑을 마쳤다.

화 암 동 굴

    마을에서 증만은 아우라지에서 소나무 목재를 잘라서 운반하는 사업을 일본군이 온 뒤로 독점해서 부를 쌓은 마을에 제일가는 부자였다. 일제강점기에는 일본이 효율적인 수탈을 위해 기차를 놓게 되면서 증만은 뗏목 대신 기차까지 운반하는 운송권까지 따냈다. 증만은 일본군에 바짝 엎드려 정선의 그 좋은 수많은 목재를 서울로 운반하도록 이끌고 조선총독부를 짓는 데 혁혁한 공을 세웠다는 자부심이 있을 정도였다. 하지만 일제 치하가 끝나면서 기차 운행도 멈추고 더는 목재 운반이 필요 없어졌다. 증만은 한숨을 쉬며 담뱃대에 연기를 뿜더니 먼 허공을 바라보며 말한다.
    일본군이 있을 때 참 좋았는데 어찌 독립될 수가 있다니 이럴 수가 있는가?

이제 어쩌면 좋단 말이냐?
반민특위8)가 열린다는데, 친일 행위가 드러나면 이제 끝장이다.
증만은 크게 한숨을 쉬더니 담뱃대 연기를 다시 뿜어냈다.
옆에 있던 증반의 동생 청희가 웃음을 짓더니 말한다.
형님 걱정하지 마시오. 반민특위는 해산될 거란 말이 있소.
친일 순경들이 다시 임용되어 반민특위에 잡힌 고문 기술자까지 구출했다고 했소.
자 여기 맥아더 장군님의 포고문을 보시오.
청희는 신문을 꺼내 들더니 첫 면에 나와 있는 한 조항을 가리키면서 말한다.
이 신문에 포고문 내용문에 이 조항을 좀 보시오.
신문에는 맥아더 포고문의 제목이 붙어있었고 두 번째 조항을 청희가 가리켰다.
'2조 정부 공공단체 및 기타의 명예 직원들과 고용인 또는 공익사업 공중위생을 포함한 전 공공사업기관에 종사하는 유급 혹은 무급 직원과 고용인 또 기타 제반 중요한 사업에 종사하는 자는 별도의 명령이 있을 때까지 종래의 정상적인 기능과 의무를 수행하고 모든 기록과 재산을 보존 보호하여야 한다.'
이게 뭔 말인지 아시오.
일제 강점기 때 일하던 친일 순경들의 자리를 보장하겠다는

---

8) 1948년 반민족행위특별조사위원회

말입니다.
이제 살 방법이 생긴 거요
증만은 신문을 뚫어져라 보더니 환히 웃었다.
맥아더 장군님은 우리편 이구만 다행이야 다행
그럼 뭘 하는가? 이제 돈을 못 버는데 말이야.
그러자 청희는 증만에 손을 잡더니 가까이 다가가서 말한다.
형님 일본군들이 없다고 돈을 못 버는 건 아니지요!
일본군이 남기고 간 적산을 우리가 얼른 차지하면 되잖소
그러자 증만이 청희를 보면서 생각에 잠겼다.
내가 얼마 전 뭘 본지 아시오?
화암동굴 밑에 있던 소금강을 지나는데 뭔가 반짝이는 게 있지 머요
사금이요
거기 아직도 금맥이 있어요.
일본군이 왜 기차를 설치하였는지 아시오?
겨우 저 소나무 몇 개 가져가려고 이 산골짜기 고라데이9)에 놓은 줄 아시오?
다 저 금광 때문에 기차가 들어온 것이요
게다가 그 비싼 전기도 이 산골짜기에 먼저 들어왔지요.
생각해보시오. 전국에서 끌고 왔던 근로보국대들의 시체가 아직도 즐비하잖소
금광에 얼마나 많은 사람이 노역으로 동원됐는지 아시오?

---

9) '고라데이'란 강원도 지방어로 '산골짜기'라는 뜻

내가 일본군 밑에서 노역하는 조선인을 관리하면서 다 봤지요.
전국에서 끌려온 근로보국대 조선 청년들이 개죽음당하는 걸 말이요
일본군들이 눈에 불이 켜고 찾던 게 금이요
금이면 환장하던 일본군들이 산골까지 기차를 들여놓은 이유인 거요
저놈들이 허둥지둥 도망가느냐 아직 화약이나 채굴기도 그대로요.
얼른 우리가 독차지 해야지 마을 사람들이 먼저 차지하면 다 뺏길 수 있소.
금이라는 말에 증만은 순간 눈이 번뜩였다. 그제야 모든 게 이해되었다. 일본군이 산골짜기까지 즐비하게 내려와 있던 걸 말이다. 일본군은 치밀하고 은밀하게 금을 채취하였다. 친일파마저 모르게 그 많은 금을 채취했다. 하지만 이제 금광에 일본군은 없다. 증만은 절로 미소가 났다. 더는 일본군에 굽신거리지 않고도 부와 권력을 손에 쥘 수 있게 된 것이다.

다음 날 증만은 청희와 함께 화암동굴을 갔다.
화암동굴 안에는 여전히 어둠 속 끝이 보이지 않는 곳까지 기차 레일이 연결되어 있었다. 게다가 일본군이 남겨둔 화약과 곡괭이까지 물품들이 가득했다.
청희는 환히 웃으면서 말하였다.

일본군들이 남겨둔 화약과 같은 적산이 그대로 있잖소
청희는 증만을 데리고 선 가장 깊은 화암동굴 끝 동굴 벽을
자세히 훑어보았다. 청희는 이미 오랫동안 동굴에서 조선인
근로보국대를 관리하면서 배운 금맥을 보는 실력이 있었다.
형님 여보소. 금맥이 있잖소
황금색의 금맥이 돌 사이로 길게 나 있었다.
증만은 금맥을 놀라운 얼굴로 두 눈을 크게 뜨고 보더니 입
을 다물지 못하고 있었다.
이제 떼돈을 벌 수 있겠구먼
쉿 절대 이 마을에 알려지면 안 되지!
내 당장 몰래 노역할 사람들을 불러올 테니 당장 시작하자
증만은 탐욕스러운 미소 지으며 청희와 함께 금광을 나왔다.
며칠 뒤 증만은 충성스러운 부하들을 불러 모았다. 증만은
그간 친일을 하며 얻은 권력과 부로 키워낸 충성스러운 부하
들이 있었다. 증만은 일본군을 대신하여 말썽 피우는 조선인
을 관리하였다. 조선인의 탈피를 썼지만, 일본인도 혀를 내두
를 정도로 잔혹하였다. 아무도 모르게 일본군 눈엣가시 같은
독립군을 찾는 밀정을 조직해서 잔혹하게 고문하고 죽였다.
그때 손과 발이 되었던 밀정들을 불러 모았다. 독립된 후 죄
인처럼 쥐도 새도 모르게 숨어지냈었다. 그런 그들에겐 금은
새로운 기회이자 축복이었다. 금이라는 소리에 즉각 밀정들
은 증처럼만 탐욕스러운 미소를 지으며 모여들었다. 그들은
증만과 한 몸이라 할 만큼 뜻이 같았다. 부와 권력을 얻을

수 있다면 물불 가리지 않은 족속들이다. 그들이라면 쥐도 새도 모르게 은밀히 일을 진행할 수 있다.
다이너마이트를 설치하고 뒤로 물러서 있었다. 그러자 다이너마이트를 설치한 뒤로 길게 늘어선 선을 따라 있는 스위치를 눌렀다.
첫 폭파요
거대한 폭파가 동굴에서 일어났다. 청희는 자세히 보더니 고개를 저으며 말했다.
이걸로 안 되겠구먼. 한 번 더 하세
다시 스위치를 눌렀다.
두 번째 폭파요
이걸로도 안 되겠고 먼. 두 번은 더하세
다이너마이트가 어둠을 뚫고 거대한 소리가 울리면서 동굴에 불빛을 내고 폭발했다.
그러더니 바위 사이에서 두껍게 금맥이 담긴 돌조각이 나 뒹굴었다.
금맥이 있는 돌을 보던 증만은 환호성을 질렀다. 증만의 부하들도 저마다 소리쳤다. 새로운 시대에 다시 권력과 부를 얻을 기회가 생긴 것이다.
됐구먼. 이 금을 보세
일본군이 없어도 이제 걱정이 없구먼
증만은 매일 밤이면 황금빛으로 빛나는 금을 들여다보며 닦고 또 닦았다. 금을 볼 때마다 증만은 웃음이 떠나지 않았다. 그 웃음은 일본이 조선을 쳐들어와서 총독부를 세웠다는 소리를 들었을 때도 같은 웃음이었다. 일사 치욕의 계약을 맺을 때도 같은 웃음이었으며, 명성황후 시해 사건을 들었을 때도 같은 웃음이었다.

서당에 수운 친구 해월이 숨을 헐떡이며 뛰어왔다. 해월은 숨을 거칠게 쉬면서 다급히 말한다.
수운 급히 할 말이 있소
수운은 해월을 보자 예삿일이 아닌 걸 눈치채고는 학생들에게 말했다.
오늘 수업은 여기까지 하겠다.
서당의 학생들이 저마다 벼루와 먹을 챙기고는 집으로 돌아갔다.
해월은 수운에게 기운이 빠진 목소리로 말했다.
반민특위가 해산됐다고 합니다.
아니 어떻게 그게 가능하다는 말입니까?
친일 순경들이 다시 임용되었다고 해요.
게다가 온갖 독립군을 고문했던 고문 기술자까지 10)석방하더니 사실상 무산된 거지요
친일파들이 다시 거리를 활보하기 시작했소.
게다가 일본이 남긴 금광까지 넘보고 있으니

---

10) 1949년 1월 26일 대통령은 특위 위원장을 불러 석방을 종용하고, 이후 무죄를 선고한 뒤 석방

이런 비극이 어딨있냔 말입니다.
수운은 놀라면서 해월에게 되묻는다.
아니 금광이라니 무슨 말이요?
해월은 혀를 차면서 말한다.
증만이 일본군들이 남겨둔 금을 캐고 있다지 머요
밤마다 증만이 사람들을 데리고 화암동굴에 들어가더니, 꽝 하는 소리가 여러 번 났소.
필시 금 때문이요.
꽤 오래되었는데도 워낙 은밀하게 진행되고 있어서 몰랐던 거요.
수운은 주먹으로 책상을 치더니 격분하면서 외친다.
이 친일파 놈들이 일본군이 나가자 납작 엎드려 잠자코 있더니
그 더러운 욕망이 다시 꿈틀거리고 있구나!
수운은 다시 탐욕으로 채워질 죄악이 마을에 뿌려지는 것을 생각하자 탄식했다. 일본군이 탐욕을 위해선 물불 가리지 않던 행태를 다시 반복되는 것이다.
금광은 마을 공동 재산으로 수익으로 학교와 병원을 세워야 한단 말이오!
수운은 평소에 군자의 도리를 따라 감정이 요동하지 않는 사람이었다. 한데 화가 나 감정을 주체하지 못했다. 책상을 치고 일어나 서둘러 옷을 입었다. 수운에 머리엔 증만의 가증스러운 미소가 지워지지 않았다. 일본군에 머리를 조아리면

서도 조선인을 괴롭히며 짓던 미소 말이다.

수운은 집을 나서서 바로 증만의 집을 향해 달려갔다. 증만의 집은 크고 으리으리한 대궐 같은 집이었다. 정문에는 증만의 호를 따서 벽수산장이라는 이름이 문에 쓰여 있었다. 정문에서 저택까지 걸어 들어가는 데만 30분이 넉넉히 걸렸다. 집은 무려 200평이나 되는 저택으로 지어져 있으며, 왕궁에서나 쓰는 지붕의 틀로 되어있었다. 게다가 증만의 집 뒤엔 비봉산이 한눈에 바라보이는 풍경이 너무나 아름다웠다. 마치 임금님의 왕궁과 같았다. 증만의 집에 도착한 수운은 문을 두드리며 증만을 불러냈다.
증만은 아무 일 없다는 듯이 나와서 말했다.
무슨 일이요 서당이나 지킬 수운이 여기까지 말이요?
화암동굴의 금을 캐고 있다고 들었소
그건 마을의 공동 자산이요
허허 무슨 소리요 수운 난 그런 적 없소이다
누가 헛걸 보고 말한 게 분명하오.
이미 증만 얼굴을 본 사람이 한둘이 아니요. 거짓말하지 마시오.
모른 척 잠자코 있던 증만 얼굴이 일그러졌다.
금이 있으면 먼저 가져가는 게 임자 아니겠소
일본군이 갔으니 주인 없는 곳에 내가 먼저 봤으니 이제 내 것이지 말이오.

절대 그렇게는 안 됩니다.
내가 마을 사람들을 모아서 금 채광을 막겠습니다.
수운은 증만 집을 나섰다.

피 아 골

미옥은 아리랑을 부를 때면 어머니가 떠올랐다. 매일 하루도 빠지지 않고 아리랑을 부르면서 슬픈 마음을 달래고 있었다. 소리꾼 재효는 그런 미옥의 모습에 자상하면서도 엄격하게 가르쳤다.
미옥은 소리꾼 재효 앞에서 아리랑을 불렀다.
재효가 미옥의 아리랑을 듣고 말한다.
미옥아 발성이 많이 좋아졌구나!
이제 소리의 한을 담아 꺾어보거라
재효가 소리를 꺾어 아리랑을 부른다.
아리랑 아리랑 아라리요 아리랑 고개로 나를 넘겨주오 ~
미옥이 소리를 꺾어 따라 부른다.
재효가 미옥에게 정색하며 소리친다.

미옥아 그렇게 소리를 억지로 꺾는 건 노랑목이다.
억지로 꾸미려고 목청을 지나치게 꾸며 속되게 내는 소리란 말이다.
자연스럽게 가슴 깊은 곳에 있는 한을 흥으로 풀어내어 꺾는 것이다.
계속 연습해 보거라

수운은 마당에서 검을 휘두르고 있었다.
오늘은 두 번째 검도인 유식도검(唯識道劒)을 알려주마
검이란 마음과 같은 것.
두려운 마음은 검을 흔들리게 한단다.
검이 흔들리면 허점이 보이기 마련이다.
거대하고 흔들리는 상에 바라보지 말아라.
감각에 펼쳐진 형상 뒤에 있는 기운을 느끼고 꿰뚫어라.
아버지는 저 앞에 펄럭이는 깃발을 가리켰다.
미옥아 저 흔들리는 깃발이 무엇 때문이더냐
바람 때문이지요.
아니다 흔들리는 것은 바람도 아니고 깃발도 아니다.
그걸 바라보는 네 마음 때문이란다.
미옥은 계속 아버지를 상대로 휘두르지만, 아버지는 쉽게 피하면서도 제대로 공격할 수 없었다.
깃발이 없으면 흔들리지 않듯이 너의 마음을 온전하게 하면 흔들리지 않는단다.

감각에 의존해 상대방의 검에 휘둘리지 말고 온전히 네 마음에 집중하고 검을 보아라.
흔들리지 않는 네 마음이 깊어질 때 기운을 느낄 수 있다.
미옥은 한참을 아버지를 공격하였지만, 아버지는 모두 재빠르게 피하면서 정확히 미옥의 약점을 간파했다.
수십 번의 검을 휘두르다가 지쳐서 미옥은 그만 땅에 주저앉고 말았다.
수운은 검을 거두고 미옥을 일으켜 세웠다. 미옥을 대견히 뜻 바라보며 수운은 말했다.
미옥아, 그만했으면 훌륭한 검술이다.
계속 검술을 게을리하지 말고 정진하거라!

시장에서 마을 사람들이 모여 얘기하는 게 들렸다.
에구 또 아기가 유산되었다지 뭐야
어쩌면 좋소. 아기가 갈수록 줄어드니 쯧쯧
삼신할매께 기도를 드려야겠어요.
미옥은 마리아와 함께 시장에서 장을 보고 걱정된 얼굴로 지켜보았다. 일제강점기 후부터 정선은 급격하게 아이가 유산되고 있었다.
미옥은 집으로 돌아오며 마리아한테 물어본다.
삼신할매가 누구예요?
삼신할매는 아기가 쑥쑥 크게 도와주는 산신령이다.
아기를 갖고 싶으면 기도를 드리면 아기를 가질 수 있고 건

강하게 낳을 수 있지

한설은 옥구슬처럼 분홍 빛이 가득한 봉황이 준 복숭아씨를 비단 위에 올려 두고 정성스럽게 기도하고 있었다.

미옥은 한설을 보며 의아하게 묻는다.

무슨 기도를 정성스럽게 드려요?

오래전, 이 땅에 사라진 인의를 되살리려면 열심히 기도해야 해.

한설은 책상으로 들어와 한의 책을 펼치고 바라보았다. 한의 두 번째 과제는 태백산맥 동쪽 아주 깊은 곳에 있는 계곡 피아골이었다. 황혼이 되면 피아골의 계곡물은 온통 핏빛으로 되어 땅으로 떨어지는 게 보였다. 그 광경이 너무나 괴상하고 공포스러워서 미옥은 눈을 가리고 말았다. 피아골 앞에는 악귀 구미호가 보였다. 구미호는 여우의 형체로 9개의 꼬리가 달린 악귀였다.

한설은 한의 책을 덮고 미옥을 보며 말하였다.

피아골은 일본군에 죽은 사람들의 피가 낭자하다고 해서 지어진 이름이야.

너무나 애처로운 한이 맺힌 곳이지

독립군이 일본군과 맞서 싸우던 곳이며, 수많은 마을 사람의 시체가 버려진 곳이지,

거긴 지금도 황혼 무렵이면 계곡물이 핏빛으로 변해서 마치 핏물의 계곡으로 보여

그럴 때면 빠져 죽은 여인의 비명이 여전히 메아리치며 들려

그런 여인의 혼령을 구미호는 꼬리마다 달고 다니며 빨아 먹고 살고 있지.

구미호는 자기 몸을 여러 개로 허상을 만들고 우리를 미혹하지

매혹당한 혼령에 혼령의 구슬을 손으로 던지는데, 그걸 맞으면 악한 기운으로 혼령이 갇혀 버리고 말아

황혼 무렵이 되면 구미호가 나타나니까 내일 황혼 무렵에 피아골로 가자

미옥은 집으로 돌아가는 길에 처음 보는 백발의 할머니가 노래를 부르고 있었다.

광막한 광야에 달리는 인생아~ 너의 가는 곳 그 어디이냐 쓸쓸한 세상 험악한 고해를 너는 무엇을 찾으러 가느냐~ 눈

물로 된 이 세상은 나 죽으면 고만일까~ 행복 찾는 인생들아 너 찾는 것 허무~11)

할머니 무슨 노래를 부르고 계시나요?

미옥을 본 할머니는 슬프게 말하였다.

안타깝게 죽은 여인들의 죽음을 찬미하는 노래라오.

내 부탁이 하나 있다오

내가 귀한 팔찌를 냇물에 잃어버렸어요.

예쁜 소녀야 내가 몸이 아파 냇물에 못 들어가는데 대신 들어가서 내 팔찌를 찾아줄 수 있겠니?

미옥은 치마를 걷고 냇물에 들어갔다. 차가운 냇물에는 자갈들이 햇빛에 반짝이고 있었다. 열심히 팔찌를 찾았지만 보이지 않았다.

할머니 무슨 색의 팔찌에요?

붉은 옥으로 된 팔찌인데 거기 있을 거요

미옥은 한참을 찾아보았다. 그러자 한 바위에서 붉은빛이 반짝이고 있었다. 바위를 들어내는 순간 붉은 옥으로 된 팔찌가 있었다. 붉은 옥팔찌를 들어서 할머니에게 건네려는 순간

---

11) 윤심덕 작사 노래 '사의 찬미'

할머니는 자리에 없었다. 미옥은 두리번두리번 할머니가 없는 걸 깨닫고, 팔찌를 들고 집으로 돌아왔다.

다음날 황혼 무렵 붉은빛이 반짝이는 옥팔찌는 햇빛에 반짝여 더욱 신비하게 보였다. 미옥이 팔찌를 끼자 팔에 딱 맞았다. 그리곤 집을 나와 한설과 피아골을 향해 갔다.

피아골은 험준한 협곡이었다. 피아골 주위는 피나무가 빼곡히 있어 붉은빛을 이루고 있었다. 피아골 깊은 협곡에는 백청색 암반이 깔려 있고 계류를 따라가다 보면 폭포와 깊은 못이 이어진다. 예로부터 이곳에서 아이를 낳게 해달라고 삼신할매에게 기도를 드리면 아이를 낳을 수 있다고 하여 여인들이 자주 찾는다고 알려져 있었다.

해질 무렵 태양이 산기슭까지 내려앉았다. 붉은 태양이 피아골에는 더 강렬하게 비춰 핏물의 계곡이라고 불릴 만큼 핏빛의 물이 계곡 아래로 떨어지고 있었다. 그 광경이 징그럽고 두려워 이미 사람의 발길이 끊긴 지가 오래되었다. 스산한 바람이 계곡에 불어 들고 붉은 핏물처럼 보이는 계곡물이 사방으로 튀어 붉은 핏물이 계곡 전체를 에워싼 붉은 안개가 더욱 공포가 이루게 하고 있었다. 미옥은 핏물로 이뤄진 피아골을 보고 공포에 짓눌러 차마 보지 못한 채 고개를 숙이고 걷고 있었다.

한설은 미옥을 보고 말하였다.

백을 잃은 혼은 증오와 원한 속 불안한 기운에 놓일 때 악귀의 먹이가 되지

마찬가지로 산 자에게도 악귀는 불안한 기운을 맡고 쫓아온다.

보이는 거에 미혹되어 불안해 떨지 말 거라! 공포에 당당히 맞서야 해!

공포는 악귀가 가장 좋아하는 것이야

미옥은 힘겹게 고개를 들었다. 마침내 지옥에 도착한 듯한 핏물 계곡 앞에 두 사람은 도착하였다. 거대한 핏물이 쏟아져 내리는 데 구미호의 인기척이 보이지 않았다.

미옥아 조심해 구미호는 이미 우리가 온 걸 알고 있을 거야 어디서 튀어나올지 모르니까 경계를 늦추지 마

그 순간 앞에서 뭔가 빠르게 나타났다 사라지는 보였다. 그런데 그 옆에서도 무언가가 움직이고 있었다. 그러더니 뒤에서도 보였다. 사방에서 빠르게 무언가의 그림자가 움직이고 있었다.

한설은 소리쳤다.

구미호가 나타났다. 여우처럼 속도가 아주 재빨라 조심해야 해, 저기다

일본군이 마을에 곡식 수만 석을 불태우고, 총으로 죽이고, 칼로 찔러 죽이고, 몽둥이로 때려죽이고, 목을 졸라 죽이고, 도끼로 찍어 죽이고, 생으로 매장하기도 하고, 불에 태우고, 솥에 삼기도 하고, 몸을 갈가리 찢어발겨 죽이고, 코를 꿰기도 하고, 갈비뼈를 발라내기도 하고, 머리를 자르기도 하고, 허리를 자르기도 하고, 눈알을 뽑기도 하고, 사지에 못을 받기도 하고, 손과 발을 자르고 정말 인간이 못 할 짓을 일본군들은 오락으로 삼았어요. 게다가 할아버지와 손자가 같이 죽고, 아비를 죽여서 어미에게 보이고, 아우를 죽여서 형에게 보이고, 부모의 혼백 상자를 끌어안고 도망가는 것을 죽이고, 산모가 아이를 싸 안고 도망가다 같이 목숨을 잃기도 했어요.

박은식 책 '한국독립운동의 지혈사'

구미호가 앞쪽에서 뛰어오기 시작했다. 그러자 미옥도 소리쳤다.

반대쪽에서도 구미호가 뛰어오고 있어 아니 저쪽에서도 있어.

사방에서 구미호가 튀어나와 빠르게 달려들고 있었다.

미옥과 한설은 사방에서 달려오는 구미호에 에워싸여 있어 어쩔 도리가 없었다.

구미호가 코앞까지 와서 달려들기 직전, 한설이 봉황의 그림이 그려진 부적을 꺼내더니 종을 흔들었다. 그러자 봉황이 부적에서 나와 미옥과 한설을 푸른빛으로 에워싸였다. 구미호는 코앞에서 푸른빛의 결계에 튕겨 나가 버렸다. 무려 9마리의 구미호가 다시 일어나 한설과 미옥을 둘러싸고 있었다. 구미호는 수백 개의 꼬리를 자랑스럽게 흔들면서 노려보고 있었다. 구미호가 말했다.

봉황의 결계를 쓰는 인간들이구나 그깟 결계에 내가 놀랄 줄 아느냐? 너희 혼령까지 먹어주마

한설은 미옥에게 말하였다.

구미호는 한 마리에 불과해 나머지는 변신술이니까 미혹되어선 안 돼

먼저 저 꼬리에 있는 혼령을 구하려면 꼬리를 모두 잘라버리고 구미호의 약점인 심장을 한의 검을 찔려야 해

시간이 얼마 없어 이 악귀로부터 보호하는 봉황의 결계도 얼마 못 버티고 사라져 버릴 거야

내가 구미호를 유도할 테니 미옥아 기회를 엿보다가 진짜 구미호를 찾아서 구미호의 심장에 검을 찌르렴.

미옥은 고개를 끄덕이며 한의 검을 꺼내들었다.

한설은 부적을 여기저기 펼쳐서 거짓 혼령으로 구미호를 유인하기 시작했다. 9마리의 구미호는 부적을 따라 여기저기로 흩어지기 시작했다. 이때 미옥은 거짓 혼령에 유인된 구미호를 한 마리 씩 검으로 꼬리를 잘랐다. 환영으로 된 구미호들이 점차 검에 잘려 사라져 갔다. 마침내 6마리의 환영이 사라지고 3마리의 구미호가 남았다. 하지만 거짓 혼령인지 알게 된 구미호는 더는 부적을 쫓지 않았다. 구미호는 한설의 주위를 둘러 쌓고 공격하고 있었다. 한설의 봉황의 부적으로 결계가 무너져 가고 있었다. 한설은 궁지에 몰리게 되었다. 미옥은 달려들어 나머지 2개의 환영마저 겨우 제거했다. 그러자 구미호는 웃음을 띠면서 9마리의 환영을 다시 만들어내 버렸다. 9마리의 구미호는 각자 흩어진 미옥과 한설에 달려들기 시작했다. 한설은 부적을 갖고 구미호를 겨우 막아서고 있었다. 미혹은 칼을 휘두를 때마다 환영인 걸 알고는 실망

했다. 그때 한 구미호가 혼령의 구슬을 손에 모으기 시작한 것을 보게 되었다. 바로 한설에 던지기 위해서였다. 미옥은 한설이 환영에 둘러싸서 혼령의 구슬을 모으는 구미호를 보지 못하고 있었다. 미옥은 환영을 없애고 한설에 뛰어갔다. 그리곤 혼령의 구슬을 한설에 던지는 순간 몸을 날렸다. 한설 대신 미옥은 혼령의 구슬을 팔목에 맞고 쓰러졌다. 한설은 혼령의 구슬이 맞은 미옥을 보고 주저앉고 말았다. 구미호는 여유로운 웃음을 띠면서 쓰러진 미옥을 보며 입맛을 다시고 있었다. 미옥의 몸이 점차 검은 기운으로 뒤덮더니 굳어져 갔다. 그런데 팔찌의 붉은 빛이 빛을 발하더니 검은 기운이 빨아들이기 시작했다. 그때 미옥의 손목에 있는 붉은 옥팔찌를 본 한설은 놀라움을 감추지 못했다. 미옥이 다시 기운을 되찾고 일어선 것이다. 구미호는 놀라서 뒤로 물러섰다. 미옥은 겨우 정신을 차리고 자기 손목에서 빛이 나는 적색의 옥팔찌를 보고 놀랐다.

한설은 미옥을 일으켜 세우고 말하였다.

미옥아 옥팔찌가 너를 살렸구나! 시간이 없단다.

마지막으로 남은 부적을 이용해서 구미호와 정면으로 싸울 테니 구미호를 없애거라

구미호도 이제 혼령의 구슬을 쓴 이상 기력이 많이 떨어졌어.

특히 환영은 기운이 많이 떨어져서 구분이 된다.

미옥은 검을 들고 일어섰다. 확실히 아까보다 구미호는 힘이 떨어져 있는 게 느껴졌다. 하지만 미옥의 눈에는 아홉 마리의 구미호가 구분되지 않았다.

미옥은 생각했다.

어떻게 하면 환영을 구분할 수 있을까?

그때 아버지의 유식도검(唯識道劒)이 떠올랐다. 감각에 의지하여 움직이지 말고 마음을 비우고 상대의 기운을 느껴라.

다시 구미호가 달려들기 시작했다. 한설은 남은 모든 부적을 사용해서 구미호에게 가짜 혼령으로 유도하여 대추나무 지팡이로 공격하면서 환영을 없애고 싸우기 시작했다. 미옥도 옆으로 돌아서 달려드는 구미호들을 관찰하기 시작했다. 그때 유독 맨 뒤쪽에 있는 구미호에서 다른 강한 기운과 빠른 움직임과 날카로운 손톱으로 할퀴는 모습이 느껴졌다. 게다가 수백 개의 꼬리에서 혼령들의 기운이 움직일 때마다 느껴졌다. 미옥은 뒤로 돌아 맨 뒤쪽 구미호에게 달려들어 수백 개의 꼬리를 한 번에 잘라버리자 구미호가 비명을 지르며 고통스러워하였다. 그제야 환영이 사라지고 꼬리가 잘린 구미호만이 남겨졌다. 구미호의 잘린 꼬리에서 수많은 혼령이 풀려서 주위에 나타났다. 구미호는 기운을 잃어버린 채 겨우 일어났다. 미옥은 그때 달려들어 구미호의 가슴팍의 심장에 한의 검을 찔렀다. 그러자 구미호는 악한 기운이 빠져나가면서 여우의 원래의 혼령으로 돌아왔다.

한설은 혼령에서 눈을 떼지 못하다가 힘겹게 말하였다.

미옥아 이제 아리랑을 불러 혼령이 다시 돌아가도록 해야지

수많은 여인의 가련한 혼령이 보였다. 근로정신대에 끌려가 일본군에게 온갖 폭력에 시달리다가 손가락이 잘리고, 핏덩어리를 토하고, 그 고통 때문에 차라리 죽음을 선택한 이들의 가슴 저린 아픔이 그들의 눈물 흘리는 얼굴에서 드러났다. 그중 옥팔찌를 준 할머니가 보였다. 미옥은 할머니에게 다가가서 말했다.

어제 시냇물에서 옥팔찌를 찾던 할머니 맞지요? 여기 옥팔찌를 찾았어요.

할머니는 웃으면서 말하였다.

내 잃어버린 옥팔찌를 찾아주어 고맙다오.

이 옥팔찌는 삼신할매 것이요

저 계곡 뒤 여우 굴에 있는데 대신 전해주겠소?

그때 한설은 할머니를 보자 눈물을 흘리었다.

어머니 잘 계셨는지요?

한설은 떨리는 목소리로 천천히 입을 열었다.

한설아, 이제 그 지팡이가 잘 어울리는구나 이 마을을 지키는 의젓한 만신이 다됐구나!

미안하다 이 못난 어미 대신 잘 부탁한다.

눈물을 흘리는 한설을 할머니는 꼭 안아주었다. 한설은 그동안 한 번도 감정이 흔들리지 않았었다. 그런데 지금 처음으로 미옥 앞에서 눈물을 흘렸다.

피아골의 검은 기운은 사라지고 생기가 돌았다. 그리곤 그 핏물로 가득해 보인 계곡물은 원래의 푸른 빛이 가득한 계곡물로 돌아왔다. 미옥은 아름다운 목소리로 아리랑을 부르기 시작했다.

아리랑 아리랑 아라리요 아리랑 고개로 나를 넘겨주오 ~
계곡물 전체에 메아리쳐서 울려 아리랑이 더 멀리 퍼져갔다.

그런데 아리랑을 부르던 미옥이가 중간쯤 점차 눈물이 가득하더니 주저앉고 말았다.

미옥은 울면서 말했다.

노래를 도저히 못 부르겠어요…

일본군이 마을에 곡식 수만 석을 불태우고, 총으로 죽이고, 칼로 찔러 죽이고, 몽둥이로 때려죽이고, 목을 졸라 죽이고, 도끼로 찍어 죽이고, 생으로 매장하기도 하고, 불에 태우고, 솥에 삼기도 하고, 몸을 갈가리 찢어발겨 죽이고, 코를 꿰기도 하고, 갈비뼈를 발라내기도 하고, 머리를 자르기도 하고, 허리를 자르기도 하고, 눈알을 뽑기도 하고, 사지에 못을 받기도 하고, 손과 발을 자르고 정말 인간이 못 할 짓을 일본군들은 오락으로 삼았어요. 게다가 할아버지와 손자가 같이 죽고, 아비를 죽여서 어미에게 보이고, 아우를 죽여서 형에게 보이고, 부모의 혼백 상자를 끌어안고 도망가는 것을 죽이고, 산모가 아이를 싸 안고 도망가다 같이 목숨을 잃기도 했어요.12).

저들의 혼령에서 일본군에게 죽어가는 모습들이 생생히 떠올라요.

미옥은 주저앉아 하염없이 울고 있자, 할머니가 다가와 안아주며 말했다.

미안하구나. 인간의 죄업을 대신 짊어져야 하는 게 만신의 숙명이란다.
이 죄악을 홀로 짊어진 채 이겨내야 하는 고통의 업보이지 이 업보를 홀로 떠안게 해서 미안하단다.

---

12) 박은식 책 '한국독립운동의 지혈사 '

할머니는 미옥을 토닥여주면서 강직하게 말했다.
이제 벗어날 수 없는 운명인 걸 알고 강해져야 해
미옥아 저 여인들의 아픔을 알았다면 어서 일어나 한을 풀어주고 저승으로 가게 해 주렴.
미옥은 하염없이 나는 눈물을 주체할 수 없었다. 그러자 할머니는 일어나 말했다.
권력자들의 탐욕으로 얼룩진 시대에 민중들은 한을 먹고 자라나는 나무란다.
저 한을 먹고 자라난 민중들의 고초를 가엽게 여기고 누군가 그 아픔을 헤아려 줘야 한다.
내가 대신 저 슬픈 여인들의 위해 한의 노래를 불러보마
광막한 광야에 달리는 인생아~ 너의 가는 곳 그 어디이냐 쓸쓸한 세상 험악한 고해를 너는 무엇을 찾으러 가느냐~ 눈물로 된 이 세상은 나 죽으면 고만일까~ 행복 찾는 인생들아 너 찾는 것 허무~13)

죽은 여인들의 혼령들이 모두 눈물 흘리며 노래를 따라 불렀다.
미옥은 울음을 그치고 일어나 같이 노래를 불렀다.
저마다 눈물을 흘리던 혼령들은 점차 저승으로 날아오르기 시작했다. 그리고 마침내 할머니도 하늘로 승천하였다.

한설은 미옥에게 말했다.

---
13) 윤심덕 작사 노래 '사의 찬미'

어머니는 1년 전, 이 피아골에 한 맺힌 혼령들을 풀어주려고 살풀이 굿을 하다가 구미호에 잡아 먹히었어.

어머니가 돌아가신 후 홀로 서낭당을 지켰어.

너무나 외롭고 길고 긴 고독의 시간이었단다.

고독은 양면의 칼과 같아서 외로움에 짓눌려 어둡고 쾌쾌한 독방에 갇혀 악귀의 유혹에 빠질 수 있다.

한편으론 깊은 사색과 기도로 성스러운 길을 걸어 신명(神明)을 향할 수도 있지.

긴 고독이 아슬아슬 두 극단의 경계를 지나고 있을 때 울부짖는 혼령들이 고독의 사슬로 묶인 감옥을 벗어날 것을 갈구했어.

만신은 한 맺힌 혼령은 풀어주고, 산 자의 아픔은 대신 짊어지는 고통과 외로움을 감내해야만 한다.

나 외에는 그 누구도 외로운 길을 감내할 사람이 없었다.

한설은 만신이 돼야만 했던 지난날들의 아픔을 토해내었다.

여우 굴에는 삼신할매가 기운을 잃은 채 쓰러져 있었다. 삼신할매는 인자한 할머니의 모습으로 흰 한복을 입었지만, 붉은빛이 뿜어져 나왔고 가득한 성스러운 기운이 느껴졌다. 하지만 쇠약해진 몸으로 인해 일어나지 못하고 있었다.

할머니 팔에 다시 붉은 옥팔찌를 끼우자 삼신할매는 붉은빛이 가득 비춰주면서 인자한 미소를 띠고는 다시 기운을 되찾으며 말하였다.

일본군의 당한 여인들이 이 계곡까지 왔어요.

나는 그들을 도와주려고 했지만 어쩔 도리가 없었어요.

그 죽음을 보면서 너무나 가슴이 아파서 더 기운을 쓸 수가 없었어요.

그때 혼령을 집어삼키고 거대한 악귀가 된 구미호가 내 팔찌를 빼앗고 여우 굴에 봉쇄해버렸지요.

고맙소. 이제 다시 내 이 마을의 여인과 아이들을 위해 기운을 내겠소

한과 계약을 했나 보려 조심하시오. 앞으로 더 무서운 악귀들이 기다리고 있다오.

삼신할매는 붉은 빛이 가득한 대추나무 씨앗을 주었다. 씨앗에는 孝(효)가 쓰여 있었다.

미옥이 말하였다.

孝(효)가 무슨 뜻이지요?

부모에 도리를 다하는 마음이지

부모는 그저 자식이 아플까 걱정할 뿐이란다.

일본군들이 오면서 이 땅엔 효가 사라져 버리고 각자 살아남기 위한 욕망만 남아버렸지

이제 삼신할머니가 돌아왔으니 이 땅에 효를 되살리고 아이들이 잘 자라날 수 있는 도리를 세울 수 있겠구나!

한설은 눈물을 흘리던 아까와는 다르게 금세 냉정한 얼굴로 돌아왔다.

미옥은 그런 한설이 신기해서 물었다.

한설 님은 어떻게 평온한 마음을 유지하세요?

내 이름이 뭔 뜻인지 아느냐??

차가울 한(寒), 눈 설(雪)이란다.

차가운 눈, 어머니가 지어준 뜻이지

그 어떤 것 미혹된 마음에도 흔들리지 않는 만신이 되라는 염원이란다.

항상 평정심을 유지해야 만 해

악귀는 흔들리는 네 마음을 노리고 혼령을 집어삼키려 다가

오는 점을 잊지 말아라.

인 민 위 원 회

수운은 서당에서 맹자를 펼쳐 놓고 제자들에게 말한다.
제선왕이 '신하가 자기 왕을 죽여도 됩니까? 라고 묻자. 맹자는 인(仁)을 해치는 자를 적(賊)이라고 하고, 의(義)를 해치는 자를 잔(殘)이라고 했다. 잔적(殘賊)을 일컬어 한 사람의 필부라고 했다. 한 사람의 필부인 주(紂)를 죽였다는 말은 들었어도, '왕을 시해했다'라는 말은 듣지 못했다고 했다14).
맹자는 걸과 주는 인의를 해치는 도적과 같은 자로서 왕이라고 할 수 없으며 쫓아낼 수 있다고 한 것이다.
모두 도적과 같은 왕은 혁명을 일으켜 바꿔야 하는 것임을

---

14) 맹자

명심하거라.

수업이 끝나기를 기다리던 해월은 다가와 수운에게 말하였다.

당장 오늘 밤 사람들을 불러 모으겠소.

어서 증만의 행위를 중단시켜야 하오

그러자 수운은 고개를 끄덕이며, 해월에 어깨를 두드렸다.

고맙소이다 해월 동지 부탁하네!

수운의 집에는 달빛이 밝게 비추어오는 날임에도 불이 환하게 켜져 있었다.

수운은 몇 명의 청년들과 함께 앉아 말을 했다.

일본군이 남긴 적산을 절대 친일파 놈들에게 다시 내줄 수는 없소다.

증만이 화암동굴에 있는 금을 채취하기 시작했소. 이대로 그냥 두고 볼 수는 없어요.

우리 마을 사람들을 불러 모아 막도록 합시다.

그러자 옆에 있던 친구 해월이 말했다.

아무리 일본군이 물러갔다 해도 증만놈은 아직도 마을의 부자이자 권력자요 아직 마을에서 제일 돈도 많고 힘도 많고 따르는 사람도 많아요.

어설프게 싸웠다가는 뼈도 못 추리고 당할 거요

수운은 말했다.

내 안 그래도 힘을 모으려고 했소

이 마을을 새로 의롭고 공평한 세상을 만들기 위해 단체를 건립하려고 했소

그러자 듣던 해월이 흥분되는 목소리로 거들었다.

북쪽은 일본군이 남긴 적산을 공평하게 나누고, 친일파를 청산하여 친일파에게 빼앗은 토지를 모든 민중에게 십오마지씩 땅을 돌려준다고 하더군요15)

지금 서울에서도 여운형을 중심으로 건국준비위원회(建國準備委員會)와 그 아래 인민위원회라는 자치 조직을 만들어서, 친일파 청산과 적산을 민중에게 땅을 돌려주는 계획을 세우고 있다고 합니다.

수운은 해월에 말을 듣고는 일어나 다짐하듯이 외쳤다.

맹자는 다스리는 자의 보배는 세 가지가 있으니 토지 인민

---

15) 북조선 토지개혁에 관한 법령(1946.3.5)

정사16)라고 했소!

우리도 새로운 세상은 인민이 주체가 되는 인민위원회를 만듭시다.

그래서 치안을 바로 잡고 적산을 공평하게 나누고 인민이 주체가 되는 나라를 새로 만드는 거요.

내일 오일장에 가서 마을 사람들에게 알립시다.

친일파 손에 다시 이 마을을 뺏길 순 없잖소

결연을 다지며 수운은 시를 읊었다.

사나이의 뜻을 품고 나라 밖에 나왔다가

큰일을 못 이루고 몸 두기 어려워라.

바라건대 동포들아 죽기를 맹세하고

세상에 의리 없는 귀신은 될지 말지어다

안중근 의사가 결기를 다지며 동지들과 맹세한 시요!

이 땅을 다시 친일파들의 탐욕에 넘겨버릴 수 없소이다.

그러자 동료들은 모두 고개를 끄덕였다.

---

16) 孟子曰 諸侯之寶三 土地人人政事

해방 이후 오일장은 다시 활기를 찾기 시작했다. 일본군의 압제 억눌렀던 사람들이 나와서 자유롭게 물건을 팔고 활기를 되찾기 시작했다. 왁자지껄 사람들이 모여 있는 오일장 중앙에 있는 공터에 온 수운은 동료들과 함께 인민위원회라는 글을 종이에 크게 써서 걸어 두고 외쳤다.

일본이 떠난 자리에 탐욕과 부패가 친일파들 중심으로 이 땅에 다시 일어나고 있습니다.

일본이 남겨둔 적산을 이놈들이 모두 훔쳐 가려고 합니다.

적산을 공평하게 나누고 치안을 바로잡아 나라를 올바르게 세웁시다.

인민위원회에 가입하여 주십시오

그러자 지켜보던 한 남자가 소리쳤다.

무얼 훔쳐 가려고 합니까?

금이요

금은 우리 마을의 공동 자산인데 금광에서 노역한 조선인들을 관리하던 친일파들이 지금 자신의 배를 불리려 금광을 독차지하고 있소

그러자 지켜보던 사람들이 웅성거리기 시작했다. 수운의 연

설에 시장의 있던 사람들이 모여들더니 너도, 나도 인민위원회에 가입하기 시작했다.

연 곡 사

 달이 구름에 사라지자 세상이 어둠으로 짙게 깔렸다. 별들도 무서움에 스스로 빛을 숨겨 버렸다. 눈앞에는 빛 한 점조차 없는 어둠뿐이었다. 미옥은 어둠 속 길을 잃고는 두려움이 가득했다. 그때 아리랑이 들렸다 두려움에 떨던 미옥은 어둠을 헤집고 아리랑을 따라 걸어갔다. 흰 눈으로 덮인 태백산맥 아래 아리랑을 부르던 여인이 보였다. 그때 아리랑은 여인의 비명으로 바뀌었다. 수십의 군인이 여인을 칼날로 베자 핏물이 흰 눈에 흩뿌렸다. 쓰러진 여인은 어머니였다. 미옥은 그 잔혹함에 비명을 질렀다.

 잠에서 깬 미옥은 온몸이 식은땀으로 맺혔다. 계속된 악몽이었다. 한의 계약을 한 뒤부터 매일 밤 악몽에서 벗어나지 못했다. 미옥은 하루가 다르게 기운이 떨어져 갔다. 한의 검을 집어 들 때면 악귀의 비명이 들려올 때도 있었다. 미옥은 한의 검이 두려워지고 있었다. 악귀는 한의 검에서 죽지 않고 미옥을 여전히 괴롭히고 있었다. 그럴 때면 아리랑을 부르면서 두려운 마음을 달래곤 했지만 미옥에게 너무나 힘든 싸움이었다.

수운은 이른 아침부터 검을 두고 미옥에게 말하였다.

미옥아 불교에는 팔정도라는 8가지 법도가 담겨있다.

팔정도를 수련하면 팔정도검(八正道劍)을 익힐 수 있다.

팔정도검은 몸의 기운을 담은 검술을 익힐 수 있다.

수운은 미옥에게 한 개의 촛불을 꺼보라고 하였다.

미옥은 가볍게 촛불을 검을 휘둘러서 껐다.

수십 개의 촛불을 줄줄이 세워 꺼보라고 하였다.

이번에는 촛불이 꺼지지 않고 불꽃이 나오고 있었다.

수운은 눈을 가리고 일격으로 촛불을 꺼뜨렸다.

미옥아 보았느냐?

팔정도로 기운을 다스리면 일격에 촛불을 끌 수 있느니라

미옥은 이른 낮인데 졸음이 몰려왔다.

마리아는 밀가루에 고소한 들기름을 넣고 튀겼다.

구름과 맞닿은 가리왕산 정상에서 딴 꿀로 습청을 했다.

정성스럽게 만든 약과를 미옥에 입에 넣어 주었다.

미옥아 요즘 따라 왜 이리 기운이 없는지 원

할미가 귀한 약과 만들었으니 얼른 먹고 기운을 차려라.

미옥은 약과를 한입 베어 물었다. 달콤한 조청이 입에서 배어 나왔다. 그때 미옥이 집 멀리서부터 목탁이 두드리는 소리가 들려왔다. 홀로 어린 동자승이 집에 걸식하러 왔다. 헤진 승려복에 오랫동안 씻지 않은 모습이 영락없는 거지꼴이었다. 오랫동안 굶주림이 가득해 보인 동자승은 뼈만 남은 몸을 이끌고 있었다. 곧 뒤에서 목탁 소리를 듣고 마리아가 나와 반갑게 맞이했다.

집에 성스러운 기운이 가득하군요. 이 불쌍한 중생에게 조금만 먹을 걸 나눠 주실 수 있으시지요?

귀한 스님이 오셨군요. 감사해라 아이고! 이를 어떤가. 집에

쌀이 다 떨어졌는데…

그리곤 마리아는 고민하더니 미옥에게 주려고 귀한 약과를 얼마 안 되지만 꺼내 들었다.

미옥아 네게 주려고 만든 귀한 약과이지만, 이 스님께도 나눠 드려야겠구나!

오랫동안 굶으신 게야.

마리아는 달콤한 조청으로 가득한 약과를 동자승에게 드렸다. 동자승은 고마워 어쩔 줄 몰랐다.

감사합니다. 동자승은 받자마자 얼른 약과를 주머니에 넣고는 말하였다.

이 귀한 걸 주셔서 할머니 정말 감사합니다. 눈시울이 붉어졌다.

어느 절에서 왔는지요?

연곡사에서 왔습니다.

에구머니나 연곡사는 이미 오래전에 폐가가 된 사찰이 아닌지요?

맞습니다. 이제 저 홀로 그곳을 지키고 있습니다.

소문으로만 들었어요. 그 절에 스님들이 승병으로 일본군과 싸우다가 죽었다고요

이젠 흉흉한 폐허가 돼서는 귀신 소리가 들린다고 하던 데요

그러자 동자승은 말없이 다시 승모를 쓰고는 얼른 길을 떠나 버렸다.

마리아는 동자승을 안타깝게 바라보더니 미옥에게 말했다.

우리도 넉넉지 못하지만, 평소에 선을 쌓아야 나중에 좋은 경사가 집에 일어난다.

궁핍한 동자승이 계속 생각난 미옥은 마리아에게 받은 약과를 들고 동자승에게 뛰어갔다.

동자승은 배고픈 아이들과 각설이타령을 부르며 함께 있었다.

얼씨구 들어간다. 작년에 왔던 각설이가 잊지도 않고 또 왔네 ~

한 집 앞에 구걸하던 아이들이 아무것도 얻지 못한 채 쫓겨난 걸 본 동자승은 가까이 가서 아이들에게 받은 얼마 안 되는 자기 몫의 약과를 나눠주었다.

그런 미옥은 동자승에게 자기의 약과마저도 주었다.

그러자 동자승은 감사 인사를 하며 말했다.

일본군에게 부모를 잃은 아이들이 길에 넘쳐나 차마 이들을 그냥 볼 수가 없었어.

그래서 나도 같이 구걸해주고 있어

약과를 먹던 아이들이 흥이 생겼는지 각설이타령을 흥겹게 불렀다.

작년에 왔던 각설이가 ~

죽지도 않고 또 왔네 ~

어헐씨구씨구 들어간다 저헐씨구씨구 들어간다 ~

동승은 고아로 길거리에 굶주린 아이들을 측은하게 바라보았다. 동승은 각설이타령이 얼른 마을에서 사라지길 바랐다. 일제강점기에 두 팔 두 발 멀쩡한 성인들은 정신대와 근로보국대에 끌려갔다. 그들이 떠난 빈자리엔 버려진 아이들이 길거리에 즐비했다. 굶주림에 죽어가거나 구걸로 연명하던 아이들이 마을 거리 곳곳마다 있었다. 여름이 오지도 않았는데 매미의 울음소리처럼 구걸하는 아이들이 부르는 각설이타령이 쉬지 않고 마을에 울려 퍼지고 있었다.

각설이타령을 들은 미옥은 굶주린 아이들의 아픔을 이겨내는 한의 소리처럼 들렸다. 미옥은 잠시 아이들을 측은하게 보았지만, 각설이타령을 부르며 흥겹게 웃음 짓는 아이들의 모습에 같이 신이 났다.

한설은 아주 오래되어 보이는 굵게 뻗은 뿌리와 길고 가느다란 뿌리를 열심히 다듬고 있었다. 그리곤 두 뿌리를 곱게 갈자 기운이 가득한 향이 온 방에 가득했다. 한설은 서둘러 두 뿌리를 솥에 넣고는 부채로 열심히 불을 지피고 있었다.

이 굵은 뿌리는 태백산맥 깊은 산골에 산신령들의 신묘한 기운을 머금고 자란 100년 묵은 인삼이다.

이 가느다란 뿌리는 태백산맥 깊은 계곡에 1000년에 한 번 노닐다 가던 선녀들의 눈물을 머금고 자라난 생지황이다.

두 뿌리는 몸의 기운을 북돋아 줘

인삼과 생지황을 이렇게 푹 고아서 짙은 갈색의 꿀을 한 움큼 넣어서 천천히 저으며 한설은 말을 이었다.

구름과 맞닿은 가리왕산 정상에서만 자란 야생화 꽃씨로 채취한 토종벌 꿀에 재워 두면 완성된다.

그럼 강한 몸의 기운을 북돋아 주는 경옥고를 만들 수 있다.

미옥은 앉아서 꾸벅꾸벅 졸고 있었다.

악귀가 네 주위를 맴돌고 있다

네 연약해진 기운을 엿보다가 집어삼킬 기회를 노리지

큰일이다. 네가 기운이 많이 떨어진 것을 느껴져

이 경옥고를 먹으면 기운이 좀 회복될 거다

경옥고에서 인삼의 향이 가득 품이었다. 경옥고를 먹은 미옥은 몸에서 뜨거운 기운이 퍼져 나가는 걸 느낄 수 있었다.

책상에 책을 펼치자 불타고 있는 허름한 사찰의 모습이 보이기 시작했다. 이미 오래전 인적이 드문 폐쇄된 절이었다. 그 사찰의 대부분이 강렬한 불이 타오르고 있었다. 그 앞에 거대한 탑은 완전히 부서지고 아래가 파헤쳐져 있었다. 그리곤 거대한 불의 형체를 하는 악귀 지귀가 보였다. 악귀는 모든 사찰을 불태우고는 죽은 스님들의 혼령을 자기 몸에 집어삼켜 버렸다. 삼켜진 혼령들이 불타오르는 악귀 지귀의 몸에서 저마다 비명을 지르고 있었다. 비명을 지를 때마다 악귀 지귀의 불꽃은 더 활활 타올랐다.

한설은 책을 덮고는 말하였다.

마을을 지키려고 일본군과 싸우던 수많은 승병이 있었어. 모두 죽임당했고 사찰은 불태워 버렸지!

그 자리엔 남겨진 불씨가 혼령을 먹더니 악귀 지귀가 탄생한

거야

무시무시한 악귀야 지옥을 지키는 사천대왕도 꼼작 못할 정도로 으리으리한 불구덩이를 쏘아대

한설은 산신 할매가 그려진 부적을 꺼내었다.

산신 할매는 악귀의 기운을 약하게 만들 수 있어.

부적을 붙이는 순간 네가 한의 검으로 지귀의 가운데 있는 불씨를 잘라버려야 해

문제는 뜨거운 불구덩이를 피해서 이 부적을 지귀에게 붙일 수 있냐는 거야

지귀는 매번 모습을 자유자재로 변해서 순식간에 움직여

어떻게 싸워야 할지 감이 잡히지 않는단다.

잘못되면 뜨거운 불구덩이에 갇혀서 지귀에게 혼령을 빼앗겨 버릴 거다.

그때 미옥이 뭔가 생각난 듯 말했다.

얼마 전의 연곡사에서 온 동자승을 만난 적 있어요.

한설은 놀라운 듯 말했다.

그 동자승에게 악귀에 관해 물어보자

한설과 미옥은 마을로 걸어갔다.

마을 한쪽에 마을의 어린 소년들이 각설이타령을 하면서 왁자지껄 웃고 떠들고 있었다. 미옥과 한설을 동자승에 관해 묻자 아이들은 연곡사로 이미 떠났다고 말했다. 미옥과 한설은 걱정된 마음에 연곡사로 속히 떠나기로 했다. 연곡사는 태백산맥의 남쪽 아주 깊은 산자락을 넘어서 있었다. 산 중턱을 넘어설 때였다. 나이가 지긋한 노스님이 앉아 있었다. 노스님은 평온한 자세로 앉아 명상하고 있었다.

미옥은 다급하게 물었다.

노스님 어린 동자승을 보았나요?

그러자 노스님은 살며시 눈을 뜨더니 앞에 놓여 있던 잔을 들면서 말하였다. 잔에는 차오른 물이 잔잔히 물결치고 있었다. 특이하게도 찻잔 중간에는 작은 연꽃이 피어 있었다.

차나 한잔하게

미옥은 답답하다는 듯 거듭 다시 물었다. 그런데도 스님은 같은 말을 반복할 뿐이었다. 그러자 미옥은 마음이 급했다. 할 수 없이 노스님을 서둘러 지나쳐 연곡사가 있는 고개를 올랐다. 고개 위에 오르자 연곡사 입구 앞에 동자승이 쓰러져 있는 게 보였다. 한설과 미옥은 얼른 뛰어갔다. 동자승은 옷 여기저기 다친 채 정신을 못 차리고 있었다. 한설은 얼른 목에 손을 대고 맥박이 뛰는 걸 확인하고는 안심했다. 그리곤 인기척을 느끼던 동자승은 겨우 정신을 차리고 눈을 떠서 미옥과 한설은 얼굴을 바라보았다. 한설은 경옥고를 꺼내서 동자승에게 먹여 주었다. 동자승은 조금씩 기운을 차리더니 얼마 후 자리에서 일어났다. 동자승은 말했다.

연곡사에 악귀 자기에게 또 당했어…

무시무시한 불꽃에 그 누구도 당해낼 재간이 없었어.

수십 번도 넘게 악귀랑 싸웠지만, 매번 겁먹고 도망쳐 나왔지!

스승님 동료들 모두의 혼령이 악귀가 집어삼켜 버렸는데

더 말을 잊지 못하고 동자승은 눈물을 흘렸다.

아이들과 장난기 많던 동자승이 악귀와 싸우다 진 걸 알자 미옥은 말했다.

같이 악귀 지귀를 없애고 잡아 먹힌 혼령을 풀어줘서 저승으로 돌아가게 해주자

미옥은 한과의 계약을 동자승에게 말해 주었다.

미옥은 푸른빛의 용의 비늘이 새겨진 한의 검을 보여주었다.

동자승은 놀란 얼굴로 미옥이 갖고 있던 한의 검을 보곤 말

했다.

네가 바로 성한 기운으로 바로 세울 구원자구나

주지 스님의 예언이 맞았어.

일본군이 떠나고 죄악만 남은 이 땅을 바로 세울 자가 오실 거라고 말이야.

주지 스님은 우리 사찰을 관장하던 스님이셨어

일본군의 횡포에 못 참고 끝까지 저항하셨지

승병으로 맞서 싸우던 스승님, 동료들이 다 죽고 사찰은 불태워져 버렸지!

마지막에 어린 나를 살려 주시곤, 네가 올 거라 말씀하시곤 돌아가셨지!

그 후 혼자 겨우 살아남아서 혼령을 위로하며 사찰에 기도드리고 있었어

어느 날 밤 남겨진 불씨가 활활 타오르더니 악귀 지귀가 나타나서는 스승님과 동료들의 혼령을 집어 삼켜 버렸지!

원래 지귀는 오래전 사찰에 나타났던 악귀였는데 스님들의 영험한 기운으로 불상 밑에 봉인해 버렸었어.

이 모든 게 일본군의 몹쓸 짓 때문이야.

일본군이 사찰의 불상을 부수고 불태워 버리더니 깨어나 버렸던 거야

게다가 수마 석탑에 묻혀 있는 영험한 부처님 진신사리까지 먹어 버리곤 엄청난 기운을 얻게 되었어.

수십 번도 넘게 싸웠지만, 매번 뜨거운 불덩어리로 위협하는 지귀에게 지고 말았어

무시무시한 지귀의 불꽃은 연곡사에서 전래 오던 금강팔정권도 당해낼 수 없었어.

미옥은 말했다.

이제 우리 함께 싸우면 이길 수 있을 거야

마을을 지키는 만신인 한설 님이셔

내 이름은 연곡사의 동자승 용옥이야.

악귀 지귀는 무시무시한 불꽃으로 위협해 불꽃에 둘러싸이면 숨조차 쉴 수 없어

하지만 지귀의 한가운데 있는 불씨를 꺼뜨리면 기운을 잃는다고 주지 스님이 오래전에 말씀하신 적 있어.

순식간에 움직이고 형체를 바꿀 뿐 아니라 작은 불씨 아그니을 만들어서 다가가는 거조차 힘든 게 문제야

한설은 용옥의 말을 끊고는 말하였다.

먼가 방법이 있을 거야 여기까지 온 이상 지귀를 없애야 해

입구에 있던 연곡사 현판이 불로 그을려서 글자가 있을 자리가 검게 사라졌다. 그 옆에 사찰을 지키는 수호신의 해태(獬豸) 형상엔 머리가 깨져버리고 없어졌었다. 폐허가 된 사찰은 이미 오래전에 사람의 자취가 사라진 게 느껴졌다. 사찰 여기저기는 지붕이 이미 무너져 내려 있었고 불상이 저마다 부서져 있었고 불에 타서 그을린 자국이 가득했다. 그리고 어디선가 살기가 가득 느껴지는 악귀의 기운이 스산하게 사찰 전체에 느껴졌다. 부서진 거대한 수마 석탑이 있는 자리 아래에는 이렇게 문구가 쓰여있었다.

志鬼心中火 - 지귀가 마음에 불이 나

燒身變火神 - 몸을 태워 화신이 되었네.

流移滄海外 - 마땅히 창해 밖에 내쫓아

不見不相親 - 다시는 돌보지 않겠노라[17].

거대한 불꽃이 이들을 주위로 불꽃의 장벽을 치면서 지귀가

---

17) 삼국유사 4권

이들 앞에 모습을 드러냈다.

성스러운 기운이 어디선가 걸어온다고 했더니 너희구나

어디 죽은 자의 땅으로 겁도 없이 왔느냐?

지귀는 하늘 가득 화광(火光)이 충천(衝天)한 거대한 불꽃 장벽으로 위협했다. 곧 불의 장벽 앞에는 여러 개의 작은 용의 형상을 한 불씨 아그니가 이들 앞에서 입에서 으리으리한 불꽃을 내뿜으며 위협하였다. 그 뒤에서 지귀는 수마 석탑의 크기만큼 거대한 불꽃으로 이뤄진 용의 모습을 한 채 앞에 나타났다. 한설은 바로 봉황의 부적을 꺼내 결계를 쳤다. 아그니들의 불꽃들이 결계 앞에서 사라졌다.

용옥은 금강팔정도를 외치자 머리에서부터 강한 기운이 팔과 발끝으로 모아지더니 불꽃처럼 팔과 발에 기운이 번뜩였다. 불타는 듯한 뜨거운 기운이 느껴졌다. 용옥은 몸의 기운을 자유롭게 조절하면서 놀랍도록 재빠르게 움직였다. 순식간에 달려들어 아그니를 하나씩 주먹과 발차기로 없앴다. 한설은 지팡이에 봉황의 부적을 붙이고 불의 장벽을 없애 버렸다. 미옥이도 아그니를 칼로 베어 없애 버렸다. 하지만 아그니들은 곧 부활에서 이들 앞에 나타나 불꽃을 내뿜었다. 아무리 없애도 지귀가 내뿜는 불의 장벽은 다시 불씨가 살아났다. 점차 한설의 봉황의 부적이 만든 결계도 약해져 가고 있었다.

님은 갔습니다. 아아, 사랑하는 나의 님은 갔습니다.

푸른 산빛을 깨치고 단풍나무 숲을 향하여 난 작은 길을 걸어서 차마 떨치고 갔습니다.

황금의 꽃같이 굳고 빛나던 옛 맹세는 차디찬 티끌이 되어서 한숨의 미풍에 날아갔습니다.

날카로운 첫 키스의 추억은 나의 운명의 지침을 돌려놓고 뒷걸음쳐서 사라졌습니다.

나의 향기로운 님의 말소리에 귀먹고 꽃다운 님의 얼굴에 눈멀었습니다.

한용운의 시 '님의 침묵'

한설은 말하였다.

이대론 안 되겠다. 우리 모든 힘을 하나로 합쳐서 지귀의 정면을 공격하고 바로 지귀를 베어버리는 거야

미옥과 용옥은 고개를 끄덕이고는 바로 달려들었다. 용옥은 주먹과 발에 온 기운을 모아서 순식간에 아그니들을 없애버렸다. 한설도 거대한 불의 장벽을 온 기운을 다해서 없애버렸다. 미옥은 그 순간을 놓치지 않고 지귀를 향해 뛰어갔다. 지귀는 갑자기 빠르게 달려오는 미옥을 보고는 미처 어찌할 바를 못 했다. 미옥은 다가갈수록 엄청나게 뜨거운 열기가 머리에서 손끝까지 타오르는 게 느껴졌다. 하지만 주저하지 않고 거대한 지귀의 한가운데 있는 활활 타올라 있는 불씨를 향해 달려가 베어버렸다. 그리곤 뜨거운 열기에 주저앉아서 지귀를 지켜보았다. 하지만 지귀는 전혀 달라지지 않았다. 순식간에 몸의 형체를 바꾸는 불꽃으로 된 지귀의 불씨를 제대로 베어내지 못했다. 지귀는 웃음을 짓더니 앞에 주저 앉은 미옥에게 거대한 불덩어리를 내뿜었다.

용옥은 소리쳤다.

미옥아 지귀의 불꽃을 조심해!

용옥은 온 힘을 다해 미옥에게 뛰어가 불덩어리를 막았다. 하지만 힘이 미처 다하지 못해 큰 내상을 입고 비틀거렸다.

미옥은 비틀거리는 용옥을 부축하였다. 한설은 얼른 다가와 결계로 다시 뿜어내는 지귀의 불꽃으로부터 보호했다.

더는 버티지 못할 걸 예감한 한설은 연곡사로 피신하기로 했다. 미옥은 용옥을 부축해서 등 뒤로 있는 연곡사 안으로 들어갔다. 연곡사 안으로 들어갔다. 용옥은 쓰러져서 더는 정신을 차리지 못하였다. 한설은 마지막 남은 경옥고를 입에 넣어주었다. 연곡사 안에는 불에 타버린 절간과 다르게 탄 흔적 없이 깨끗했다. 황금빛의 부처상이 놓여있는데 그 앞에 노 스님이 앉아있었다. 아까 마주 친 노스님이었다.

미옥은 노스님에게 다가갔다. 노스님은 평온한 자세로 좌선을 하다 말고는 눈을 떠 말했다.

차나 한잔하게

한설은 연곡사 안에만 지귀의 피해가 없는게 계속 의아하게 생각이 들었다. 그런데 노스님이 들고 있는 찻잔을 자세히 보니까 맑은 물 위에 작은 연꽃이 피어 있었다. 연꽃은 찻잔 깊은 아래 더러운 물을 정화하면서 깨끗한 물을 내뿜고 있었다. 그제야 한설은 깨달았다. 더러움을 정화하는 연꽃을 사용하면 악귀를 약하게 할 수 있다.

용옥은 서서히 정신이 들었다. 한설은 다급히 용옥에게 말했다.

사찰에 혹시 연못이 있니?

그러자 용옥은 한설의 의아하다는 듯 질문에 대답했다.

사찰 오른쪽에 연꽃이 가득 핀 연적지라는 연못이 있어!

지귀를 연꽃이 가득한 연적지로 유인하자

미옥아 이번이 마지막 기회야!

그 순간을 놓치지 말고 정확하게 한의 검으로 지귀의 불씨를 베어버려야만 해

한설은 점차 지귀에서 물러났다. 그리곤 연못이 있는 불 장벽을 없애고 점차 지귀를 연못으로 유인하였다. 한설은 오른쪽의 연못 연적지를 가르치며 용옥과 미옥에게 지귀를 유인하는 거로 가리켰다. 지귀는 눈치를 채지 못하고 연못 앞까지 오게 되었다. 하지만 연못으로 들어간 한설을 보더니 뭔가 이상한 눈치를 채듯이 주저하고 더 가까이 오지 않고 있었다.

한설은 마지막 남은 봉황의 부적을 꺼내 지팡이에 붙이곤 지귀를 도발하며 말하였다.

지귀야 겨우 저 연못이 겁이 나는 게냐 왜 더 오지 못하고 주저하는 주제에 죽은 자의 땅을 지키는 악귀라고 할 수 있는 게냐

용옥은 부축하는 미옥에게 말했다.

미옥아 악귀는 강한 정신력을 갖는 자를 가장 두려워해

미혹된 마음을 버리고 정신을 집중하고 보렴.

눈에 보이는 허상을 좇지 말고 보이지 않는 기운을 모으면 지귀의 불씨가 보일 거야

그 순간 수운의 팔정도검(八正道劍)이 떠올랐다. 용옥의 금강 팔정도처럼 강한 기운이 머리에서 검으로 집중되더니 흔들리는 수십 개의 촛불을 일격에 꺼뜨려 버렸다.

지귀는 한설의 도발에 분노하더니 엄청난 불꽃을 내뿜으며 달려들었다. 그때 연못으로 달려드는 지귀에게 산신 할매가 그려진 부적을 꺼내 옴 마니 반메 훔을 외쳤다. 그러자 연못에 수 백 개의 연꽃에서 수백 개의 줄기가 나오더니 지귀를 올가매버리고 움직이지 못하게 봉쇄해 버렸다. 연꽃의 줄기가 지귀의 악한 기운을 흡수하자 지귀는 온 힘을 다해 몸부림쳤다. 지귀는 온 힘을 다해 불을 계속 뿜어보았지만 꼼짝달싹 못 하고 연꽃의 줄기에 묶여 버렸다.

한설은 외쳤다.

미옥아 지금이야 시간이 얼마 없어 불꽃이 줄기를 끊어내 버릴 거야

미옥은 지귀에 달려들었다. 발버둥 치는 지귀가 끊임없이 형체를 바꾸어 가며 미옥이의 공격으로부터 지켜내려고 했다.

미옥은 정신을 집중했다. 그때 몸의 기운이 머리에서 팔로 모이는 게 느껴지더니 마침내 검으로 향해 갔다. 그리곤 흔들리는 불꽃에 숨겨진 흔들리지 않는 불씨가 보였다. 그 순간 한의 검을 들고 정확히 베어 버렸다.

지귀의 입에서 비명과 함께 불꽃 대신 혼령들이 빠져나오기 시작했다. 수많은 스님의 혼령들이 나왔다. 그리곤 마지막으로 삼켜 버린 진신사리 단지가 나와 땅바닥에 떨어졌다. 지귀는 작은 불씨처럼 사그라지더니 그 자리엔 남자의 혼령이 있었다. 지귀의 원래 모습은 사람이었다.

노스님이 지귀의 혼령을 측은하게 바라보며 안타까운 사정을 이야기 했다. 오래 전 절에서 성실히 수련하던 스님이었다. 어느 날 절에 기도하던 여인을 사랑하게 되었다. 사랑하는 여인은 일본군에 겁탈 당하고 자결하고 말았다. 사실을 알게 된 스님은 원한을 품더니 스스로 목숨을 끊고 악귀로 환생하고 말았다.

나무아미타불 관세보살

노스님은 측은한 목소리로 혼령에게 합장하여 기도했다.

항상 부처님의 말씀대로 성불하겠습니다.

혼령은 눈물을 흘리며 말했다.

용옥도 일본군에 죽임을 당한 아버지와 어머니가 떠올랐다. 혼령을 보자 자신도 모르게 눈물을 흘리고 있었다. 노스님은 용옥에게 다가가 눈물을 닦아 주며 말했다.

아직도 이 세상에 수많은 중생이 악귀에 시달리고 있구나

용옥아 넓은 세상으로 나아가서 악귀를 없애고 부처님의 말씀대로 성불하거라

용옥은 아버지가 일생에 읊었던 시가 떠올랐다.

님은 갔습니다.

아아, 사랑하는 나의 님은 갔습니다.

푸른 산 빛을 깨치고 단풍나무 숲을 향하여 난 작은 길을 걸어서 차마 떨치고 갔습니다. 18).

이 시는 어릴 적부터 아버지가 용옥에게 읊어 주던 한의 시였다.

용옥아 나라 잃은 아픔을 노래한 한의 시구나

내게도 독립을 못 이룬 한을 담은 한의 시가 있단다

---

18) 한용옥의 시 '님의 침묵'

주지 스님은 눈물을 흘리며 시를 읊었다.

나는 온몸에 햇살을 받고

푸른 하늘 푸른 들이 맞붙은 곳으로

가르마 같은 논길을 따라 꿈 속을 가듯 걸어만 간다

입술을 다문 하늘아 들아

내 맘에는 내 혼자 온 것 같지를 않구나!

네가 끌었느냐? 누가 부르더냐? 답답워라 말을 해 다오[19)]

미옥은 진신사리가 든 항아리를 들고는 열어보려고 하였다.

주지 스님은 말하였다.

이 항아리는 우리 절의 수호신인 해태(獬豸)의 뼛가루입니다.

사찰의 연못인 연적지 중앙에 수호신 해태(獬豸)가 악귀 지귀에게 봉쇄되어 기운을 잃고 잠들어 있습니다.

이 뼛가루를 해태(獬豸)에게 뿌려 주시면 기운을 되찾을 겁니다.

미옥은 아리랑을 불렀다.

---

19) 이상화의 시 빼앗긴 들에도 봄은 오는가

아리랑 아리랑 아라리요 아리랑 고개로 나를 넘겨주오 ~
스님들은 저마다 성스러운 푸른 빛을 내며 하늘로 승천했다.

미옥은 연적지 중앙으로 걸어 들어갔다. 연적지 중앙에는 거대한 범의 모습을 한 동물이 잠들어 있었다. 미옥은 다가가 항아리에 있는 뼛가루를 뿌려주었다. 그러자 해태(獬豸)가 눈을 뜨더니 흰 빛을 뿜으며 일어났다. 그리곤 연적지 위로 날아올랐다.

해태(獬豸)는 미옥에게 흰색의 빛깔이 가득한 씨앗을 주었다.

씨앗에는 공(空)이라고 쓰여 있었다.

공(空)이라는 글자를 보던 미옥은 의아했다.

용옥은 말했다.

붓다가 노, 병, 사를 보고 성을 나가 길고 긴 고독한 좌선을 통해 깨달음을 얻지

마침내 모든 것은 고통이라는 앎을 얻어

그 앎은 인과가 설키고 얼켜 우주는 내 의식이 밝혀진 현상일 뿐 이라는 걸 깨닫게 된다

그럼 모든 것이 한 순간의 불길처럼 그리고 그 불길을 짚이

는 욕망과 갈애가 헛되고 헛될 뿐임을 깨닫게 되.

이를 갖고 색즉시공 공즉시색(色卽是空 空卽是色)이라

집착하는 모든 세상은 사실 덧없는 우리 마음이 만든 허상에 불과해

진실된 것은 보이지 않는 의식인 알라야식에 잠재된 것이지

그것을 공(空)이라고 해

미옥은 집으로 돌아가며 한설에게 물었다.

어떻게 지귀를 움직이지 못하게 했어요?

삼신할매의 부적은 만물에 담긴 생기를 잉태 시키는 능력을 갖추고 있단다.

저 연못의 핀 수많은 연꽃이 떠올랐단다.

연꽃은 더러움 물에서 아름다운 꽃을 피우며 연못을 정화하지.

마치 우리 삶과 같단다

고통의 연꽃 위에 핀 고요한 기쁨

조 선 자 유 연 합

늦은 밤에도 대궐같은 증만 집은 불이 꺼지지 않았다. 증만은 얼마 전 화암동굴에서 채광한 큰 금괴를 걸래로 닦았다. 금괴에는 증만의 탐욕스런 미소가 그대로 반사되어 비추고 있었다. 그 앞엔 청희가 앉아서 말하였다.

형님, 수운이 인민위원회이라는 조직을 만들어 사람을 모집하고 있소.

이러다 금을 더이상 채광하지 못하면 어쩌지요.

청희 말이 끝나자마자 라디오에서 연설이 흘러나왔다.

'제주도 전남 사건의 여파를 완전히 발근색원하여야 미국의 원조는 적극화할 것이며, 지방 토색 반도 등 악당을 가혹한 방법으로 탄압하여 법의 존엄을 표시할 것이 요청된다.[20]'

청희가 책상을 치면서 격앙된 목소리로 말하였다.

맞소. 빨갱이들은 모조리 없애 버려야지!

대통령의 뜻처럼 우리도 이대로 있으면 안 됩니다.

우리도 조직을 만들죠. 이대로는 수운에 다 뺏기고 말 겁니다.

그러자 증만은 아까보다 더 환한 미소를 지었다.

이미 서울에 돈을 써서 정치세력을 얻었다네

조선자유연합이라고 빨갱이 토벌 세력을 이 마을에 만들 걸세

거기에 다 경찰까지 손을 뻗쳐야겠어.

저 경찰 놈들도 일제강점기 때 있던 사람들이니까 어차피 돈만 주면 우리 편이 될 테니까

오늘부터 사람들을 모읍시다. 근데 쉽게 우리 편이 되어줄까요?

---

20) 대통령 국무회의 발언(1949.1.21)

워낙 수운이 마을에서 독립군 자손이다. 똑똑한 지식인이다니 명망이 높아서 말이죠

다 방법이 있지 그래서 서울에서 든든한 정치세력을 뻗어 놨지!

수운과 저 일당들을 공산주의자 빨갱이 세력으로 몰아붙이면 쉽지!

모든 재산을 몰수해서 가져가려는 빨갱이 놈들이라고 하면 마을 사람들이 부리나케 화를 낼 걸

수운 집은 어두운 밤에도 사람들이 모여들었다. 몇몇 사람은 긴 장대에 천으로 인민위원회라고 쓰여 있는 걸 들고 있었다.

수운은 집을 나와 사람들에게 소리쳤다.

오늘 밤 급하게 여러분을 불러 모은 것은 인민위원회 동지들 지금 밤에 증만이 화암동굴에서 금을 채취하고 있다고 합니다.

같이 화암동굴로 가서 더 이상 금 채광을 못 하게 입구를 봉쇄하고 이제부터 우리가 지킵니다.

사람들이 모두 환호하는 것 소리쳤다. 수십 명의 사람이 화암동굴로 갔다. 얼마 전부터 화암동굴을 예의 주시하던 수운은 증만이 금을 채광 중 인 걸 알고 있었다. 화암동굴로 인민위원회가 들이닥치자 증만은 이미 혹시 몰라 입구에서 주위에 사람들을 고용해 놓았던 상황이었다. 두 집단이 화암동굴에서 대치하면서 싸움이 터질 거 같은 일촉즉발의 순간이었다. 증만은 화암동굴 입구로 나오더니 말하였다.

여긴 내가 먼저 발견했으니 내 것입니다.

저 공산주의자 빨갱이 집단을 이 마을에서 쫓아냅시다.

그리곤 조선자유연합이라는 사람들과 수십 명의 경찰까지 대동하였다. 경찰과 조선자유연합이 인민위원회를 막아섰다. 두 단체가 일촉즉발로 대치하더니 몸싸움이 시작되었다. 수운은 서로 비등한 쪽수인 걸 보고는 몸싸움이 커질까 봐 우려되어 사람들에게 외쳤다.

오늘 밤은 모두 돌아가시죠. 내일 온 마을 사람들을 대동해서 다시 오겠소

절대 당신 뜻대로 되지는 않을 거요

다음 날 아침 수운은 인민위원회 사람들과 뿔뿔이 흩어져서 온 마을 사람들 집마다 찾아가 설득하였다. 마침내 백 명에 가까운 인원이 된 사람들이 화암동굴로 집합했다. 거기 지키

던 조선자유연합은 너무나 많은 사람의 인원에 놀랐다.

수운은 외쳤다.

화암동굴의 금은 마을 공동 자산이요 마을의 학교와 병원을 세울 돈이란 말이요!

지금 비키지 않으면 힘으로 우리가 밀어내겠소

증만은 경찰까지 동원해도 백 명이 넘는 사람들의 패기가 가득한 모습을 보았다. 어쩔 수 없이 후퇴 할 수밖에 없음을 직감했다.

증만은 앞으로 걸어 나와 수운을 향해 분노에 찬 얼굴로 말했다.

내 지금은 물러나지만, 절대 포기하지 않을 거요.

싸움은 이제 시작인 걸 알고 계시오.

크게 후회하게 될 거요

증만은 사람들을 향해 소리쳤다.

자 모두 내려놓고 돌아갑시다.

이 빨갱이 공산주의자 놈들이 사람들을 선동해서 우리 재산을 다 빼앗겠다는데 어쩔 도리가 있겠소

우리도 빨갱이들로부터 지킬 마을 사람들을 모아서 다시 돌아옵시다.

수운은 고민에 빠진 얼굴로 칼날을 휘둘렀다. 증만의 마지막 말이 계속 머리에 맴돌았다. 증만과의 계속된 싸움은 그의 마음을 계속 흔들고 있었다. 은은히 칼날의 움직임에 따라 칼날에 비치던 달빛이 흔들렸다. 흔들리는 칼끝에 달빛이 밝게 비쳤다. 스산하게 부는 바람 소리가 칼날을 휘두르는 소리에 부딪쳐 은은히 퍼져서 들려왔다. 그때 하늘로 뛰어오른 수운은 빛나는 칼날로 달빛을 갈랐다. 수운은 잠이 오지 않아 밤새 칼날을 휘두르고 있었다. 미옥은 검 소리를 따라 집을 나와 아버지의 모습을 지켜보았다. 수운의 칼날이 평소와 다르게 유난히 흔들리고 있었다. 지켜보던 미옥을 발견한 수운은 손에서 검을 내려놓았다.
미옥아 오늘 유난히 달이 밝구나!
그래서인지 달빛에 따라 검을 휘두르고 싶더구나.
미옥은 수운의 흔들리는 칼날에서 복잡한 심정을 느꼈다.
미옥아 저 달빛에 얽힌 이야기를 해주마
날 때부터 발에 쇠고랑을 찬 채 감옥에 갇힌 죄수가 있다
작은 감옥엔 빛 한 점 들어오지 않는 곳이었지
그러다 딱 하루 창이 열리던 날에 비치는 달빛을 보았다.
그리곤 그만 달빛을 사모하고 살았다.

하지만 그 이후 단 한 번도 달빛을 볼 수 없는데 말이다.
달빛을 본 건 행운일까? 아니면 불행일까?21)
그러자 미옥은 웃으며 대답했다.
달빛을 본 건 행운이지요.
꿈이 생긴 거잖아요.
그러자 수운은 웃으면서 말했다.
너도 그렇게 생각하는구나!
나도 이 죄악으로 뒤덮인 어둠의 땅에 달빛을 보았다.
수운은 말을 마치곤 다시 깊은 상심에 빠졌다.
그의 손에 있는 검이 다시 달빛에 비추어 흔들리고 있었다.
미옥은 매일 같이 검도를 수련하는 아버지가 궁금해졌다.
아버지 왜 검도를 하시나요?
그러자 수운은 숨을 고르며 깊이 생각하더니 말하였다.
사람을 죽이려고 하는 게 아니라 사람을 살리려고 한다.
생과 사를 좌지우지하는 이 검이 세상을 잘못되게 하기도 하고 올바르게 만든단다.
그래서 검을 든 자의 도가 중요하지
탐욕과 권세를 탐한 자에게 들어간 검은 필히 세상을 어지럽힌다.
일본군은 탐욕을 위해 이 땅에 죄 없는 사람을 죽이고, 세상을 죄악으로 어지럽히는 데 검을 사용했다.
칼날을 비스듬히 들어 올리자 달빛에 비쳐 핏물에 적신 것처

---

21) 이육사의 산문시 '달빛을 사모한 사내'

럼 붉게 빛나는 칼날이 보였다.
인의를 바로 세우려는 자에게 들어간 검은 필히 세상을 이롭게 한다.
수운은 칼날을 정면으로 향하자 푸르게 빛나는 칼날이 달빛을 은은히 비추었다.
일본군이 떠났지만, 죄악은 씻기지 않은 채 혼돈으로 가득한 어둠의 시대에 있구나
한데 혼돈이야말로 올바른 질서를 만들 중요한 기회란다.
저 달을 보거라 어둠 속 세상을 홀로 비춰주지 않느냐?
이 검이 이 어둠에 갇힌 세상을 비추는 검이 될 수 있다.
바로 네게 가르치는 검법인 월인천강지검(月印千江之劍)의 뜻이란다.

제 암 리

　이른 새벽 미옥은 마리아 손을 붙잡고 교회에 갔다. 교회엔 어둠을 뚫고 은은한 촛불이 찬찬히 곳곳을 비추었다. 많은 사람이 이미 엄숙하게 앉아 있었다. 마리아와 미옥은 조용히 그사이를 비집고 뒤쪽으로 갔다. 새벽의 한기가 서린 나무 바닥 위를 마리아는 무릎 꿇고 조용히 눈을 감으며 손을 모았다. 그리곤 입은 무언가 알 수 없는 나지막한 혼잣말로 기도하였다. 예배당 무대 위로는 나무로 된 거대한 십자가가 놓여 있었다. 그 십자가 양옆에 놓인 은은히 빛나던 촛불은 영농함이 더욱 신비하게 십자가를 비추었다. 곧 종소리와 함께 예배가 시작되었고 목사님의 예배를 진행하는 엄숙한 목소리가 예배당을 울려 퍼져갔다. 엄숙한 목소리는 점차 기도하는 교인들의 간곡한 기도 소리로 바뀌어 크게 울려 퍼졌다. 미옥 옆으로는 마리아의 간곡한 기도 소리가 울렸다. 1시간가량의 기도가 끝날 때쯤 어느새 마리아는 가슴 앞에 모은 두 손에까지 타고 흐를 만큼 많은 눈물을 흘리고 있었다. 마리아는 기도가 깊어지자고 알 수 없는 방언을 쏟아내기도 하였다.

마리아 손에는 나무로 깎은 십자가 목걸이를 부여잡고 있었다. 마리아 눈에선 눈물이 손을 타고 목걸이로 떨어져 내리며 입에서 방언이 터져 나오는 걸 본 미옥은 만신 한설이 씻김굿을 했던 모습이 교차하여 떠올랐다. 그 기도하는 마리아의 모습은 마치 신이 된 듯 내려온 듯 뭔가 말할 수 없는 성스러움이 담겨있어 보였다. 하염없이 우는 마리아의 모습에 미옥이도 따라 눈물을 흘렸다. 미옥도 눈물을 흘리며 무릎 꿇고 두 손을 모아 간절히 기도했다. 어머니가 매일 밤 너무 그리워 잠들지 못할 때도 있었다. 수많은 한 맺힌 혼을 구했던 미옥이었지만 정작 자신의 어머니를 보지 못한 한이 가슴 깊이 남아있었다. 어머니가 보고 싶었다. 어머니를 만나게 해달라고 간곡히 기도했다. 예배가 끝나고 떠오르는 햇살을 맞으며 집으로 걸어왔다. 아직도 눈물이 맺혀 있는 붉은 눈시울로 미옥은 할머니에게 원망 섞인 목소리로 말했다.

할머니 왜 하나님은 나쁜 일본군을 놔두고 어머니를 데려가셨나요?

마리아는 미옥의 원망 가득한 눈을 보자 성경 얘기를 해주었다.

사도 바울은 하나님이 사랑하는 사람이었단다.

바울은 세 번에 걸쳐 간절히 하나님께 자기의 고통스러운 가시 같은 병을 치료해 달고 기도했다.

그러자 하나님은 '내 은혜는 약한대서 온전해진다.[22]'고 응답했다.

사도 바울에게 준 아픔이야말로 성스러운 길로 나아갔던 계기였단다.

미옥아 네게 준 아픔이야말로 성스러운 길로 나아가게 하려는 게다.

미옥이 어머니를 잃은 아픔을 딛고 성스러운 길로 나아가기를 하나님은 바라는 거란다.

악업으로 뒤덮인 인간을 성스러운 길로 이끌기 위해 하나님의 아들인 예수님마저 십자가에 못 박힌 거란다.

미옥은 그제서야 원망 섞인 마음을 추스를 수 있었다. 미옥은 여전히 눈물자국이 남아있던 할머니를 보며 되풀었다.

---

22) 고린도후서 12:9

할머니는 무슨 기도를 간절히 하는 거래요?

미옥아 요즘 기운이 없어 걱정이구나 간절히 하나님께 기도 드렸다

아까 기도할 때 들고 있던 십자가 목걸이를 미옥에게 목에 걸어주었다.

엄마가 남긴 십자가 목걸이다

십자가가 미옥에게 기운을 듬뿍 안겨주시고 지켜주실 거다.

마리아의 눈물이 베어져 있던 십자가 목걸이를 바라보았다.

할머니는 왜 아리랑은 안 부르고 찬송가만 부르세요?

미옥아 아리랑은 청승맞지만, 찬송가는 하나님께 경배드리는 거란다.

미옥은 의아하다 하는 듯이 말한다.

제 귀에는 둘 다 아픈 한을 씻는 노래로 들리는데요

마리아는 웃으며 미옥을 보고 머리를 쓰다듬으며 말했다.

우리 이쁜 미옥은 찬송가도 잘 부르고 아리랑도 잘 부르니 하나님이 축복을 주신 거야

미옥아 하나님이 항상 지켜주신단다

힘들 때 기도를 드리면 어떤 것도 이겨낼 수 있단다.

수운은 이른 아침부터 일어나, 집 앞에 태극기를 게양하였다. 수운은 태극기를 보며 나지막한 소리로 시를 읊었다.

목숨이란 마치 깨어진 백 조각

여기저기 흩어져 마음이 구죽죽한 어촌보담 어설프고

삶의 티끌만 오래 묵은 포범처럼 달아매었다.

남들은 기뻣다는 젊은 날이었건만

밤마다 내 꿈은 서해를 밀항하는 쩡크와 같아

소금에 절고 조수에 부풀어 올랐다23).

걸어둔 태극기를 쓰다듬으며 탄식하던 수운은 말하였다.

미옥아 나라를 잃은 마음이 얼마나 고통스러운지 아느냐

독립군들은 저 먼 타지에서도 이 태극기를 걸었다.

미옥은 그런 수운을 보며 의아했다.

태극기를 왜 문에 걸어두시나요?

---

23) 이육사의 시 노정기

1919년 3월 1일 일본제국주의에 항거해 독립을 선언했던 독립선언일이다.

수많은 민중이 거리로 나와 찢겨진 태극 깃발을 들고도 일본군의 총탄에 맞서 독립을 외친날이지

목숨을 던져가며 싸운 민중의 고귀한 정신 덕분에 마침내 독립을 이뤄낼 수 있었던 거다

지난 35년간 4000년의 한민족 역사를 일제가 송두리째 빼앗아, 3000만 민족을 노예로 삼고, 삼천리강토를 수탈해 간 역사를 절대 잊으면 안된다.

수운은 태극기를 보더니 천천히 입술을 떼며 노래를 불렀다.

동해물과 백두산이 마르고 닳도록 하느님이 보우하사 우리나라 만세~

 무궁화 삼천리 화려 강산 대한 사람 대한으로 길이 보전하세 ~

이 노래는 일본에 맞서 싸운 독립군들이 국가를 생각하며 불렀던 애국가이다.

독립이란 단순한 일제로부터의 해방이 아니라 자유를 쟁취하기 위한 민중의 투쟁이었다.

미옥아 잊지 말거라 수많은 민중의 피비린내 속에 싸워 얻은 이 자유의 고귀함을 말이다.

지금도 불의를 보면 피하거나 방관하지 말고, 맞서 싸워 고귀한 자유를 뺏기지 말아야 한다.

대한 독립 만세 소리가 마을 전체에 크게 울린다. 곧 일본군이 길거리에 나온 사람들을 교회 건물에 가둬버리더니, 기름을 뿌리고 불을 붙였다. 불타오르는 교회 건물에 수많은 사람이 고통스러워하며 소리 지르고 있었다. 저마다 건물 밖으로 나오고 싶어 하지만 갇혀서 산채로 불에 타 죽어버렸다. 한 여인은 아기를 창밖에 내보내며 살려달라고 소리치자 칼로 찔러 죽이기도 했다. 그리곤 그 혼령들은 유령처럼 배회하는 검은 악귀가 모두 집어삼켜 버렸다. 용옥은 더는 볼 수 없어 한의 책을 덮었다. 고통스러운 비명에 용옥과 미옥 모두 고개를 돌려버리곤 하였다.

한설은 말하였다.

악귀 중의 악귀 그슨데가 소문으로만 들었지만 이렇게 무시무시한 악귀 일 줄이야.

죽어버린 악귀들마저 소환해버리는 무서운 악귀야

수백 개의 얼굴을 가지고 인간의 몸으로도 분신해서 방심한 틈을 노려

그리곤 순식간 사라졌다 나타나서 악귀를 내뿜으며 혼령을 집어삼켜 버리곤 하지

용옥은 공포에 질린 얼굴로 말했다.

저 비명 지르는 혼령들이 모두 악귀 그슨데에게 잡아먹히어 버려서 이를 어째

부처님이시여 나무아미타불 관세 보살

원혼들의 기운이 악귀 그슨데를 더욱더 강하게 만들어 버렸어.

아직도 그들의 한 맺힌 비명이 귓가에 맴돌아

한설은 해태(獬豸)의 그림이 그려진 부적을 보이며 말한다.

해태(獬豸)는 악귀와 성귀를 구분하는 능력을 이용해서 그슨데를 찾을 수 있을 거야

그슨데는 각자 마음에 담아둔 사람의 모습으로 변신해서 유혹할 거야 절대 흔들리면 안 돼

용옥과 미옥은 고개를 끄덕였다.

제암리는 서쪽에 깊은 산자락에 있었다. 마을 전체가 일본군에게 불태워 져서 죽임을 당한 뒤로 아무도 제암리로 오는 사람이 없었다. 마을에 들어서는 순간부터 바람이 불 때면

불에 탄 잿가루가 날려 향이 진동하였다. 그 스산한 바람을 타고 잿가루가 날릴 때면 무너진 건물 기둥들에 부딪쳐서 비명처럼 들여오기도 했다. 마치 아직도 마을이 불에 태워지고 있는 거 같았다.

그때 저 멀리 흰 한복을 입은 소녀가 앉아서 울고 있는 게 보였다. 미옥과 용옥은 소녀에게 뛰어갔다. 한설은 악귀 그슨데일지 몰라 경계를 늦추지 않았다. 소녀는 미옥을 보곤 울음을 그쳤다.

미옥은 말했다.

왜 혼자 울고 있어요?

목사님한테 받은 세례식에 필요한 성수가 든 황금 잔을 잃어버렸어요.

분명히 이 근처에 어딘가 있었는데 집에서 뛰어나오다가 잃어버렸어요.

이젠 어쩌죠?

소녀는 다시 울음을 터뜨렸다.

미옥과 용옥은 주위 집들을 돌아다니면서 황금 잔을 찾기 시작했다. 한설은 그런 소녀를 주위를 놓치지 않고 주시하면서 경계하였다.

한설은 물었다.

왜 저승으로 가지 않고 이승에 남아 있는 게냐?

소녀는 눈물을 흘리며 말했다.

3월 1일에 대한 독립 만세를 부르면서 마을 밖으로 사람들이 뛰쳐나왔어요.

일본군에게 모두 교회로 끌고 가 문을 잠그고 불로 태워버렸죠.

이 황금 잔을 예배당에 되돌려 두겠다고 목사님과 약속했어요.

꼭 되찾아서 예배당에 두어야만 저승으로 갈 수 있어요.

한설은 측은한 마음도 들지만 홀로 남아있는 소녀의 혼령이 수상쩍게 보이는 건 마찬가지였다.

용옥은 어떤 집에 들어갔다. 집에는 인내천(人乃天)이라고 쓰여 있는 나무 현판이 붙어있고 옆에는 사제 옷이 있었다. 사제 옷에는 천도교라고 쓰여 있었다. 사제옷 옆에는 황금 잔이 놓여 있었다. 황금 잔에는 성수가 가득 담겨있었다. 용옥은 황금 잔을 보고 기쁜 마음에 들고나왔다.

소녀는 기쁜 얼굴로 황금 잔을 보더니 활짝 웃었다.

맞아요. 황금 잔이에요! 이제 이 황금 잔을 제암리 교회에 가져다 놓아야 해요.

그러자 한설은 말했다.

거긴 무서운 악귀 그슨데가 살고 있어 넌 절대 가면 안 돼

소녀는 다시 슬픈 표정으로 말하였다.

그럼 대신 이 황금 잔을 교회 예배당에 놓아주세요. 제발 부탁드려요. 이 은혜를 잊지 않을게요.

용옥은 말하였다.

예배당에 꼭 놓아줄게요. 걱정하지 마세요

그리곤 소녀와 헤어졌다. 제암리 교회는 높은 십자가가 걸려 있는 지붕 아래 건물 절반이 불에 타서 형체를 알아볼 수 없게 되어있었다. 검게 그을린 곳곳마다 총알의 흔적과 파괴된 흔적이 가득했다. 이젠 살기가 가득 느껴지는 죽음의 교회로 남겨져 있었다. 교회 곳곳을 다녔지만 그슨데가 보이지 않았다. 게다가 교회에 왔지만 살기만 느껴지자 무언가 일어나지 않았다. 곳곳이 불에 타서 예배당을 찾기도 어려워 보였다.

악귀가 나타나질 않아

우리 흩어져서 악귀를 찾아보자

예배당에 들어온 용옥의 눈앞의 불에 그을려서 타버린 흰 여인이 나타났다.

용옥아 여기서 무얼 하느냐?

어머니 왜 여기 계셨어요.

용옥은 눈물을 흘리며 여인을 향해 가는 순간 불길이 여인을 집어 섬겼다. 그와 동시에 여인의 주변에 많은 사람을 덮치더니 산채로 사람들이 불길에 타 죽고 있었다. 사람들은 예배당 문을 열어 달라고 소리치고 있었다. 절망에 찬 용옥은 불에 타 죽고 있는 광경을 보며 눈물을 흘렸다. 그때 사악한 악의 기운이 용옥을 둘러싸기 시작했다. 용옥이 눈치채지 못하고 눈물을 흘리고 있을 때 악귀 그슨데가 용옥을 악의 기운을 뿜어내 집어넣기 시작했다. 그때 비로소 그슨데를 알아본 용옥은 이미 너무 늦어버린 후였다. 악의 기운이 용옥에 코와 입과 귀로 들어가 삼켜 버리기 시작했다. 그때 용옥의 가슴에 있던 황금 잔을 떨어뜨리자 뚜껑이 열리더니 성수가 그슨데에게 튀었다. 그슨데는 순간 비명을 지르며 몸을 숨기고 도망쳐 버렸다. 용옥은 그제서야 겨우 정신을 차릴 수 있었다.

비명을 듣고 미옥과 한설이 뛰어왔다. 용옥은 숨을 고르면서 소리쳤다.

악귀 그슨데가 어머니의 모습으로 유혹하더니 나를 집어삼켜 버렸어.

한설과 미옥 앞에 조금 전 마을에서 본 소녀가 나타나서 울고 있었다. 한설은 해태(獬豸)의 부적을 꺼냈다. 해태(獬豸)가 부적에서 뛰어나와 소녀에게 달려가니까 소녀는 비명을 지르며 악귀 그슨데의 모습을 드러냈다. 그리곤 다시 사라졌다.

한설은 외쳤다.

악귀 그슨데에 미혹 당해선 안되 그슨데는 모습을 계속 바꿔 가면서 사라졌다 나타날 거야

유일한 방법은 이 성수를 그슨데에 부어서 기운을 잃게 해서 움직임을 봉쇄해야 해

그때 하늘에서 검은 용의 모습으로 나타나서 악의 기운을 뿜어냈다. 한설은 봉황의 부적을 꺼내서 결계를 쳐서 막아냈다. 그리곤 해태(獬豸)의 부적을 꺼내서 악귀 그슨데가 나타나기를 기다렸다.

용옥은 황금 잔을 들고 말했다.

내가 그슨데에 다가가서 성수를 뿌릴게.

금강팔정도라고 소리치자 팔과 다리에서 불꽃의 기운이 가득

차올랐다. 미옥은 한의 검을 꺼내 들고 그슨데를 기다렸다. 해태(獬豸)가 주위를 맴돌기만 하고 있었다. 그슨데는 끝내 모습을 드러내지 않았다.

한설은 말했다.

그슨데가 우리가 뭉쳐 있으면 이길 수 없으니까 숨어버렸어.

다시 흩어져서 유인하자

미옥은 한의 검을 들고 예배당에 들어갔다. 칠흑 같은 어둠이 가득한 예배당에 나무로 된 십자가가 유일하게 보였다. 그러자 십자가에서 가시로 된 관을 머리에 쓰고 벽에서부터 빠져나온 못에 박혀 온몸에서 피를 흘리며 매달려 있는 남자가 보였다.

남자는 눈물을 흘리며 말하였다.

너무나 고통스럽구나! 나를 제발 구해 주렴

미옥은 너무나 고통스럽게 피와 눈물을 흘리는 남자의 모습을 보고는 마리아가 매일 말씀하셨던 예수님이 떠올랐다.

미옥은 한의 검으로 못을 뽑아내고 가시로 된 관을 벗겨내며 남자를 구했다. 그리곤 한의 검을 옆에 놓아두고 남자를 부축하였다.

남자는 말했다.

일본군의 고문으로 내 손에 못을 박고 가시로 된 관을 씌웠다오.

미옥은 남자가 고통스럽게 울부짖는 모습에 눈물을 흘렸다. 그때 눈치를 채지 못하게 검은 악한 기운이 미옥을 감싸고 있었다. 남자가 옆에 놓여 있던 한의 검을 저 멀리 던져버리더니 악귀 그스데의 모습으로 돌아와 미옥의 옆구리를 자신의 날카로운 손톱으로 찔러넣고는 검은 기운으로 집어삼켰다. 미옥은 비명을 지를 순간도 없이 악의 기운이 입과 귀와 코로 들어왔다.

미옥은 어둠보다 더 짙은 어둠이 눈앞에 깔렸다. 어머니가 마지막 순간에 소리쳤던 고통의 비명이 들려왔다. 매일 밤 악몽에서 들렸던 어머니의 비명이었다. 미옥은 너무나 고통스러워 더는 참을 수 없었다. 차라리 스스로 죽음을 선택하고 싶었다. 점차 어둠 속에서 강한 악의 기운이 모여들었다. 그동안 싸워왔던 악귀들이 저마다 미옥의 주위에 나타난 것이다. 마침내 그스데의 검은 기운은 한의 검으로 가서 휩싸이더니 죽여버렸던 악귀들을 다시 부활시켰다. 묘두사, 구미호가 차례로 나타나서 미옥을 위협했다. 악귀들은 복수심으로 서로 먼저 할 거 없이 미옥을 향해 덮쳐왔다. 악귀들이 미옥의 목덜미를 잡고 집어삼키려고 하는 순간이었다.

갑자기 겁에 질린 악귀들이 미옥을 놓고 멀리 떨어졌다. 미옥의 목에 있던 십자가 목걸이에서 성스러운 푸른 기운이 일렁이더니 혼령이 나왔다. 푸른 기운의 혼령이 미옥의 앞으로 나와 악귀들을 향해 땅바닥에 있던 한의 검을 대신 빼 들었다. 그러자 악귀들은 겁에 질린 채 더는 다가가지 못했다. 푸른 기운의 혼령은 품에 미옥을 안고는 그슨데에 찔린 옆구리를 쓰다듬었다.

아리랑 아라리요 고개 고개로 나를 넘겨 주게~

아리랑은 고통스러운 비명을 잠재웠다. 푸른 빛으로 일렁이는 혼령은 다름아닌 어머니였다. 미옥은 너무나 반가운 마음에 자신도 모르게 눈물이 났다. 그토록 보고 싶었던 어머니였다. 미옥을 향해 미소 지으며 말하였다.

미옥아 슬퍼 말거라

항상 너와 함께할 것이다.

어머니는 미옥의 손에 한의 검을 쥐여 주었다.

강해져야 한다.

강인한 마음이 푸른 검이 되어 이 땅에 혼령의 원한을 풀어 줄 수 있다.

미옥을 쓰다듬던 어머니는 미옥을 마주 보며 마지막으로 말했다.

탐욕이 빚어낸 악귀들을 없애야만 더 이상 이 땅의 죄악이 반복되지 않게 할 수 있단다.

어머니의 형체는 점차 흩어져 성스러운 푸른 기운이 되어 미옥을 에워싸더니 검은 기운을 완전히 빨아들이곤 사라졌다. 마침내 미옥은 온전한 기운을 되찾았다. 미옥은 목에서 여전히 푸른 기운이 일렁이는 십자가 목걸이에 놀라워했다.

미옥은 한의 검을 들고 일어났다. 미옥의 강한 기운이 한의 검을 타고 푸른 빛이 더욱 빛났다. 미옥은 기운을 모아서 묘두사와 구미호를 차례로 순식간에 제압했다. 그리곤 그슨데에게 달려들었다. 그슨데는 순식간에 미옥의 검을 피하더니 뒤에서 나타나 공격하고 미옥은 순간 피하면서 몇 번의 대치가 이루어졌다. 그슨데는 항상 미옥보다 빨랐다. 그러다 그슨데도 더 이상의 싸움이 무의미함을 알고 사라져버렸다.

한설은 교회 지하실로 들어가고 있었다. 마치 지하실은 감옥처럼 칸칸이 나누어져 있었다. 그때 맨 안쪽 지하실의 방에서 여자의 비명이 들렸다. 한 소녀가 의자에 앉아 있고 일본군은 불에 뜨겁게 데운 철로 몸을 지르며 고문을 하고 있었다. 또 다른 일본군은 여인의 손톱을 빼면서 즐거워했다. 소녀는 눈물을 흘리면서도 노래를 슬피 부르고 있었다.

동해물과 백두산이 마르고 닳도록 하느님이 보우하사 우리나라 만세~

무궁화 삼천리 화려 강산 대한사람 대한으로 길이 보전하세~

그리곤 일본 군인은 가시로 된 봉을 꺼내서 여인의 치마를 가리키면서 고문을 하려고 했다. 그 모습을 보곤 한설은 눈물을 흘리며 소리를 질렀다.

제발 어린 소녀에게 고문을 그만 둬!

다름 아닌 그 소녀는 아까 마을에서 황금 잔을 알려 준 소녀였다. 소녀의 고통스러운 모습에 한설은 그만 주저앉았다. 그때 악귀 그스데가 뒤에서 한설을 덮치더니 지팡이를 멀리 던져버리고 몸에 있던 부적들은 검은 기운으로 없애버리더니 한설의 목을 부여잡고 들어 올렸다.

네 이년 악귀를 그동안 잘도 괴롭혔다.

네 년 때문에 죽은 내 친구들의 원한을 갚아야겠다.

검은 악한 기운이 한설을 뒤덮었다. 입과 코와 목으로 기운이 빨려 들어갔다. 그때 마을에 봤던 소녀가 나타나더니 악귀야 물러가라면서 소리치더니 달려들었다. 그스데는 소녀를 보더니 말했다.

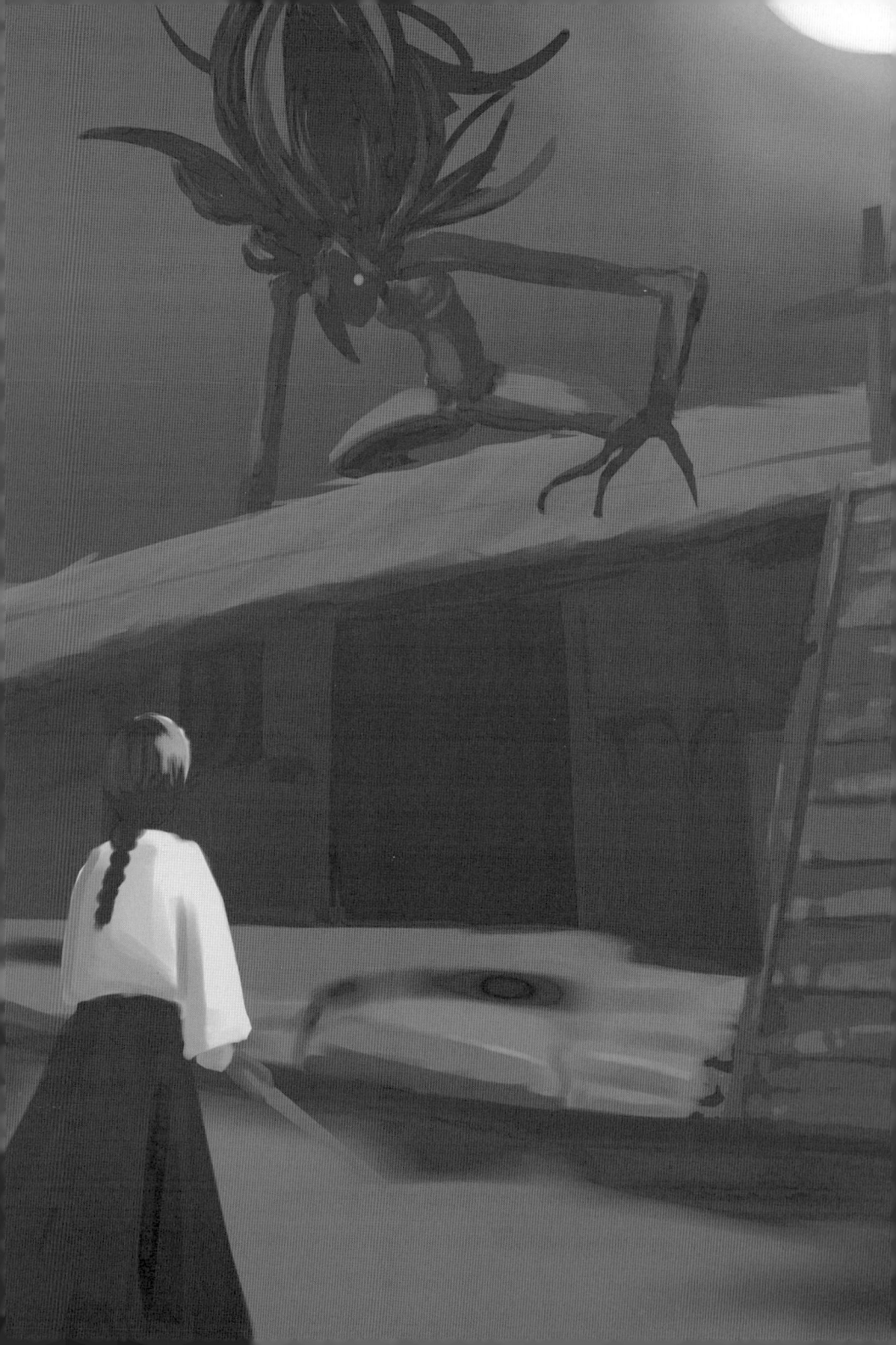

저년이 아직도 살아 있구나!

너부터 죽여주마

한설을 땅으로 내팽켜 치고는 달려드는 소녀를 잡아들고는 악한 기운으로 집어삼켜 버렸다.

한설은 겨우 숨을 고르며 땅바닥에서 일어났다. 악귀 그슨데는 소녀의 혼령을 집어삼키려고 하였다.

소녀에게 검은 기운을 내뿜으려는 순간 용옥은 그슨데에게 황금잔에 들어 있던 성수를 뿌렸다. 그슨데는 비명을 지르며 거대한 검은 기운을 잃고는 땅에 주저앉았다. 미옥은 그 순간 한의 검으로 그슨데를 베어 버릴려고 하자 소녀가 막아섰다.

 할머니 이제 그만 원한을 거두세요. 독립군으로 싸웠던 훌륭한 아드님이 하늘에서 지켜보고 있어요.

소녀는 독립군 애국가를 불렀다.

동해물과 백두산이 마르고 닳도록 하느님이 보우하사 우리나라 만세~

무궁화 삼천리 화려 강산 대한 사람 대한으로 길이 보전하세~

그러자 그슨데는 눈물을 흘리더니 비명을 질렀다. 그슨데는 그동안 삼켰던 혼령들을 뱉어내기 시작했다. 독립운동으로 제암리에서 희생당한 원혼들이 그슨데의 입에서 나왔다. 그슨데는 완전히 기운을 잃고는 쓰러졌다. 그 자리에는 백발의 할머니가 있었다. 그슨데는 바로 백발의 할머니였다.

아까 용옥이 보던 사제 옷을 입은 남자가 가까이 다가와 말하였다.

일본군에 의해 할머니는 독립군 자식 셋 모두를 잃고 말았습니다.

자식을 잃은 슬픔에 빠져 살 가치를 못 느끼고 죽음을 선택하던 찰나에 교회로 오신 겁니다.

누구보다도 교회에 성실하게 믿던 신자였지만 매일 기도를 드려보아도 그 원한에 파묻혀 있더니 언제부터인가 알 수 없는 말로 방언을 소리치더니 스스로 목숨을 끊었지요.

그 뒤로 악귀 그슨데가 되어버렸어요.

안타까운 일이지요. 모든 게 다 일본군이 저지른 죄악 때문이지요.

이 죄를 어찌 다 씻어 낼 수 있는가

슬픔으로 절망하던 목사는 소녀를 보면서 말하였다.

그 모진 고문을 겪어도 원한이 되지 않고 이렇게 악귀를 없애는 성스러운 천사가 되었군요

고마워요. 성수가 든 황금잔이 아니었으면 악귀를 없애지 못했을 겁니다.

소녀는 흐르던 눈물을 멈추고 말했다.

목사님도 집회에 참여해서 일본군의 모진 고문을 받고도 참석자들을 실토하지 않았잖아요

목사는 소녀를 토닥이며 눈물을 닦아 주고 말하였다.

우리 모두 이 땅의 독립을 위해 할 일을 했을 뿐이요.

목사는 시를 읊었다

그날이 오면 그날이 오면은

삼각산이 일어나 더덩실 춤이라도 추고

한강물이 뒤집혀 용솟음칠 그 날이

이 목숨이 끊기기 전에 와 주기만 할량이면

나는 밤하늘에 날으는 까마귀와 같이

종로의 인경을 머리로 들이받아 올리오리다

두개골은 깨어져 산산조각이 나도

기뻐서 죽사오매 오히려 무슨 한이 남으오리까24)

목사님의 시를 듣던 소녀는 앞에 둘러싸서 저마다 슬피울고 있는 혼령들을 보더니 통곡하며 이름을 외쳤다.

박흥식 동지, 김세환 동지, 김마리아 동지, 이병희 동지, 이범재 동지, 박양순 동지, 석낙응 동지, 오승훈 동지, 최광윤 동지, 안옥자 동지, 신기철 동지, 성혜자 동지, 김세환 동지, 소은평 동지

드디어 이 땅에 독립이 왔다고 해요

소녀는 같이 투옥되어 고문 받던 십대 동지들을 향해 노래를 불렀다.

전중이 일곱이 진흙색 일복 입고 두 무릎 꿇고 앉아 하나님께 기도할 때 접시 두 개 콩밥덩이 창문 열고 던져줄 때 피눈물로 기도했네. 피눈물로 기도했네. 대한이 살았다. 대한이 살았다. 산천이 동하고 바다가 끓는다. 대한이 살았다. 대한이 살았다.

소녀는 이젠 모두 원혼으로 되어버린 동지들을 보며 눈물 흘리며 말했다.

---

24) 심훈의 시 '그날이 오면'

내 손톱이 빠져나가고 내 귀와 코가 잘리고 내 손과 자리가 부러져도 그 고통은 이길 수 있사오나 나라를 잃어버린 그 고통만은 견딜 수가 없었어요.

나라에 바칠 목숨이 오직 하나밖에 없는 것만이 이 소녀의 유일한 슬픔이었어요.

목사는 황금잔을 가리키면서 미옥에게 말했다.

이 황금잔에 들은 성수는 이 마을의 수호신 백호(白虎)의 눈물이 담긴 잔입니다.

남은 성수를 교회 뒷산 꼭대기 호랑이 굴에 있는 백호(白虎)에게 뿌려주세요.

그럼 봉쇄된 백호(白虎)가 다시 기운을 차리고 다시는 악귀를 못 오도록 마을을 지킬 겁니다.

미옥는 아리랑을 불렀다.

아리랑 아리랑 아라리요 아리랑 고개로 나를 넘겨주오 ~
아리랑을 부르던 미옥의 눈에는 눈물이 멈추지 않았다. 그 목소리가 어느 때보다 떨리어 있었다.

그슨데에서 나온 할머니의 혼령이 승천한 뒤 미옥은 한설에게 물었다.

할머니께서 자식의 아픔 때문에 간절하게 기도하는데, 악귀가 다가와 속삭이는 게 보였어요.

왜 악귀의 유혹에 넘어가셨을까요?

스스로 구원하지 못하기 때문이다.

인간은 연약한 존재란다.

차가운 현실 앞에 쉽게 상처받고 다치기 마련이지

그럴 때면 아픔을 이겨낼 구원이 필요하단다.

그러한데 원한이 너무 깊어 연약해질 때를 노리고, 악귀는 신의 모습으로 다가와 구원을 유혹한단다.

신을 향한 구원이 아니라 악귀를 향한 구원인 셈이지

자신도 모르는 사이에 연약해진 인간은 광기에 휩싸여, 쉽게 악귀의 유혹에 넘어가곤 말지!

결국 구원이란 스스로 해내야 하는 법이다.

단지 신은 기도하는 네게 약간의 도움을 줄 수 있을 뿐이란다

네가 한과 계약을 한 것처럼 말이다.

계약을 완성하는 것은 결국 네 강직한 의지에 달린 것이다.

미옥은 승천해 사라져가는 하늘을 바라보며 악귀에 넘어간 할머니가 더욱 안타깝게 느껴졌다. 하지만 한설의 표정은 여전히 강직한 채 담담하였다. 한설도 할머니를 악귀에서 뺏긴 아픔을 미옥도 너무나 잘 알고 있었다. 한설이 아픔을 이겨내고 만신이 되기까지 얼마나 힘든 역경을 이겨내고 강직한 의지를 갖게 되었을지 미옥은 곰곰이 생각에 잠겼다.

황금잔을 들고 호랑이 굴로 들어갔다. 흰 빛깔의 거대한 호랑이가 기운을 잃고 쓰러져 있었다. 성수를 뿌려 주자 흰 빛깔이 동굴 전체를 환히 비추더니 깨어났다. 그리곤 천지를 흔들 만큼 거대한 포효의 소리를 내며 말하였다.

일본군에 죽은 원혼들이 모두 이승으로 돌아가게 해주어서 고맙소.

다시 이 땅의 올바른 역사를 세워야겠소

입에 물고 있던 하늘색의 빛깔이 가득한 씨앗을 건네주고는 백호(白虎)는 동굴 밖으로 흰빛을 뿜으며 뛰어나갔다.

보랏빛의 씨앗은 포도나무 씨앗이었다. 씨앗에는 사랑 애(愛)가 쓰여 있었다.

씨앗에 쓰인 글자를 본 미옥은 한설에게 물었다.

이 글자는 무슨 뜻이에요?

사랑한다는 말이다.

다시 말하면 네 몸처럼 소중히 아껴준다는 의미다.

네 엄마가 너를 소중히 아껴서 이 십자가 목걸이로 지켜주듯이 말이다.

금 괴

증만은 머리를 싸메고는 온종일 고민에 빠졌다.

이놈의 수운 때문에 금광을 뺏길 판이야.

이대로 수운을 놔둬선 안되겠어.

청희는 좋은 생각이 떠올랐다.

수운 놈이 정치질을 하더니 마을 사람들의 지지가 높아지고 있잖소.

앞으로 계속 걸림돌이 될거요

될성 부를 잎은 싹부터 잘라내라고 하지 않소.

수운 놈 주위에 사람들이 떨어져 나가게 방책을 씁시다.

무슨 좋은 수가 있는가 청희?

귀에다가 무언가 속삭이며 청희는 말하였다.

며칠 후 시장과 온 마을에 크게 벽보가 붙어졌다. 수운은 마을 사람들을 동원해서 금광을 점령하더니 몰래 금괴를 캐서 부를 축적한다는 내용이었다. 비방글이 온 마을에 붙어졌다. 게다가 수운 집에는 거대한 금괴가 있다는 둥 흉흉한 소문마져 돌기 시작했다. 향교에는 인민위원회 총회가 있는 날이었다. 과거와 달리 사람들의 수가 급격히 줄어 있었다.

걱정이 가득한 얼굴로 해월이 말했다.

수운 동지를 비방하는 벽보와 소문이 여기저기 돌고 있어요

아마 이 친일파 증만놈의 농단일 거요

수운은 말하였다.

진실은 승리하게 되어있소

언젠가 거짓 농단이 다 밝혀질 거이니 걱정하지 마시오.

아무일도 아니라는 듯 수운은 해월의 말을 듣지 않았다. 수운은 오히려 금광에서 번 돈을 어떻게 쓸지 고심하였다.

화암동굴의 금광을 채취해서 번 자금으로 어떻게 쓸지를 논의해봅시다.

지금 마을의 길거리에 아이들이 넘쳐나고 있어요. 게다가 역병이 돌고 있소.

이를 막으려면 금을 팔아 모은 돈으로 학교와 병원을 먼저 짓는 게 어떻겠소.

하지만 분위기는 냉랭했다. 모두 수운을 진심으로 의심하는 눈치였다. 그럴 만한 이유가 있었다. 농사를 짓던 노비 출신 사람들과 다르게 수운은 유복한 양반 집안 출신이었다. 게다가 유불도를 통달한 정도의 학업은 언제나 마을에서 존경의 대상이자 시기 질투의 대상이었기 때문이다. 일본 사람들 밑에서 친일파를 했던 사람들도 똑똑한 양반 계층이 많았다. 그래서 이러한 다른 배경 출신의 수운을 대다수 마을 사람은 친일파들이 했던 것처럼 이용당할까봐 금세 의심하기 시작했다. 총회는 어떤 결론도 내리지 못하고, 냉랭한 분위기 속에 금세 끝났다. 이러한 분위기를 수운도 잘 알고 있었다.

어두운 밤이었다. 유난히 바람이 많이 부는 날이었다. 미옥의 집에도 흰 문풍지를 때리는 바람 소리가 쉬지 않고 들렸다. 그때 증만의 농단 때문에 잠 못 이루고 있던 수운은 뭔가 인기척이 있는 소리를 감지했다. 필시 도둑이 든 것이다. 수운은 머리맡에 두었던 검을 손으로 잡아 들었다. 그 순간 안방 문이 조용히 열리더니 검은 천으로 얼굴을 가린 남자가 칼을 들고 나타났다. 수운은 바로 일어나서 칼을 겨누었다. 수운은 검은 천으로 가린 도둑에게 말했다.

누구냐 이 밤중에 칼을 들고 오더냐?

도둑은 수운이 깨어 있는 걸 알고 놀랐다.

도둑이 살기서린 칼날을 겨누며 말하였다.

다 알고 왔다. 네가 빨갱이 집단을 만들어 금괴를 집에 쌓아 두고 있다고 말이다.

금괴만 주면 조용히 물러가 주마

수운은 살기서린 칼날을 보자 예삿일이 아닌 걸 알고는 칼날을 힘껏 움켜지고는 말했다.

어떤 금괴도 없다.

거짓말! 빨갱이 새끼가 죽어라!

도둑은 칼을 휘두르며 수운에 덤벼들었다. 몇 번의 합이 이어졌다. 달빛만이 비치는 방에는 어둠 속에 칼만 부딪치는 소리가 들렸다. 몇 번의 합이 일어지자 수운의 검술에 도통

당해내지 못할 걸 깨달은 도둑은 문풍지를 부수고 밖으로 도망쳐 나아갔다.

그때 소리를 듣고 방으로 나온 마리아가 앞에 막아서 있는 걸 본 도둑이 마리아를 밀치면서 담을 넘어 도망가 버렸다. 마리아는 비명을 지르며 쓰러졌다. 안 그래도 기운이 쇠약해진 마리아는 일어나지 못한 채 방으로 옮겨졌다. 마리아는 며칠째 방에 누워 있었다.

수운은 마리아 손의 맥을 짚었다.

오장육부의 기운이 약해졌네요.

할머니 제가 산에서 약재를 캐다가 기력을 회복하는 한약을 지어볼 게요

수운은 굳은 얼굴로 방을 나갔다.

걱정이 가득한 미옥은 할머니 옆을 떠나지 않았다.

할머니는 힘겹게 말하였다.

미옥아 이 할미는 이제 기력이 다한 거 같구나!

미옥은 눈물을 글썽이며 말하였다.

할머니 제가 꼭 할머니를 낫게 해드릴게요. 이렇게 가시면 안 돼요

미옥은 한설을 찾아가 눈물을 글썽이며 말하였다.

할머니의 병을 낫게 해줄 방법이 없을까요?

한설은 깊은 고민에 빠져 오랜 시간 침묵하다가 말하였다.

한에게 가서 부탁해보자!

너와 계약한 이상 한은 너와 네 가족을 도와줄 의무가 있어!

분명 방책을 알려줄 거야

용마소의 계곡은 푸른 빛이 유난히 달빛에 반짝여 빛나고 있었다. 미옥은 아리랑을 불렀다.

아리랑 아리랑 아라리요 아리랑 고개로 나를 넘겨주오 ~
그러자 푸른 빛으로 일렁이는 한이 계곡에서 나왔다.

한이 말하였다.

무슨 일로 나를 찾아왔느냐?

아직 과제를 다 끝낸 게 아닌데 말이다.

미옥은 눈물을 글썽이며 말하였다.

할머니가 기력을 잃고 며칠째 쓰러져 있어요.

제발 할머니를 낫게 도와주세요.

뭐든지 할게요. 부탁드려요.

이무기 한은 푸른 빛을 내면서 미옥에게 가까이 다가와 말하였다.

좋아 도와주겠다. 하지만 쉽지 않은 일이란다.

네 간절한 부탁으로 도와줄 뿐

네가 선택한 것인 걸 명심하거라

태백산맥 너머 아무르강을 건너 군함도에 가면 화암약수가 있단다.

그 화암약수를 떠서 할머니께 드리면 기력을 회복할 거야

단 군함도에는 어마어마한 악귀가 살고 있는 걸 잊지 말거라

한의 책이 불빛으로 번쩍였다. 책에 거대한 군함의 모양을 하고 있는 섬이 보였다. 그 섬에 무시무시한 악귀가 보였다.

이무기 한은 푸른 빛의 용마소로 다시 사라졌다.

한설은 한숨을 쉬며 말했다.

영노는 무시무시한 악귀야

군 함 도

미옥은 마리아가 몸 져 누워 있었던 후로 슬픔에 빠져 헤어 나오지 못하고 있었다. 아리랑을 배우기 위해 소리꾼 재효를 찾았을 때도 마찬가지였다. 소리꾼 재효 앞에서 눈물을 흘리며 아리랑을 불렀다. 재효는 소리친다.

미옥아 한이 소리를 집어삼켜서는 안 되느니라

저 깊이 한에 파묻혀 소리가 신명 나지 않는구나!

미옥은 물었다.

그럼 어찌 소리를 내야 해요?

흰 그늘이 있어야지

보름달이 비추는 밤 은은히 달빛에 반짝이는 흰 천을 생각해 보아라.

어둠에 파묻혀 있지만 은은한 빛이 서려 있지 않으냐?

한을 삼키어 흥으로 소리를 솟구쳐 내어라.

미옥은 눈물을 삼키고 다시 아리랑을 불렀다.

얼쑤 신명 난다. 바로 그것이다.

비로서 소리로 한을 풀 줄 아는구나!

마리아는 아파서 몸져누워 노래를 불렀다.

사공의 뱃노래 가물거리며 삼학도 파도 깊이 스며드는데 부두의 새악시 아롱젖은 옷자락 이별의 눈물이야~ 목포의 설음 삼백 년 원한 품은 노적봉 밑에 님 자취 완연하다~ 애달픈 정조 유달산 바람도 영산강을 안으니 님 그려 우는 마음 목포의 노래[25] ~

할미 고향 생각이 나는구나 참 항구가 아름다운 곳이었어 미옥아

죽기 전에 한번 가보고 싶구나

---
25) 이난영 - 목포의 눈물

할머니 그런 소리하면 못써요 얼른 기운을 차리셔야죠

미옥은 할머니 손을 잡고는 왠 종일 곁을 떠나지 않았다.

수운은 기운이 없는 미옥을 마당으로 데려왔다. 그러곤 수운은 태극의 모양을 붓으로 화선지에 그리고 있었다. 동그란 원에 붉은색과 파란색의 두 타원형이 서로를 마주하며 그려져 있었다.

미옥아 강한 마음을 먹도록 하거라! 검을 연마 하자꾸나.

상심한 마음은 웃음으로 달래듯, 강함을 부드러움으로 이겨내는 태극도검(太極道劍)을 전수해주마

우주는 태초에 혼돈으로 이뤄진 무극(無極而太極)에서 시작되어, 정기가 극에 달하면 양(陽)을 낳고, 이 양(陽)이 다시 극에 달하면 음(陰)을 낳아 태극(太極)을 이룬다.

만물은 태극(太極)이라는 음양의 상생(相生)과 상극(相剋)의 작용으로 기운의 활동운화(活動運化)을 조화롭게 구성한다..

양이 지극해지면 다시 음이 발생하고, 음이 지극해지면 양이 발행하여 조화를 이루듯이 말이다.

검도도 마찬가지이다.

오직 강한 힘이 좋은 게 아니다.

지극히 강함은 필연적으로 부드러움에 약하고 지극한 부드러움은 강함에 약하게 되는 법이다.

검을 들어보거라

나에게 강하게 검을 휘둘러보아라

미옥은 온 힘을 다해 아버지에게 목검을 휘둘렀다. 아버지는 그 검을 되받아지면서 옆으로 부드럽게 미옥을 공격했다.

보아라 강한 힘은 동작이 커지면서 움직임이 딱딱해진다.

강한 힘을 역으로 이용하면 부드러움으로 강함을 이기게 된단다

좋은 것은 강한 양기가 지극한 것도 아니고 부드러운 음기가 지극한 것도 아니요 상생(相生)과 상극(相剋)의 조화이다.

검의 모든 동작에 상생(相生)과 상극(相剋)의 원리를 바탕으로 태극도검(太極道劍)을 수련하거라

화암 약수는 군함도의 깊은 동굴에 있는 영험한 약수로 알려졌지만 이미 오래전부터 인적이 끊긴 곳이었다. 군함도는 끌려간 조선인들의 노역으로 쌓인 시체들로 음침하기 이를데

없었다. 게다가 화암약수를 마시러 갔던 사람들이 돌아오지 않는다는 흉흉한 소문이 돌았기 때문이다. 화암약수가 있는 군함도 전체가 깊은 그림자가 드리워져 있었다.

한설은 슬픔에 목이 매어 말한다.

치유의 물이 죽음의 물이 되었어

영험한 우물은 일본군에게 죽은 수 만명 조선인들의 눈물과 피로 채워져 버렸구나!

악귀의 살기가 우물 전체에 드리워져 있어

우물엔 고향을 두고 온 근로보국대에 끌려갔던 조선인의 시체가 버려지거나 노역에 못 이겨 자결한 곳이지

이젠 정말이지 치유하는 약수의 물이 아니라 조선인의 한이 서린 피의 우물이 되었지

새빨간 핏물로 변한 화악약수가 소용돌이치고 있었다. 조선인의 핏물을 마시고 자란 일본군의 야욕으로 쌓아 올린 군함도였다. 용옥은 치를 떨었다. 용옥은 아버지의 마지막 모습이 떠올랐다. 용옥 아버지가 일본군의 총의 개머리판에 머리가 터지도록 맞으면서도 용옥을 끌어안고 놓지 않았던 일이 떠올랐다. 일본군은 군함 모양의 지도가 새겨진 차로 아버지를 태웠다. 아버지는 수만의 조선인들처럼 군함도로 끌려가 죽

은 게 틀림없었다. 마지막까지 꼭 꿇어앉았던 아버지의 핏물은 미옥의 눈물을 타고 가슴팍으로 젖어 들었다. 용옥에 가슴 깊은 곳 살결 하나하나에 아버지의 피와 눈물이 새겨져 있었다.

태백산맥을 넘어서자 거대하고 긴 강이 흐르고 있었다. 갈고 갈은 묵을 흩뿌려 놓은 듯 칠흑 같은 검은 빛의 강물이 흐르고 있었다. 그 검은 물결만 봐도 한이 서려 살기 가득한 기운이 엄습하고 있었다. 하지만 군함도에 가기 위해선 저 강을 건너야 했다. 한설은 강을 보더니 어두운 표정으로 말했다.

오래전 아무르강은 죽음의 강이 되었지

자유시참변(自由市慘變)26)으로 억울하게 죽은 조선 독립군의 시체가 강에 즐비하단다.

억울한 혼령들이 저 어둠보다 깊은 강물로 끌고 갈 것이야

이대론 절대 강을 건너지 못한다.

한설은 아무르 강을 건널 방법에 고심하고 있었다. 그때 저 멀리서 아리랑 소리가 들렸다.

---

26) 자유시 참변(自由市慘變)은 1921년 6월 28일 러시아 자유시에서 조선 독립군들의 학살된 사건

날 좀 보소 날 좀 보소~ 동지섣달 꽃 본 듯이 날 좀 보소~

아리 아리랑 쓰리 쓰리랑 아라리가 났네~ 아리랑 고개로 날 넘겨 주소~27)

한 남자가 뗏목을 타고 저 멀리서 노래를 부르며 오고 있었다. 그 남자는 잘생긴 얼굴의 용맹함이 가득하며, 성한 기운이 풍기는 혼령이었다. 남자는 호쾌하게 웃으며 말했다.

난 밀양에서 온 독립군이요!

성한 기운이 느껴지길래 왔소이다.

살아 있는 자들은 이 뗏목 없인 강을 건널 수 없을 것이요!

얼른 올라타시오.

검은 물결이 흔들릴 때마다 물속에는 머리가 없는 시체들이 수면으로 손을 뻗었다. 수많은 손이 물결 위로 뻗어 비명을 지르고 있었다.

미옥은 겁에 질려서 두 눈을 꼭 감고는 강물을 바라보지 못했다. 그리곤 멀리 강변을 바라보다가 비명을 질렀다. 강변에는 나뭇가지마다 목만 덩그러니 매달려 있었다. 밀양의 독립군은 슬픈 목소리로 말했다.

---

27) 밀양 아리랑

저들은 억울하게 죽은 조선 의용군들이요

조선의 독립을 위해 중국에서 끝까지 싸운 독립군들이지요.

간절히 바란 것은 조선의 자유와 독립이었지만, 끝내 독립을 보지 못하고 묻히고 말았소.

정말 통곡할 한이 저 혼령마다 맺혀 원귀가 되었도다.

절대 강물을 보지 마시오.

슬픔에 갇힌 가련한 혼령들이 육체를 가진 자를 탐할것이니

강물에 가득한 원혼이 현혹할 것이요!

용옥은 칠흑 같은 어둠으로 가득한 강물에서 눈을 못 떼고 있었다. 한 물결 위로 올라 온 혼령의 손에서 어머니의 반지가 끼워져 있었다. 손을 따라 혼령을 보자 용옥 어머니의 모습을 보였다. 용옥은 눈물을 흘리며 물 위로 뻗어진 손을 따라 물에 뛰어들었다. 흙빛으로 보였던 물 안은 환하게 흰빛으로 어른거렸다. 용옥은 어머니로 보이는 원혼을 따라 그 깊숙한 물로 끄려 들어갔다. 밀양의 독립군이 눈치챈 것은 이미 용옥이 원혼에 현혹되어 아무르강 깊숙한 곳까지 빠져서 들어간 후였다. 미옥은 용옥이 떨어진 것을 알고는 주저하지 않고 바로 강물로 뛰어들었다. 한설은 그런 미옥을 향해 백호의 부적을 써서 물속에서도 강한 생명력으로 호흡할

수 있도록 하였다.

미옥은 달려드는 원혼을 한의 검으로 쳐내면서 강 밑바닥에 정신을 잃고 쓰려진 용옥을 발견하고는 한 손으로 용옥을 안고 서둘러 물 위로 올라왔다. 한설은 미옥과 용옥이 수면 위로 올라오는 걸 발견하자 서둘러 뗏목 위로 끌어 올렸다. 용옥은 검은 흙빛으로 낯빛이 변해가고 있었다. 한설은 서둘러 백택의 부적으로 용옥에 가득한 악한 기운을 빨아들였다. 드디어 용옥은 정신을 차릴 수 있었다.

밀양의 독립군은 용옥이 정신을 차리는 것을 보자 안도의 한숨을 쉬면서도 고개를 푹 숙이곤 들지 못하였다.

정말 큰일이요. 아무르 강은 흑룡강이라고도 부른다오

원혼들의 정기를 먹고 성장한 악귀 흑룡이 살고 있기 때문이요

이제 흑룡이 기운을 따라 쫓아 올 것이요!

그때 물 위로 거대한 용이 하늘로 솟구쳤다. 흑룡은 머리가 아홉이고 아무르 강물만큼이나 검은 흑빛의 비닐이 무시무시한 자태를 자아내고 있었다.

비장한 목소리로 밀양의 독립군은 말하였다.

이대로 흑룡을 싸워선 이길 수 없소

내가 저 흑룡을 유인해 보겠소

대신 내 부탁이 있소

아무르 강 건너 대숲에서 흩어진 채 묻히지 못한 조선 의용군의 시체들을 모아 묻어주시오.

그럼 흩어진 의용군의 혼령들이 모여들어서 흑룡과 싸워 이길 수 있소

이 노를 저어 얼른 아무르 강을 건너가시오.

밀양의 독립군은 아리랑을 마저 불렀다.

저 건너 대숲은 의의한데~

의용군의 설운 넋이 애달프다~

밀양의 독립군은 가슴 속에 있던 칼을 빼 들더니 흑룡을 향해 달려들었다. 거대한 흑룡은 9개의 머리로 밀양의 독립군을 향해 물어 뜯으려고 입을 크게 벌려 위협하였다.

한설과 미옥은 서둘러 노를 저었다. 아무르 강을 건너자 강변 안 대숲에는 의용군들의 시체가 아직 묻히지 못한 채 뼛골이 나뒹굴고 있었다. 용옥은 정성을 다해 땅을 팠다. 한설과 미옥은 조심스럽게 의용군들의 뼛골을 모아서 묻어 주었다. 그러자 수많은 조선의용대의 혼령들이 주위로 나타났다.

조선의용대들은 모두 용맹한 얼굴로 칼을 빼들었다. 검은 기운으로 가득한 흑룡을 향해 달려갔다. 수많은 조선의용대들은 용맹하게 맞서 싸웠다. 흑룡은 기세에 눌려 깊은 아무르 강으로 숨어 버렸다. 흑룡이 사라지자 조선의용대는 대숲으로 돌아왔다. 밀양의 독립군은 먼저 손을 가슴에 쳐올리며 조선 의용군가를 큰 소리로 부르기 시작했다.

최후의 결전을 맞으러 가자~

생사적 운명의 판가리로~

나가자 나가자 굳게 뭉치어~

원수를 소탕하러 나가자~

총칼을 메고 혈전의 길로~

다 앞으로 동지들아~

독립의 깃발은 우리 앞에 날린다~

다 앞으로 동지들아[28]~

조선의용군가를 부르자 모든 주위의 혼령들이 일제히 따라서 군가를 불렀다. 노래를 마치자 그제서야 아무르 강에 묻혀 있던 조선의용군의 혼령들은 하늘로 승천하기 시작했다. 미

---

28) 조선 의용군가

옥은 눈물을 흘리며 있던 밀양의 독립군을 바라보며 밀양 아리랑을 불렀다. 그제서야 모든 혼령들이 승천하는 가운데 마지막으로 밀양의 독립군은 미옥에게 환히 웃으며 감사 인사를 하더니 승천하였다. 마침내 독립을 위해 먼 타지에서 목숨을 걸고 싸우다 못다 이룬 한을 풀 수 있었다. 한설은 마지막으로 승천하는 혼령들을 향해 조선의용대 추도가를 불렀다.

사나운 비바람 치는 길가에

다 못 가고 쓰러진 너의 뜻을~

이어서 이룰 것을 맹세하노니

진리의 그늘 밑에 길이길이 잠들라

불멸의 영령[29]~

군함도는 이름처럼 군함의 모양으로 어둠으로 드리워진 채 남겨져 있었다. 피와 살을 갉아먹는 개미들이 시체 여기저기를 구멍을 뚫고 갉아 먹듯이 여기저기 수 만은 동굴이 파헤쳐져 있었다. 동굴로 들어가자 여기저기 끌려온 조선인들의 시체가 즐비했다. 온갖 노역으로 고통스럽게 죽은 흔적들이

---

29) 김학철 작사, 조선의용대 추모가

앙상한 뼈로 드러나 있었다.

동굴은 깊은 어둠으로 아무것도 보이지 않았다.

그때 저 동굴 앞 소리가 들려왔다.

소년이 장난스러운 웃음을 지으며 노래를 부르고 있었다.

두껍아 두껍아 헌집 줄게 새집 다오~

소년은 사람의 기운이 느껴지지 않는 영락없는 혼령이었다.

노래를 부르던 소년 앞에는 수십 마리의 두꺼비들이 울고 있었다. 소년은 수십 마리의 두꺼비들의 울음소리에 맞춰서 노래를 흥얼거리며 즐거워했다.

미옥 일행을 보자 소년을 미소를 지으며 말했다.

엄마가 두꺼비는 지혜롭다고 하셨어.

무시무시한 구렁이의 배에 들어가 새끼를 낳잖아.

작은 두꺼비들이 거대한 구렁이의 배 속에서 한 마리씩 나오고 있었다. 구렁이의 배 속에는 죽은 두꺼비 어미의 시체가 남겨져 있었다.

한설은 소년에게 경계를 풀고 말했다.

우리를 영험한 화암약수로 데려다줄 수 있니?

소년의 해맑은 미소가 사라졌다.

화암약수는 악귀가 잠든 우물이야.

엄마도 화암약수에 빨려 들어가선 더는 볼 수 없었어.

소년은 군함도의 깊은 동굴로 앞장서기 시작했다. 동굴에는 여기저기 시체들이 곳곳마다 놓여 있었다. 용옥은 동굴 벽의 눈에 익숙한 도포가 보였다. 아버지가 입던 도포였다. 아버지가 입던 도포로 서둘러 동굴 벽으로 뛰어갔다. 용옥은 도포를 움켜잡고는 눈물을 흘렸다. 분명 아버지가 틀림없기 때문이다. 그런데 용옥의 온몸으로 검은 기운이 덮쳐왔다. 용옥은 순간 벽 속으로 빨려 들어가 사라져 버렸다. 벽 속으로 빨려 간 용옥이 괴성을 지르며 살려달라고 소리쳤다. 용옥은 덮쳐오는 악한 기운으로 점차 기운을 잃고는 쓰러졌다.

미옥은 용옥의 괴성이 들린 동굴 벽을 보며 한의 검을 뽑아들었다. 멀리서 보면 평범한 동굴 벽처럼 보였다. 가까이 다가가자 혼령의 기운을 빨아들이는 악귀가 모습을 드러냈다. 동굴 벽 전체를 채울 만큼 거대한 입과 무시무시한 이빨을 드러낸 악귀가 벽에 나타났다. 벽의 모습으로 둔갑하여 혼령들을 잡아먹는 악귀 거구귀였다.

한설은 서둘러 봉황의 부적을 써서 결계를 치고 방어 태세를 했다. 거구귀는 거대한 입으로 검은 기운을 뿜어내며 공격했다. 한 발짝도 결계 밖으로 나갈 수 없었다. 이대로는 용옥을 구할 수 없다. 한설은 점차 결계가 약해져 가고 있는 것을 깨달았다. 소년은 미옥의 손을 잡고는 말했다.

엄마가 너를 지켜줄 거야

나도 엄마가 지켜주셨어.

엄마는 나를 대신해서 일본군에 죽고 우물에 던져졌어

미옥은 엄마가 떠올랐다. 매일 미옥을 위해 기도하던 엄마의 모습이 말이다. 마지막 날에도 아픈 미옥을 위해 고개 너머 약방을 갔다. 일본군이 자주 다니던 길목을 알고 있었다. 그 위험을 무릅쓰고 고개를 넘다가 불행하게도 죽임을 당했다. 엄마의 희생을 생각하자 눈물이 났다. 한낱 미물인 두꺼비도 자식을 위해선 엄마가 희생하는 건 마찬가지였다. 죽은 어미에서 살아남은 새끼 두꺼비들이 떠올랐다. 그때 미옥은 결심했다.

이대로 지켜만 봐서는 용옥을 구할 수 없어

미옥은 한의 검을 치켜세웠다. 한설은 미옥에게 산신 할미의 부적을 주었다. 악한 기운을 씻어주고 몸의 기운을 강하게 북돋아 줄 수 있기 때문이다. 한설은 해태의 부적으로 뛰어나간 해태의 기운에 거구귀의 시선을 돌렸다. 그 순간 미옥은 거구귀에게 달려갔다. 거구귀가 눈치를 챈 것은 이미 미옥이 자신의 입안으로 들어온 뒤였다.

미옥은 거구귀의 거대한 입안으로 들어갔다. 온갖 혼령들이 고통스러운 비명을 지르고 있었다. 하지만 흔들리지 않았다. 한쪽에 도포를 움켜쥐고 있는 쓰러져 있는 용옥을 발견했다. 서둘러 용옥을 붙잡고 있던 거구귀의 촉수들을 잘라내었다. 용옥을 둘러업고 뛰어나가는 순간 거구귀는 거대한 입을 다물어 버렸다.

칠흑 같은 어둠이 뒤덮더니 미옥을 집어삼키고 있었다. 미옥은 물러서지 않았다. 한의 검을 강하게 움켜잡았다. 악한 기운들이 몰려오는 붉은 점이 보였다. 미옥은 붉은 점을 향해 한의 검을 찔렀다. 그러자 거구귀는 고통스럽게 울부짖더니 다문 입을 열었다. 미옥은 용옥을 부축해서 거구귀 입 밖으로 나왔다. 거구귀는 더는 힘을 쓰지 못하게 동굴 벽 어딘가로 사라져 버렸다. 한설이 준 경옥고로 용옥은 금세 기운을 회복했다.

어둠을 뚫고 동굴을 한참 들어갔다. 동굴 끝 붉은빛이 새어 나오고 있는 곳에 다다르자 드디어 붉은 물결치는 우물이 보였다. 붉은 물결이 흔들릴 때마다 검은 살기가 곳곳에 스며들었다. 우물 주위로는 온통 핏물이 흠뻑 젖어 있었다. 그 저주스러운 우물로부터 누군가 접근하지 못하게 하려고 결계를 친 흔적이 보였다. 우물 주위로 호랑가시나무의 가지를 엮었다. 가지 사이로 정어리의 머리를 꿰어 빙 둘러쳐 놓았다. 우물 앞엔 가지런하게 음식을 담아 놓여 있었다. 용옥은 음식을 보자 입맛을 다시며 눈을 떼지 못하고 있었다. 그런 용옥을 본 소년은 말한다.

망자를 위한 음식이야.

절대 음식을 먹으면 안 돼!

악귀에 미혹돼 버리는 걸 잊지 마

사람들이 악귀에게 홀려 우물에 빠져 죽자, 저렇게 결계를 치고 원혼을 달래기 위해 제사를 지내는 거야.

용옥은 의아하게 말한다.

그렇다면 약수를 가져가려면 어떻게 해?

한설은 해태가 그려진 부적을 꺼내 우물 앞으로 가면서 말한다.

내가 해태(獬豸)의 부적으로 악귀를 우물 밖으로 유인할 거야

우물에 끌려 들어가면 우린 모두 이길 수 없어

해태(獬豸)의 부적을 사용하자 해태(獬豸)가 우물 안으로 뛰어 들어갔다.

그러나 해태(獬豸)는 홀로 돌아와 맴돌 뿐 악귀는 보이지 않았다.

한설은 걱정스럽게 말한다.

큰일이다. 악귀가 나타나지 않는구나!

용옥은 아무도 못 본 틈을 타 제사상 위에 있는 잘 말린 주황빛의 곶감을 입에 넣었다. 맛있게 익은 곶감은 달콤하고 쫀득했다.

용옥은 달콤한 곶감에 웃음을 지으면서 기분이 좋아 말했다.

먹고 죽은 귀신이 때깔도 곱다고, 제사를 지냈으면 음복(飮福)을 해야지!

귀한 곶감을 어떻게 안 먹을 수 있어!

용옥은 하나 더 곶감을 입에 넣었다. 그 순간 용옥의 눈동자가 검은색으로 뒤덮이더니 몸이 경련을 일으키더니 우물 안으로 들어가 버렸다. 용옥이 우물에 빠진 걸 보고서야 한설은 용옥이 곶감을 먹은 걸 알게 되었다. 한설은 할 수 없었다. 이렇게 된 이상 우물로 들어가야만 했다. 한설은 걱정스러운 얼굴로 미옥에게 말했다.

고요한 물은 죽음의 기운이 흐른다.

자연은 단 한 순간도 멈추지 않고 스스로 그러하게 변화한 기운을 타고난다.

죽음의 기운에 스스로 그러한 생의 기운이 흐르도록 해야 한다.

죽음의 기운에 휩쓸리지 말고 네게 흐르는 생의 기운으로 일으켜라!

미옥은 도통 한설의 말들이 이해할 수 없었다. 그러면서 백호(白虎)의 부적을 꺼내 미옥에게도 건네주었다.

백호(白虎)는 강한 생명의 기운으로 악귀의 기운을 몰아낸다.

곧장 한설을 따라 미옥도 우물로 들어갔다. 우물 안은 칠흑같이 검고 깊었다. 우물은 마치 먹을 갈아 놓은 먹물처럼 검었다. 얼마나 깊이 우물 안으로 들어갔을까? 우물에 풍덩 들어가는 순간 백호(白虎)의 밝은 빛깔이 미옥과 한설의 몸을 아우르면서 주위가 환 해졌다. 아무것도 보이지 않았다.

암흑 속 생의 기운이 느껴졌다. 용옥이 땅바닥에 쓰러져 있는 게 보였다. 용옥의 눈은 검은 눈동자가 뒤덮여서 생명력을 잃고 있었다. 한설은 얼른 백호(白虎)의 부적을 용옥의 입에 물려주고는 지팡이로 가슴에 대고 기도를 드렸다. 그러자 점차 눈동자가 돌아오면서 정신을 차리고 있었다.

암흑 같은 우물엔 기분 나쁜 기운이 가득 뒤덮고 있었다. 미옥의 앞에 흐릿한 혼령들이 보이기 시작했다. 수많은 혼령이 떠돌아다니고 있던 것이다. 혼령들이 모여들자 한설이 말했다.

우물에 빠져 죽은 혼령들에 미혹되어선 안 돼

미옥은 한 젊은 여인의 혼령을 보았다.

여인의 혼령에서 일본군이 비명을 지르는 여인의 가슴을 도려내고 우물 속으로 빠뜨리는 모습이 보였다.

미옥은 그 광경을 보는 게 고통스러워서 어찌할 바를 몰랐다.

그리고 옆에 울부짖는 청년이 보였다. 청년은 노역에 고통스러워 도망치다가 일본군에 잡혔다. 일본군은 칼로 청년의 팔과 다리를 찢고 우물에 던졌다.

혼령이 미옥과 한설을 에워싸려고 하자 한설은 해태(獬豸)의 부적으로 쫓아내 버렸다.

그러자 미옥은 자신도 모르게 정신이 혼미해져 갔다. 정신을 가다듬고 집중하려고 할 때마다 기운이 빠져나가는 것 같았다. 바로 뒤에 엄청나게 큰 그림자가 드리워진 게 보이자 한설은 미옥을 향해 영노가 나타난 것을 알렸다. 영노는 황금

색으로 한과 같은 이무기의 모습을 지니고 있었다. 영노는 입을 벌리자 물결이 크게 흔들리면서 구슬을 내뿜었다. 영노에서 뿜어져 나오는 악한 기운은 우물 전체로 스며들어서 정신을 집중할 수가 없었다. 영노는 위협적으로 빠르게 다가와 공격했다. 한설은 봉황의 부적을 써서 공격을 겨우 막아내고 있었다.

미옥은 강하게 움직일수록 몸이 물에 의해 움직임이 둔화하고 있음을 깨달았다. 마치 헤어나올 수 없는 죽음의 늪에 빠져 버리듯이 기운이 물에 빨려 들어가는 게 느껴졌다.

미옥은 피할 새도 없이 영노는 빠르게 다가와 다시 반격하였다. 영노는 오히려 더 강한 기운으로 빠르게 공격해왔다. 마치 미옥의 기운을 흡수해서 더욱 강해지는 것 같았다. 그때서야 미옥은 한설의 말을 깨달았다. 우물 전체가 악귀 영노의 손아귀에 있는 것이었다. 영노가 내뿜는 기운에 흔들리지 말고 생의 기운으로 변화시켜야 한다. 하지만 이미 너무 늦었다. 달려오는 영노의 공격을 피할 수 없었다. 기운을 뺏기고 있던 미옥은 정신을 차릴 수 없었다. 미옥의 눈앞이 점차 흐려져 갔다. 눈앞의 우물은 짙은 핏빛으로 변해갔다.

핏빛은 여인들의 비명으로 바뀌었다. 일본군의 칼날에 찔려 핏방울을 흘리며 쓰러져 가는 게 보였다. 피의 축제였다. 어린아이, 청년, 할머니, 게다가 아이를 밴 처녀까지 가리지 않

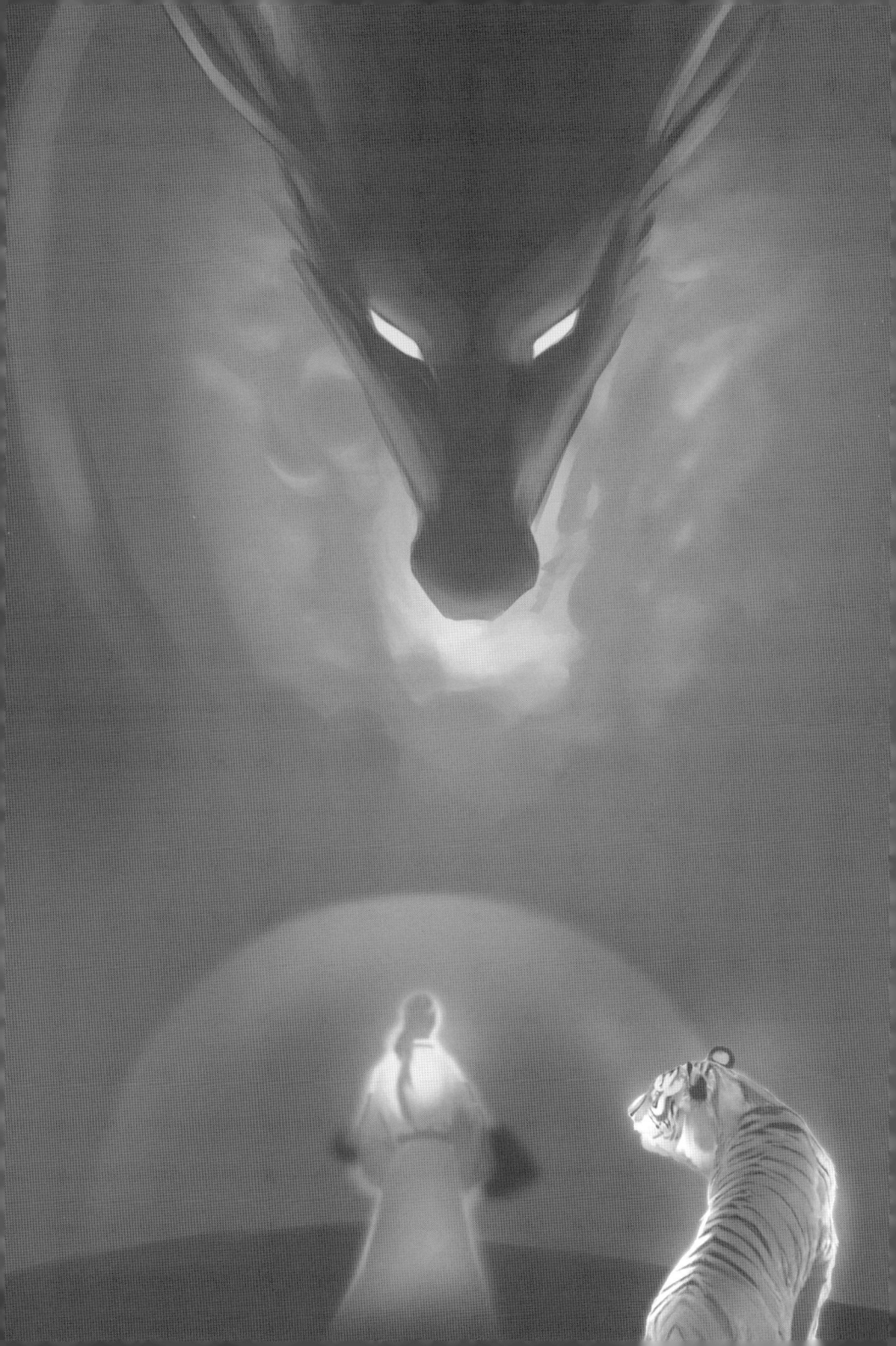

앉다. 일본군들은 조선인을 칼로 찔러 흐르는 핏물로 얼굴을 묻히며 축배 주를 들 듯 열광했다. 남은 핏물로는 자기 옷에 거대한 붉은 점을 새기며 서로의 축제 옷을 뽐냈다.

축제의 마지막 피의 제물이었다. 여기저기 땅에 뒹굴고 있던 조선인들의 시체를 머리채 잡아끌고 와 모조리 우물로 던져 버리자 우물은 핏빛으로 짙어져 갔다. 미옥은 일본군의 잔혹함에 치를 떨었다. 마지막 고운 흰 한복을 입은 여인의 시체가 우물로 끌려왔다.

미옥은 여인의 모습에 눈을 뗄 수 없었다. 마지막 시체가 던져지자 피 색깔이 된 우물은 피가 하늘로 솟구쳐 온 땅에 내렸다. 일본군은 저마다 피를 맞으며 피의 축제를 열광했다. 우물에서 뿌려져 피의 비는 일본군의 온몸과 이마에 짙게 새겨졌다. 온 땅을 죄악으로 물들이고 가두어져 있던 악귀들이 일본군마다 뛰어들었다. 마침내 완전한 인간성이 사라진 채 다시 태어났다. 인간이야말로 가장 잔혹한 악귀였다.

미옥은 어머니의 시체가 던져지자 그대로 주저앉고 말았다. 더는 일본군의 잔혹함을 차마 지켜 볼 수 없었다. 미옥은 어머니의 핏빛으로 물들인 시체를 놓지 못하던 미옥이다. 눈물이 쉬지 않고 흐르던 미옥은 절망에 빠져 헤어 나올 수 없었다. 푸른 혼령이 미옥에게 다가와 두 눈을 손으로 가렸다. 그러자 미옥은 푸른 기운이 차올랐다. 미옥은 슬픔을 거두고 정신을 차릴 수 있었다.

눈을 뜨자 푸른 혼령이 미옥의 앞을 막아섰다. 푸른 혼령이 영노의 공격을 대신 검으로 맞아 섰다. 그리곤 서둘러 미옥을 안고 바위 밑으로 피하였다. 푸른 혼령은 영노에게 맞서다 다친 한 팔을 안고는 미옥에게 말했다.

영노의 기운은 강력하지만 둔탁하오.

절대 영노의 기운에 휩쓸리지 마시오.

온 기운을 검에 모은 남자는 바위를 향해 다가오는 영노를 향해 정면으로 맞서 싸웠다. 하지만 워낙 강한 영노의 공격에 힘겨워 더 이상 싸울 수 없었다.

미옥은 영노의 기운에 빠지면 안 된다고 머릿속에 계속 되뇌었다. 영노의 기운은 강하지만 둔탁했다. 그러한 둔탁한 기운은 부드러움으로 맞서면 되는 것이다. 그 순간 아버지의 태극도검(太極道劍)이 떠올랐다. 미옥은 몸에 오직 한의 검에만 집중해서 강하게 맞서 왔었다.

부드러움이 강함을 이긴다. 태극도검은 강하게 다가오는 기운을 부드럽게 맞서 그 힘을 역으로 이용해서 되친다. 영노는 강한 기운으로 공격한 이후는 둔탁해서 한동안 기운을 쓰지 못했다. 영노의 그러한 모습을 보고 미옥은 기운을 읽어 낼 수 있었다. 영노는 검을 들고 있던 미옥을 보자 온 기운을 모아 달려들었다. 영노가 거대한 기운을 모아 팔을 휘둘러 공격하였다. 미옥은 부드럽게 검으로 맞서면서 그 기운을 역으로 영노의 가슴팍에 한의 검으로 찔렀다. 그러자 영노는 고통에 몸부림치면서 뒤로 물러섰다. 영노는 최후의 일격으로 모든 기운을 입으로 모았다. 혼령의 구슬이 모두 모이자 거대한 기운을 뿜어내며 미옥을 향해 공격했다. 미옥은 겁나지 않았다. 강력하지만 둔탁한 혼령의 구슬에 기운이 느껴졌다. 미옥을 향해 정면으로 날아오는 혼령의 구슬을 한의 검으로 부드럽게 기운을 받아쳐서 영노에게 되 날려 버렸다. 혼령의 구슬을 맞은 영노는 마침내 기운을 잃고 주저앉았다. 영노가 기운을 잃고 쓰러지자 미옥은 재빨리 달려들어 한의 검으로 영노의 목을 베어 버렸다. 영노가 죽자 수십 개의 혼령이 영노의 입에서 나왔다. 그러더니 작은 뱀이 그 자리에 남아 있었다. 아까 미옥을 구했던 남자가 다가왔다.

영험한 약수의 물이 일본군들이 버린 시체 탓에 죽음의 물이 되었지요.

난 독립군이었지요.

내 가슴속에 흐르는 한이 연명이 흘러 끊어지지 않소

내 죽어서도 저 억울한 일본군에 죽은 조선의 혼령들 때문에 남아 있었소

이제 일본군에게 죽은 억울한 혼령들을 구했으니 저승으로 돌아가야 하겠소이다.

눈물을 흘리더니 남자는 노래를 불렀다.

간다 간다. 나는 간다

너를 두고 나는 간다

잠시 뜻을 얻었 노라

까불대는 이 시운이

나의 등을 내밀어서

너를 떠나 가게 하니

일로부터 여러 해를

너를 보지 못할지나

그 동안에 나는 오직

너를 위해 일할지니

나 간다고 설워마라

나의 사랑 한반도야30)

---

30) 도산 안창호의 거국가

아까 미옥이 보았던 여인이 다가오더니 눈물을 흘리며 말했다.

여기 수많은 혼령들이 일본군에 근로정신대로 끌려와 죽게 되었습니다.

제 고향은 저 멀리 남쪽의 항구가 아름다운 곳이었어요.

저승으로 가기 전 고향에 한 번만이라도 가보고 싶네요.

여인은 눈물을 흘렸다.

그러자 미옥은 할머니가 불러 준 노래가 떠올랐다.

사공의 뱃노래 가물거리며 삼학도 파도 깊이 스며드는데 부두의 새악시 아롱젖은 옷자락 이별의 눈물이냐 목포의 설음 삼백 년 원한 품은 노적봉 밑에 님 자취 완연하다~ 애달픈 정조 유달산 바람도 영산강을 안으니 님 그려 우는 마음 목포의 노래 깊은 밤 쪼각달은 흘러가는데 어찌타 옛 상처가 새로워진는가~ 못 오는 님이면 이 마음도 보낼 것을 항구에 맺는 절개 목포의 사랑31)~

여인과 주위의 수많은 여인들이 노래를 듣고는 눈물을 흘리며 말했다.

맞아요. 바로 제 고향의 노래에요.

---

31) 이난영 - 목포의 눈물

한참 목놓아 울던 여인은 노래가 마치자 눈물을 그치고 말하였다.

영노의 여의주가 저 아래쪽 영노의 뿔이 꽂혀있는 땅바닥에 파묻혀 있습니다.

여의주를 군함도 깊은 동굴에 잠자고 있는 수호신 청룡(青龍)에게 돌려주면 청룡(青龍)이 다시 기운을 차리고 깨어날 겁니다.

미옥은 여인의 애처로운 모습에 눈물을 흘리며 아리랑을 불렀다.

아리랑 아리랑 아라리요 아리랑 고개로 나를 넘겨주오 ~
혼령이 물결을 타고 승천하였다.

미옥은 눈물을 흘린 채 한설에게 묻는다.

저렇게 많은 시체를 파묻어 버렸는데 왜 일본군들은 신에게 벌을 받지 않나요?

신은 스스로 그러하게 만물을 잉태하였단다.

피어난 싹에서 잘못된 가치들은 소멸하기 마련이고, 그 자리엔 새로운 싹이 트면 올바른 가치를 기대하는 거란다

하지만 대부분의 어리석은 생명들은 눈앞에 보이는 헛된 탐

욕에 빠져 잘못된 길로 들어서고 말지

이렇게 몹쓸 죄악을 저지른 인간들은 결국 역사의 저편에서 뒤안길로 소멸할 뿐이란다.

마치 악귀가 되어 어둠 속에 숨어 지내며 탐욕에 영원히 굶주려 있듯이 말이다.

고귀한 가치로서 살아간 사람들은 역사의 앞에서 성스러움의 이름으로 영원히 신에게 추앙받게 되지!

바로 우리 자신이 신이 되어 영원한 삶을 살게 되는 것이란다.

여의주를 찾은 미옥은 우물을 나와 화암산 동굴에 있는 청룡(靑龍)에게 가져다주었다. 청룡(靑龍)은 푸른 빛을 뿜으며 하늘로 솟구쳤다. 그러자 청룡(靑龍)이 날아오른 자리엔 죽어가는 식물들이 다시 생기를 찾으며 푸른 빛이 가득 물들여졌다. 청룡(靑龍)은 마침내 기운을 되찾고 날아올라서 노란빛의 씨앗을 주었다. 씨앗에는 예(禮)라는 글자가 쓰여 있다.

미옥은 씨앗을 보면서 의아하게 물었다.

예는 무슨 뜻인가요?

한설은 답했다.

사람에 대한 지극한 마음을 표현하는 것이란다.

예를 갖춘 사람은 타인을 존중하고 관심을 표현하는 마음을 갖는단다.

화암약수는 맑고 투명한 물로 돌아와 있었다. 푸른 하늘이 비친 투명한 약수를 한 아름 할머니를 위해 떠왔다. 약수를 마신 할머니는 미옥을 보더니 말했다.

어쩜 이리도 시원할꼬 우리 미옥아 할미를 위해 귀한 화암약수를 떠왔구나!

며칠이 지나자 할머니는 씻은 듯 기운을 차리고 일어났다.

동 북 청 년 단

증만은 수운에 도둑이 들었던 소식을 듣고는 아쉬움을 감추지 못했다. 증만은 실망스런 목소리로 말했다.

수운이 검을 잘 쓴다고 하더니만 보통이 아니네!

도둑도 엄청난 검술의 고수인데 말이야.

청희가 물었다.

형님 도둑을 아는가요?

내가 밀정하던 검술하던 놈에게 수운 집에 금괴가 있는 걸

귀띔을 해줬지

독립군을 쓸어버린 최고의 검술 고수였건만

청희는 안타까워하며 말한다.

이런 거로는 수운을 손톱 하나 못 건들겠고 먼.

증만은 한참 고민하더니 딱 무릎을 쳤다.

올 거니 서울에서 얼마 전에 들은 얘기가 있어.

동북청년단이라고 하는데 북쪽에서 왔다고 하더구만

재산을 몰수당해서 남한으로 온 셈이지

빨갱이라 하면 치를 떠는 사람이라네

소문에 의하면 검술이 워낙 대단해서 검의 악귀라 칭하더군

얼마나 검을 잘 다루길래 그렇겠나?

그들이 검을 한번 휘두르면 살아난 사람들이 없소.

제주도에서 빨갱이를 5천 명을 토벌했다더군.

조선 땅에서 제일가는 검의 고수들이지

청희는 은밀히 증만에게 말한다.

그 사람들이 이 시골까지 오겠소?

증만은 웃으면서 빨갱이라 하면 어디든 올 사람들이야.

게다가 이 금괴를 보면 침을 흘리며 달려오겠지.

금괴면 사람 목숨 따위는 신경 안 쓰는 세상인거 몰랐는가?

청희도 그 말에 무릎을 딱 치면서 말한다.

형님 역시 머리가 좋소

얼른 동북청년단 불러서 당장 끝장을 냅시다.

며칠 후 장검을 들고 세 낯선 남자가 증만 집에 나타났다. 세 남자는 사악한 기운이 뼛속까지 느껴지는 사내들이었다. 한 사람은 큰 덩치에 거대한 검을 들고 포악한 얼굴을 하고 있었다. 한 사람은 마르고 재빠른 몸으로 얇고 가벼운 쌍검을 차고 있었다. 그리고 한 명은 우두머리로 보이는데 키가 훤칠하며 긴 장검을 들고 온몸은 칼의 흉터가 가득한 자였다. 마치 북쪽에 산다는 무시무시한 동물인 시라소니가 떠오릴 만큼 살기가 가득했다.

키가 훤칠하고 긴 장검을 든 우두머리 사내가 말한다.

난 동북에서 온 동북청년단장이요

날쌔고 강한 검술을 보고선 다들 시라소니라고도 부르오.

빨갱이가 이 마을을 설친다. 길래 한걸음에 왔소이다.

증만이 사내를 보며 사악한 웃음을 지으며 말한다.

일이 잘 성사되면 약속대로 금괴 세 개를 드리리다

증만은 금괴 세 개를 꺼내서 보여주었다.

빨갱이도 없애고, 금괴도 벌고 좋구먼

내가 제주도에서 빨갱이를 이 칼로 5천 명을 도륙했소이다.

이 땅에 빨갱이는 흔적도 없이 죽여버려 주겠소

다음날 청희는 수운을 찾아갔다.

수운은 서당에서 학생들을 가르치고 있었다.

맹자를 펴보거라

맹자가 멀리 양혜왕을 찾아오자 왕이 내게 무슨 이익을 줄 수 있는지 묻자 맹자가 오직 인의(仁義)만 있을 뿐이라고 했느니라.

그렇기에 군자는 천하의 일을 대함에 꼭 그래야 한다는 것도 없고 절대로 안 된다는 것도 없으니 오직 의로움 만을 좇을 뿐이다(君子之於天下也 無適也 無莫也 義之與比) 라고 하였다.

사사로운 이익을 탐하는 사회는 필연 망하게 되어있고 인함과 의로움이 이루는 사회는 본시 태평성대를 누린다는 맹자의 가르침이니라

청희는 서당 밖에서 수운을 멀찍이 보며 손짓을 했다. 그러자 수운은 수업을 끝내고 청희와 마주 앉아 말한다.

훈장님 저희 형님이 이제 이 싸움을 중단하자는 말씀을 전달드리러 왔습니다.

내일 밤에 단둘이 화암동굴에서 만나서 서로 오해를 풀고 소란을 정리하자고 합니다.

수운은 의아하듯이 물었다.

나 혼자 오란 말이오?

마을의 이장인데 체면이 있지 않겠고 그러니 단둘이 말씀을 나누고 싶어 합니다.

수운은 고개를 끄덕이며 말했다.

알겠소. 내일 밤 화암동굴로 가겠소

다음날 늦은 밤 수운은 몰래 검을 들고 방을 나왔다. 혹시 몰라 검을 허리춤에 차고 화암동굴을 홀로 갔다.

화암동굴은 마을의 맨 동쪽 외곽에 태백산맥 중턱에 있었다. 워낙 지형이 거칠어서 일본군이 떠난 뒤로 인적이 드물었다. 그리곤 다시 증만의 금광 채광이 중단된 뒤로는 아무도 사람이 없었다. 달빛만이 비치는 화암동굴 입구 앞에 도착했을 시점이었다. 그때 몰래 낯선 세 남자가 수운의 뒤를 밟고 있었다. 수운은 입구에서 멈춰 서고 살기를 느껴 검을 빼들면서 말했다.

거기 누구냐?

동북청년단 3명이 일제히 칼을 빼들고 수운의 앞에서 몸을 드러내 말한다.

역시 소문만 들었는데 우리가 따라온 걸 눈치채다니 대단한 기운을 갖고 있군

오늘이 네 마지막 무덤이 될 것이다.

세 명 중 두 명의 남자가 칼을 빼들고 달려든다.

한 명은 가볍고 얇은 쌍칼을 들고 빠르고 날렵하게 공격하기 시작했다. 칼을 휘두를 때마다 칼이 뱀의 혀처럼 흔들리면서

자유자재로 검이 빈틈을 노리고 수운의 가슴팍으로 파고들었다. 다른 한 명은 소를 잡을 때나 쓰는 두껍고 거대한 장검을 들고 호랑이의 앞발로 내리치듯이 강하고 둔탁하게 공격하였다. 수운은 갑자기 달려드는 두 명의 남자를 차례로 막으면서 검을 휘둘렀다.

한설은 집에서 기도를 드리고 있는데 갑자기 살기가 가득한 기운이 미옥의 집과 화암동굴에 엄습한 것에 기분이 너무 안 좋았다. 필시 무슨 일이 미옥에게 있음을 간파한 한설은 미옥한테 뛰어갔다. 미옥은 자려고 불을 끄고 누웠지만 잠이 오지 않았다. 그때 문을 두드리며 찾는 한설의 소리를 듣고는 일어났다. 한설은 다급하게 말했다.

미옥아 집에 무슨 일이 있니?

미옥은 의아하게 말한다.

아무 일도 없는데요.

한설은 문을 박차고 들어가 안방을 열고는 말했다.

미옥 아버지가 사라졌다.

마리아도 인기척에 일어나 수운이 사라진 걸 의아했다.

애비가 이 시간에 말없이 어디 갈 사람이 아니에요.

무슨 일이 있는 게 틀림없어요.

한설은 다급히 미옥을 재촉하며 말한다.

큰일이야 살기가 크게 느껴져 안 되겠다.

한설은 해태(獬豸)의 부적을 꺼내 들었다.

해태(獬豸)는 앞장서서 뛰어갔다.

해태(獬豸)가 도작한 곳은 화암동굴 쪽이었다.

미옥과 한설은 화암동굴 입구로 황급히 뛰어갔다. 입구에는 치열하게 수운이 두 남자와 칼을 겨누고 싸우고 있었다. 하지만 시간이 지날수록 두 사내가 힘에 부치는 걸 느낄 수 있었다. 수운은 뱀과 호랑이처럼 공격해오는 두 사내의 약점을 깨닫고는 맹렬하게 공격하는 사내들을 점차 압도하기 시작했다.

정말 대단한 검술이군.

이 둘을 상대로 이기는 자는 처음일세

하지만 나까지 제압하기는 쉽지 않을 것이야.

그런 모습을 본 동북청년단 단장은 여유만만하던 웃음은 없어지고 긴 장검을 뽑았다. 단장까지 싸움에 참여하자 수운은 싸움이 벅차기 시작했다. 다른 둘과 다르게 이자는 수운에 필적하는 검술을 보였다. 마지막 사내는 두 사내보다 월등한 검술로 수운의 검술을 파악해서 약점을 노리고 공격하였다. 뱀처럼 날렵하고 호랑이처럼 강력한 힘으로 검을 휘둘렀다. 그는 호랑이처럼 강력하고 뱀처럼 날렵한 짐승인 시라소니라는 별명처럼 빠르고 강력한 검술을 휘둘렀다. 두 사람의 장점을 모두 가진 재빠르면서도 강력한 검술에 수운은 겨우 검을 되받아 치며 막아서고 있었다. 여러 차례의 합을 지나가자 점차 평정심을 다시 찾은 수운은 한 치의 흔들림 없이 공격받아내면서 밀리지 않았다.

얼마 후 화암동굴 입구에 막 도착한 한설은 수운의 용맹함에 놀라서 입을 다물지 못했다. 미옥은 아버지가 힘겹게 싸우고 있는 것을 보더니 한의 검을 들었다.

미옥은 더 이상 참지 못하고 외쳤다.

나도 가서 싸우겠어.

한설은 미옥을 부여잡더니 말한다.

미옥아 절대 안 돼 넌 방해만 될 거야

네 아버지는 분명 이길 거야

저들의 등에 있는 기운을 두 눈을 뜨고 똑바로 봐

미옥은 정신을 모아서 다시 유심히 지켜보았다.

남자의 등에 각자 뱀과 호랑이와 시라소니의 형상으로 무시무시한 악귀들이 업혀 있었다. 한편 아버지의 등에는 놀랍게도 이무기 한이 있었다.

정말 많은 사람을 죽인 자들이다.

특히 저 뱀처럼 날렵하고 호랑이처럼 강력하게 움직이는 자의 형상이 심상치 않는구나!

마치 북쪽에 살고 있다고 알려진 무시무시한 짐승 시라소니의 형상이다.

특히 시라소니 형상을 갖는 자에게 죽은 수 천명의 원혼이 가득하고, 그 원혼을 먹고 자란 악귀의 살기가 엄청나!

한설은 무서움에 떨리는 목소리로 말하였다.

저런 악귀를 등에 업는 자들이 이 마을에 왜 왔을까?

한설은 해태(獬豸)의 부적을 꺼내서 기도를 드렸다.

해태(獬豸)의 부적에서 나온 해태(獬豸)가 남자들로 뛰어 들어갔다. 그러자 한 남자의 등에서 뱀의 모습을 한 악귀가 도망쳐 날아가 버렸다. 그리곤 다른 남자의 등에서는 호랑이의 모습을 한 악귀가 도망쳐 사라져버렸다. 마지막으로 시라소니의 모습을 한 악귀도 마침내 도망쳐 버렸다. 한편 한설은 수운의 검술과 그의 모습에서 비춰오는 성스러운 강한 기운에 놀라움을 금치 못했다.

악귀를 등에 업고 공격하는 자들에게 밀리지 않고 상대하다니

정말 대단한 분이시구나!

다행이야 해태와 한의 기운으로 악귀를 제압해서 이기는 건 식은 죽 먹기일 거야

한설의 말처럼 수운은 점차 기세를 잡았다. 그리곤 쌍칼을 사용하던 남자가 검을 떨어뜨리고 가슴팍에 검을 대자 주저앉아버렸다. 그리곤 두껍고 장 검을 사용하던 남자는 목에 검을 대자 검을 떨어뜨리고 같이 앉아버렸다. 이제 시라소니의 형상을 갖는 단장만 남아 일대일로 승부를 가리기 시작했다. 하지만 수운의 검술이 점차 단장을 제압하기 시작했다. 단장은 기세가 기울자 이길 수 없는 걸 짐작하고는 검을 내려놓고 분노해서 말하였다.

졌네, 대단한 검술일세. 다음번엔 가만두지 않을것이야!

동북청년단은 모두 일제히 어둠 속으로 사라졌다.

한설은 안도의 한숨을 쉬는 미옥을 향해 말했다.

이제야 깨달었단다.

한이 너와 계약한 이유를 말이다.

네 목소리가 특별해서 선택한 것이 아니다.

네 아버지에겐 성스러운 기운이 흐른다. 필시 이 땅의 죄악을 씻고 바로 세우려는 성군인 게 틀림없다.

이무기 한은 네 가족을 보호하여, 마을을 구하려고 너를 선택해서 성스러운 능력을 준 것이다.

이무기 한은 일본군에 의해 남겨진 죄악으로부터 이 땅을 구하기 위해 네 가족을 선택한 모양이야.

미옥은 남자들이 사라진 것을 보고 주저앉았다.

더는 못하겠어요.

모두 한의 계약 때문에 가족이 위험해지는 거잖아요.

한설은 미옥을 안더니 등을 토닥여주면서 말한다.

미옥아 네 잘못이 아니야 이건 네가 아니더라도 피할 수 없는 운명이었단다.

일본군이 만든 죄악으로 버려진 마을이었단다.

산자나 죽은 자나 죄악의 씨앗이 만든 열매를 따 먹으려고 탐욕에 굶주린 악귀들로만 가득해 버렸지!

이 버려진 땅을 아버지와 네가 이 마을에 희망을 만들고 있는 거란다.

망가진 세상을 다시 올바르게 바꾸는 건 정말 힘든 거란다.

누군가의 성스러운 희생 없이는 말이다.

미옥은 한참을 자리에서 일어나지 못하고 앉아 눈물을 흘렸다.

천 인 갱

　한설은 오랫동안 고이 접어든 흰 장삼을 꺼냈다. 첫 신내림을 받았을 때 지은 장삼이었다. 그 날밤 슬픈 운명을 예감한 듯 애처롭게 빛나던 수많은 별이 땅으로 떨어진 날이었다. 그 별을 피해 도착한 곳은 서낭당이었다. 서낭당에서 종소리가 귓가에 울려 퍼졌다. 도처에 이름 모를 한 맺힌 혼령의 울부짖음을 종이 전해주고 있었다. 한설은 혼령들의 한을 달래기 위해 온 마을의 쇠를 모았다.

　죽은 쇠를 받아 산 쇠를 만들게요.[32]

　집집마다 혼령의 한이 깃든 쇠들이 저마다 울고 있었다. 한

---

32) 만신 이금화

설은 쇠를 모아 녹여서 종을 만들었다. 종을 흔들자 혼령들이 주위로 몰려들었다. 종을 흔들 때마다 혼령의 원한이 울부짖고 있었다. 성스러운 떨림은 한설의 울부짖는 기도 소리를 타고 혼령들에게 울려 퍼졌다. 종을 흔드는 손등엔 한설의 울부짖는 눈물로 흥건하였다. 눈물은 메마른 혼령들을 적셔주며 아픔을 대신 위로하였다. 하지만 다 풀어지지 않는 원한은 만신의 눈물로 위로하기로 했다. 한설은 시퍼런 칼날로 된 작두에 맨발로 올라섰다. 백옥같이 흰 발이 새빨간 핏물로 뒤덮을 때도 있었다. 하지만 원한을 대신 풀고자 흥건히 핏물이 떨어지는 것도 받아들이기로 했다. 그것은 한 맺힌 혼령의 고통을 대신 만신이 고통으로 짊어진 것이며, 이승에서 다 하지 못한 울분의 한을 저승으로 돌아가는 왕생(往生)으로 이끄는 것이었다. 한 맺힌 넋은 왕생의 넋으로 이끄는 것이고, 죽음을 삶으로 되살리는 것이고, 삶을 죽음으로 되돌리는 것이 만신의 운명이었다. 위태위태한 칼날 위에 선 것은 이승과 저승의 경계에선 만신의 운명 같았다. 첫 신내림을 받은 날 막 피어난 꽃이 언제 베어질지 모르는 칼날 위에 춤추는 인생이 시작된 것이다.

마을의 중심에 1000년을 살아있는 은행나무 앞 서낭당에 마을 사람들이 모여 있었다. 마을 사람들은 마을을 지켜주는 수호신처럼 은행나무의 서낭당에서 기도를 드리곤 하였다. 오방색의 띠로 줄이 쳐진 은행나무 아래에 많은 사람이 둥글

게 서서 한설을 바라보고 있었다. 한설은 백지처럼 곱게 흰 장삼을 입고 머리에 고깔을 걸치고는 춤을 추고 있었다. 팔에 있는 장삼 소매를 하늘에 뿌리기도 하고, 장삼 자락을 하늘에 휘날리기도 했다. 장삼의 긴 소매를 허공에 우아하게 흩뿌리더니 다시 주저앉고는 고개를 들어 하늘에 소매를 던져 올렸다. 그러더니 다시 일어나 긴 장삼 소매를 하늘 가장 높이까지 뻗어 올리며 천천히 옆으로 돌아섰다. 미옥은 신기한 듯 한설을 바라보았다. 한설이 춤을 마치고 사람들은 모두 돌아가자 춤이 궁금했던 미옥은 한설에게 물었다.

어쩜 이리도 아름다운지 이 춤이 뭣이래요?

이 춤은 살풀이춤이란다.

살풀이춤은 혼령을 달래고 어르고 맺고 푸는 것이다.

이승에 떠도는 아픈 한을 저 하늘 위로 승천시키는 것인 셈이지.

미옥아 너도 가르쳐주마 혼령을 달래는 것에는 노래만 있는 게 아니다

노래에 가슴 깊은 한을 담아 흥으로 승화시키듯 아름다운 춤사위에 네 한을 담아 흥으로 승화시켜 보거라

미옥은 한설의 장삼을 입고 살풀이춤을 하였다.

중요한 것은 손짓이 아니라 발에서 시작되는 거니라

저 아래 깊은 곳에서 올라오는 기운을 발에서 느껴보거라

그리고 다시 발로부터 느껴지는 기운을 팔로 끌어올려 마침내 저 하늘로 날아가게 해야 한다.

저 깊은 땅 아래에 있는 기운을 끌어와 저 하늘 높은 곳까지 소맷자락 위로 올려야 한다.

한을 흥으로 승화시켜 저 하늘로 얼이 솟구쳐야 하느니라

하늘 높이 장삼 소매가 휘날리자 환히 웃음을 지은 한설은 소리쳤다.

신명 나지 않느냐? 이것이 신명이니라

미옥은 발짓과 손짓 하나하나에 깊은 기운을 담아 움직이는 한설의 모습에 감탄하고 있었다. 한설에 몸의 기운이 저 땅에서 하늘로 뻗어가는 게 느껴졌다.

수운은 검을 들고 중화도검(中和道劍) 바닥에 썼다.

미옥아 저 누에를 보아라! 번데기에서 허물을 벗고 하늘을 날지 않느냐? 그것은 허물이라는 배움을 닦고 마침내 하늘을 나는 도(道)를 익혔기 때문이다. 도는 하찮은 나방의 날갯짓

에도 있듯이 검에도 있는 법이다. 특히 도는 중화(中和)를 지켜야 한다.

지나치면 오히려 모자란 것만 못하다는 과유불급(過猶不及)이라고 한다.

지나침도 없고 모자람도 없다(無過無不及)는 것 무과무불급(無過無不及)을 검술에도 중요하다.

상대의 정확한 허를 찌르기 위해선 지나쳐서도 안 되고 과에서도 안 되느니라

다시 말하면 검이 휘두르지 않은 상태를 중(中)이라고 하고, 검이 휘둘러 모두 절도에 맞는 상태를 화(和)라고 하니, 중은 천하(天下)의 대본(大本)이며, 화(和)는 천하의 공통된 도이다.

수운은 미옥과 합을 겨누며 미옥의 검을 휘두를 때마다 정확히 미옥의 심장을 겨누며 검이 절도에 맞게 휘둘렀다.

명심해라 검도의 경지에 다다르면 모든 동작 하나하나 허를 찌를 수 있다.

중화(中和)의 법도를 지키며 검도를 행하면 검도의 경지에 다다른 것이다.

어둠이 가득한 동굴 입구에는 천인갱(千人坑)이라고 쓰여 있었다. 천인갱 오른편에는 근로보국대라는 큰 글씨 밑에는 힘써 일해 나라의 은혜에 보답하라! 푯말이 붙어있었다. 천인갱이 나오는 순간 한설은 온몸을 떨었다. 어둠 속에 수많은 불빛이 보이기 시작했다. 수많은 불빛은 빠르게 움직였다. 그러더니 거대한 붉은 뿔이 머리에 달리고 붉은 점이 이마에 있는 도깨비들이 우글거리고 있었다. 도깨비들은 산채로 짐승과 인간의 혼령들을 손으로 들고 입으로 먹고 있었다. 한 손에는 거대한 방망이를 들고 있었다. 그 방망이에는 금과 은으로 장식된 보석들이 빼곡히 박혀 있었다. 도깨비 중에서도 가장 거대한 덩치에 거대한 방망이를 들고 있는 도깨비가 있었다. 용옥은 도깨비를 보는 순간 손으로 눈을 가리고 뜨지 못했다.

한설은 소리쳤다.

저게 도깨비들의 왕 두억시니 엄청난 악귀지

땅을 통째로 흔들어 버릴 수 있는 엄청난 힘을 가지고 있어

도깨비는 저 방망이로 혼령을 으깨어 버리고 통째로 혼령을 먹어 버리는 무시무시한 악귀야

악귀들까지 먹어 버리는 악귀들의 악귀들이지

천 년을 잠자던 도깨비들이 일본군이 금광을 채취하면서 깨

어났어.

그들의 탐욕이 금을 지키는 도깨비들을 깨어나게 한 거지

이젠 아무도 가지 않는 끔찍한 동굴인 줄만 알았는데, 두억시니가 부하들을 불리고 마을로 나와 어지럽히려고 세를 불리고 있구나

얼른 막지 않으면 큰일 나겠어.

천인갱으로 떠나자

태백산맥 너머 북동쪽 깊은 산기슭에 동굴 천인갱이 있었다. 태백산맥을 넘어가는 길은 산세가 험하고 걸어가기 힘들었다. 산 중턱에 오를 즘 낡은 건물이 보였다. 건물에는 신흥무관학교라는 이름이 쓰여 있었다. 낡은 건물에는 이미 사람의 흔적이 사라진 지 오래였다. 건물 입구엔 교가가 쓰여 있었다.

칼춤 추고 말을 달려 몸을 단련코

새론 지식 높은 인격 정신을 길러

썩어지는 우리민족 이끌어내어

새나라 새울이 뉘뇨

우리 우리 배달나라

우리 우리 청년들이여

두팔 들고 고함쳐서 노래하여라

자유의 깃발이 떴다.

어둠으로 가득한 건물에 한 켠엔 푸른 빛이 가득해서 대낮처럼 환하였다. 푸른 빛을 쫓던 중 작은 비석이 푸른 빛을 은은히 반짝이며 세워져 있었다. 미옥은 호기심에 푸른 비석을 들었다. 그때 용맹한 얼굴을 가진 사내의 혼령이 나타나 소리쳤다.

누가 한의 비를 건드리느냐!

사내는 한의 비를 낚아채고서 말했다.

이 비는 독립군들이 의를 맹세하며, 무명지 손가락을 잘라[33] 피를 흩뿌려 세운 성스러운 비요.

미옥은 놀라 뒤로 물러섰다. 푸른 혼령은 다시 화를 내며 소리쳤다.

돌아가시오! 무시무시한 악귀들이 가득한 곳이요!

그러자 한설은 성스러운 푸른 기운이 가득한 혼령을 보곤 안

---

33) 단지동맹 (斷指同盟)

심하며 말했다.

천인갱의 악귀 두덕시니를 없애로 가는 길이요!

무슨 수로 그 악귀를 없앤단 말이냐?

미옥은 푸른 기운이 반짝이는 한의 검을 꺼내자 사내는 놀라운 눈으로 검을 보더니 소리쳤다.

성스러운 푸른 검이로다!

난 대한의군 참모중장이요.

천인갱으로 가는 길은 험하고 찾기 힘들 것이요

내가 길을 안내하겠소

신흥무관학교를 지나 산새가 험난한 길을 계속 걸어갔다. 그때 거대한 바위가 길을 막고 있었다. 길을 나아가지 못한 채 고민하고 있었다. 푸른 혼령은 고민 끝에 말했다.

어쩔 방법이 없구나

내 숨겨진 길로 안내하리다.

바위 뒤에는 숨겨진 동굴이 있었다. 동굴 입구는 하이난도라고 쓰여 있었다. 하이난도 동굴은 칠흑같이 어둠으로 가득하였다. 푸른 혼령은 저고리에서 푸른 빛을 뿜어내는 작은 비석을 꺼내자 동굴이 환히 비쳤다. 그 순간 수많은 박쥐처럼 생긴 악귀들이 살아있는 인간의 기운을 느끼고 달려오다가 도망쳤다. 푸른 혼령은 푸른 빛을 머금은 비석을 가리키며 소리쳤다.

하이난도 동굴엔 악귀들이 가득한 동굴이요

이 성스러운 기운이 가득한 한의 비가 우리를 지켜줄 거요!

환히 비친 동굴 여기저기엔 오래된 총과 찢긴 군복들과 함께 수많은 뼈가 나뒹굴고 있었다. 그 뼈마다 억울한 혼령들이 저승으로 돌아가지 못한 채 남겨져 있었다. 그런 혼령들을 박쥐처럼 동굴 벽에 매달려 있다가 다가와 악귀들이 뜯어먹고 있었다.

저들은 일제에 저항한 조선인(不逞鮮人)이었소

그 이유로 일본군에 끌려와 전쟁에 참전시킨 조선 징용 군들이요.

전쟁에 부품으로 쓰이다가 광복 직전에 일본군이 모두 잔인하게 죽였소.

이젠 이 어둠의 동굴에서 뼈만 뒹굴고 원혼으로 남아있소.

이 한을 어찌 풀 수 있을지 모르겠소.

길고 긴 동굴이었다. 지칠 때로 지친 이들은 겨우 동굴을 빠져나올 수 있었다. 너무 오랫동안 걸었던 탓에 목이 너무나 말랐다. 그러다 산 중턱에 거대한 신사가 보였다. 신사 입구에는 정국(靖國)이란 글자가 쓰여 있고, 아래에는 밧줄이 서로 꿰어져 걸려 있는데, 마치 모양이 물고기 같았다. 목이 마른 용옥은 정문을 넘어 신사 앞에 있는 우물을 보고는 얼른 뛰어 들어가 물을 허겁지겁 마셨다. 사내는 그런 용옥을 말릴 새도 없었다. 용옥을 본 사내는 소리쳤다!

신사에 우물을 마시면 안 돼!

악귀의 저주가 내릴 것이오!

그런데 용옥은 이미 우물을 마셔버린 후였다. 뒤따라 신사에 들어온 한설은 뭔가 심상치 않은 살기를 느꼈다. 신사 꼭대기엔 거대한 피보다 붉은 점이 새겨져 있었다. 그리고 신사 중앙에는 수많은 해골이 쌓여 있는 탑이 있었다. 그 탑에는 혼백의 탑이라고 쓰여 있었다. 거기엔 전쟁에 동원된 조선 징용자의 수많은 혼령이 고통 속에 비명 지르는 것이 보였다. 그 탑을 보고서야 뒤늦게 한설은 깨달았다. 이 신사는 전쟁을 일으키고 학살을 자행한 악귀들을 모시는 신사였다. 신사는 어둠의 살기가 가득해서 어디에 악귀가 숨겨져 있는지 알 수가 없었다. 신사 전체가 어두운 살기가 가득 스며드는 게 느껴지자 한설은 걱정스러운 표정으로 말했다.

정말 큰 일이다. 악귀를 모시는 신사에 온 것이야.

혼백의 탑에 쌓인 수많은 조선 징용자의 피와 한을 먹고는 울부짖고 있는 게 느껴져.

용옥은 비명을 치며 쓰러졌다. 용옥이 마신 우물엔 수많은 해골이 잠겨 있었고, 우물은 칠흑보다 검은 물결이 소용돌이치고 있었다. 그러더니 핏물로 된 비가 온 대지를 흩뿌리고 있었다. 한설은 직감했다. 악귀의 저주가 내린 핏물로 된 비였다. 핏물로 된 비를 맞으면 기운을 모두 잃어버릴 수 있는 것을 깨닫곤 어쩔 수 없이 신사 안으로 들어가기 위해 뛰어갔다. 쓰러진 용옥을 부축한 미옥도 함께 혼백의 탑을 지나서 신사의 문을 열었다.

신사에는 피보다 붉은 점이 새겨져 있는 늙은 악귀가 누워 있었다. 악귀는 여왕개미처럼 수많은 악귀를 쉬지 않고 잉태하고 있었다. 그 뒤로 붉은 점이 새겨진 흰 띠를 머리와 팔에 두른 사람들이 그 악귀를 향해 절을 하고 있었다. 마치 천왕을 모시는 신하들처럼 떠받드는 것 같았다. 그때 여왕개미 같은 늙은 악귀가 들어온 미옥 일행을 째려보았다.

그 순간 칠흑 같은 암흑보다 더 어두운 검은 기운이 이들을 덮쳤다. 검은 살기가 전부 뒤덮어 버린 것이었다. 눈앞에 수많은 일본군이 보였다. 일본군은 수가 만 명의 조선 청년들의 눈을 가린 채 끌고 가고 있었다. 어머니로 보이던 한 여인은 끝까지 조선 청년의 다리를 붙잡고 늘어지고 있었다. 그러자 개머리판으로 청년의 머리통을 쳐내더니 결국엔 피가 철철 흘러넘치는 조선 청년을 그대로 끌고 가 버렸다. 피와 눈물로 범벅이 된 조선 청년은 끌려가면서도 끝까지 어머니를 향해 고개를 돌리며 소리쳤다. 그 모습이 너무나 처량해 미옥은 눈물을 흘렸다. 한과 눈물로 뒤덮을수록 어둠의 살기가 기운을 빼앗아 가고 있었다. 점차 모든 기운을 잃어가고 있을 때였다. 멀리서 총소리가 들렸다. 그러자 검은 살기로 뒤덮인 장막이 사라졌다. 겨우 정신이 들었다. 눈 떠보니 네 번째 손가락인 무명지가 잘린 손으로 푸른 혼령이 부축하고 있었다. 성한 기운이 가득한 총을 들고 소리쳤다.

저 자는 생전엔 조선의 침범을 지시했던 일본군의 우두머리 올시다.

이젠 그 악업으로 수많은 악귀를 잉태한 악귀들의 천황이 되었지요.

저 멀리 거대한 붉은 점이 이마에 새겨진 늙은 악귀가 쓰러져 있었다. 그런데 그 늙은 악귀의 앞으로 수만의 악귀들이 달려오고 있었다.

여전히 조선인의 한을 먹고 수만의 악귀를 낳고 있소이다.

악귀들의 어미가 죽은 걸 알고, 이제 악귀들이 달려올 것이요!

얼른 이곳을 떠나시오!

난 이곳에서 끝까지 남아 저 죄악의 씨앗인 악귀와 싸울 터이니

어서 천인갱으로 가서 근로보국대의 억울한 한을 풀어주시오!

푸른 혼령은 다시 네 번째 잘린 손가락으로 총을 들었다. 달려드는 악귀를 향해 총을 겨누었다. 그리곤 용맹한 눈빛을 품고는 시를 읊었다.

장부가 세상에 있음이여, 그 뜻이 크도다.

때가 영웅을 지음이여, 영웅이 떼를 지으리로다.

천하를 웅시함이여, 어느 날에 업을 이룰꼬. 동풍이 점점 참이여, 장사의 의기가 뜨겁도다.

분개히 한 번 감이여, 반드시 목적을 이루리로다.

도적 이토야, 어찌 사람 목숨을 비길꼬.

어찌 이에 이를 줄을 헤아렸으리오, 사세가 본디 그러하도다.

동포, 동포여, 어서 빨리 큰일을 이룰지어다.

만세, 만세여, 대한 독립이로다.

만세, 만세여, 대한 동포로다34).

푸른혼령은 수만 마리의 달려드는 악귀들을 바라보며, 운명을 직감하고는 말했다.

마지막으로 내 부탁이 있소.

내 뼈를 가지고 고향에 묻히게 해주시오.

나는 천국에 가서도 마땅히 조선의 독립을 위해 힘쓸 것이요

대한 독립의 소리가 천국에 들려오면, 나는 마땅히 춤추며 만세를 부를 것이요35)!

푸른 혼령은 눈물을 흘리며 떨리는 목소리로 말했다.

이 한의 비가 악귀로부터 지켜줄 것이니, 가지고 가시요

미옥은 한의 비를 받아 들고는 약속을 지키겠다고 맹세했다. 그리곤 한설과 용옥과 같이 악귀들을 피해 천인갱으로 달려갔다. 희미하게 신사가 보일 때까지 멀리 도망치자 푸른 혼령의 마지막 소리가 울려 퍼졌다.

---

34) 안중근의 장부가
35) 안중근 의사의 유언

코리아 우라36)!

코리아 우라!

미옥은 푸른 혼령의 소리에 다시 돌아보았다. 수만의 악귀들이 이미 푸른 혼령을 집어삼켜 버린 후였다. 미옥은 더 이상 참지 못하곤 한의 검을 뽑아 들고 푸른 혼령을 구하기 위해 뛰어가려고 하였다. 그러자 한설은 미옥을 붙잡더니 말하였다.

신사에 수많은 인간이 붉은 점을 새긴 채 악귀들을 떠받드는 걸 보지 않았느냐?

인간들이 추앙하는 악귀는 죄악을 먹고 자라나 또다시 태어날 것이다.

우린 저 악귀를 절대 이길 수 없다.

그러자 미옥은 눈물을 흘리곤 끝내 푸른 혼령에게서 눈을 못 떼곤 주저앉았다. 미옥은 울부짖으며 말하였다.

대체 전쟁을 벌이는 악귀를 왜 사람들은 떠받드는 것이죠?

민중들의 피와 한에서 짜낸 어리석은 탐욕 때문이란다.

한설은 푸른 혼령이 악귀에게 갈가리 찢기는 걸 보며 눈물만

---

36) 대한 독립 만세

흘리는 미옥을 다독였다.

천인갱은 음침한 살기가 가득 느껴지는 동굴이었다. 이미 오래전 인적이 드물게 된 이곳에는 금을 채취했던 먼지 쌓인 레일만 남겨져 있었다. 횃불을 들고 동굴로 들어갔다. 그때 어둠의 동굴 안에서 불이 환하게 밝혀졌다. 불이 타오르는 털로 뒤덮여 있고 뿔이 달린 거대한 돼지가 킁킁 냄새를 맡으면서 빠르게 다가오고 있었다. 한설은 소리쳤다.

저건 악귀 금돼지야 혼령의 냄새를 맡고 쫓아왔어

금돼지는 미옥을 보고는 정면으로 빠르게 달려들었다. 한설은 그 순간 청룡(靑龍)의 부적을 꺼내 들었다.

청룡(靑龍)의 부적은 푸른 빛으로 순간 악귀 금돼지를 마비시켜 버렸다. 금돼지는 옴짝달싹 못 하고 끙끙거리며 자리에 멈추어 있었다. 빨리 도망치자 저 포악한 돼지에게 잡히면 큰일이야.

뛰어서 동굴 깊숙이 달려 들어갔다. 한참을 달려 들어가자 소리가 들리기 시작했다. 거대한 방망이질 소리였다. 한설은 말했다.

도깨비들의 소리야 도깨비들은 금을 좋아해 그래서 저렇게 죽은 혼령들을 죽어서도 금을 캐게 만들려고 노역시키고 있는 거야 조심스럽게 앞을 내다보자 수많은 혼령이 금을 캐기 위해 노역을 하고 있었다. 도깨비들의 방망이질로 혼령들을 닦달하고 있었다. 혼령이 힘들어 쓰러지자 바로 도깨비는 방망이질하더니 다시 일을 시켰다. 고통받는 수많은 혼령이 죽어서도 노역하고 있었다.

한설은 말했다.

여기서 정면으로 가서 싸우면 이길 승산이 없어 저 샛길로 돌아가서 한 명씩 도깨비를 제거하자

좁다란 동굴의 샛길로 돌아갔다. 좁고 굽은 샛길을 통과하니 빛이 보였다. 거기엔 남자가 칼로 산짐승을 썰고 있었다.

남자가 말한다.

산 사람이 여긴 어인 일이요?

용옥은 말한다.

우둑서니를 죽이러 왔습니다.

남자는 웃으면서 그 무시무시한 자들을 어째 없앨 수 있겠소

그들은 없앨 수 없을 것이요 단 한 군데 약점을 제외하면 말이요

그게 무엇인가요?

저들의 붉은 뿔을 잘라야 하지요

한데 다이아몬드만치 단단한 뿔이라 쉽사리 잘리지 않을 거요

정확한 중앙을 꿰뚫어야 할 터인데 그럴 수 있겠소?

남자는 대수롭지 않게 말하면서 산 짐승을 정확히 뼈와 살을 발려내고 있었다.

그 검술이 너무 놀라워 수 열 마리 짐승을 순식간에 살을 발려내도 칼이 상하지도 않았다.

댁은 누구신데 이리도 검을 잘 다루십니까?

난 도깨비들의 고기를 준비하는 백정이올시다

도깨비는 죽은 혼령도 먹지만 산 동물의 고기도 먹는다오

일본군에게 끌려와 도깨비에 죽을 뻔했지만, 이 백정 짓 때문에 살아있는 것이지요.

미옥은 경탄하면서 묻는다.

어떻게 근육과 핏줄 하나하나를 모두 피해 뼈와 살을 분리합니까?

검술의 경지에 있어 보였다.

어찌 말로 표현할 수 있겠어! 그저 중화(中和)의 정도를 지킬 뿐이요

과하지도 모자라지도 않게 검을 휘둘러야지요.

미옥은 아버지의 중화도검(中和道劒)이 떠올랐다.

백정의 칼날은 정확히 하나하나의 움직임마다 절도의 어긋남 없이 뼈와 살을 발려내어 정확히 꿰뚫고 있었다. 백정은 말한다.

검이란 정확히 휘두르면 어떤 것도 자를 수 있는 검이지만 잘못 휘두르면 검이 부러지기 십상이요

그래서 정확히 상을 보고 정도의 어긋남이 없어야 하오

참고로 도깨비의 변신을 해서 환상을 보이는데 거기에 휘둘리지 말고 정확한 상을 보고 휘두르시오.

저 앞길로 가면 우둑서니가 있을 것이요 명복을 빌겠소

앞길로 쭉 걸어가자 우둑서니가 잠자고 있었다. 어떤 도깨비보다도 큰 거대한 몸둥아리에 온몸은 붉은 반점이 가득 박혀 있었다. 특히 이마에는 거대한 붉은 점이 박힌 뿔이 자리잡고 있었다.

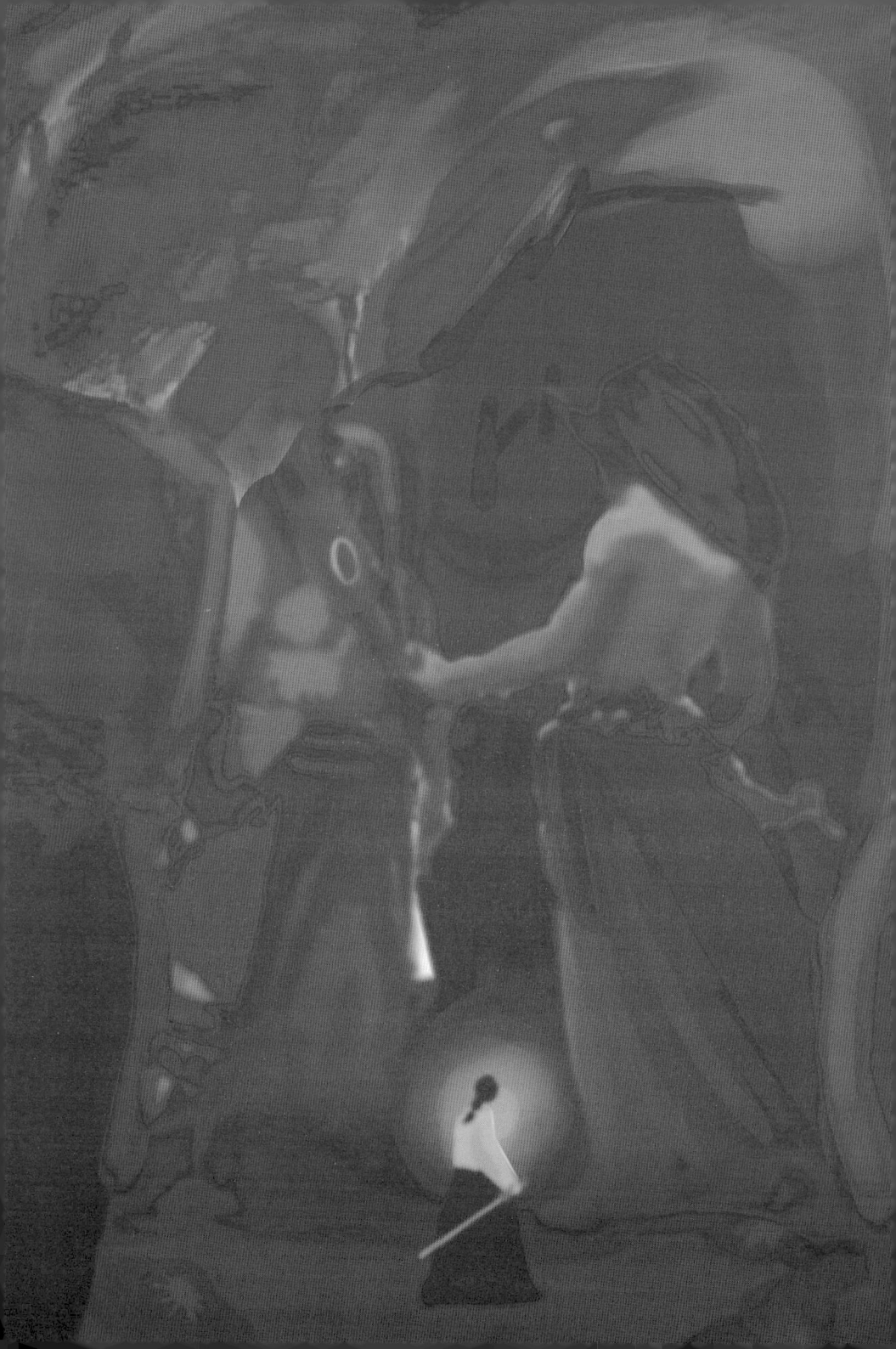

장부가 세상에 처함이여!
그 뜻이 크도다.
시대가 영웅을 지음이여!
영웅이 시대를 만들도다.
영웅이 천하를 바라봄이여!
어느 날에 사업을 이루리오.
삭풍의 차가움이여!
나의 피는 뜨겁도다.
비분강개하여 한 번 가서 목적을 달성하리라.
저 도적을 대함이여!
어찌 목숨을 보존하리오.
동포여 동포여!
속히 대업을 이루소서.
만세여! 만만세여! 대한독립이로다.

안중근의 시 '장부가'

한설은 말한다.

미옥아 우둑서니의 붉은 점이 박힌 뿔을 잘라버리거라.

미옥은 조심스럽게 다가가 한의 검으로 거대한 우둑서니의 머리로 걸어갔다.

검으로 뿔을 내리치려고 하자 우둑서니는 눈치를 채고는 피하였다. 쨍하는 소리와 함께 뿔을 비켜 맞은 우둑서니가 잠에서 깨어 미옥을 노려보았다.

네 이놈 나를 죽이려고 들다니 요망한 인간이구나 죽여주마

한설은 청룡(靑龍)의 부적을 꺼내 우둑서니의 기운을 마비시키려고 하였다. 그때 미옥은 간신히 옆으로 피했다. 하지만 금새 기운이 돌아온 우둑서니는 거대한 방망이를 땅에 내려치자 온 땅이 지진이 난 듯 흔들렸다. 그러자 수십 명의 도깨비가 몰려왔다.

한설과 용옥은 도깨비들을 상대하기 시작했다. 미옥은 우둑서니와 정면에서 맞붙게 되었다.

우둑서니의 거대한 몸집 때문에 뿔까지 검을 휘두르는 게 불가능했다. 거대한 몸집이지만 강력한 방망이질은 매섭고 빨랐다. 미옥은 빠르게 우둑서니의 방망이를 피하면서 기회를 엿보았다.

우둑서니는 이전과 다르게 잿빨리 방망이를 연속해서 내려쳤다. 미옥은 거대한 방망이가 어깨에 그대로 맞고는 힘을 쓰는 게 힘들었다. 미옥은 더 이상 움직일 수 없었다. 우둑서니는 피 할 수 없는 것을 알자 미소짓더니 방망이를 내려쳤다. 순간 미옥은 가슴 속에 있던 한의 비를 꺼내 들었다. 푸른 빛이 동굴을 환히 비추었다. 우둑서니의 방망이가 한의 비를 내려치자, 두 동각 나고 말았다. 놀랍게도 두 동각 난 한의 비에서 수많은 조각들이 흩어지더니 주위를 온통 푸른 빛으로 환하게 반짝였다. 그러자 우둑서니는 푸른 빛 때문에 눈을 뜨지 못하고 고통스럽게 소리쳤다. 미옥은 기회가 온 걸 눈치 챘다. 미옥은 아버지의 중화도검(中和道劍)이 떠올랐다.

뿔의 정중앙을 노려야 한다.

마음속으로 되새긴 미옥은 우둑서니가 눈을 뜨지 못한 채 움직이지 못하는 기회를 놓치지 않았다. 손으로 눈을 가린 채 고개 숙이고 있는 우둑서니의 붉은 점이 박힌 뿔에 정확히 한의 검을 내려쳤다. 붉은 점이 박힌 뿔의 정중앙이 꿰뚫었다. 그러자 뿔이 부서질 듯 금이 가버렸다. 아쉽게도 완전히 정확히 맞지는 않았다. 그러자 우둑서니는 비명을 지르더니 변신하였다.

몸이 거대한 붉은 점으로 모이더니, 맹렬히 불타오르는 불씨로 변신했다. 다른 도깨비들도 마찬가지였다. 수십 개의 불씨로 변신한 도깨비들이 엄청나게 빠르게 와 공격하고는 사라지기를 일쑤였다.

저건 도깨비들의 환상이다. 거대한 불꽃으로 변했지만, 그 중앙엔 뿔이 보였다. 갈라진 뿔이 거대한 불꽃의 중앙에서 이글거리게 타오르면서 우둑서니가 미옥에게 달려들었다.

미옥은 겁먹지 않고 정확히 중앙의 뿔을 향해 검을 휘두르자 뿔이 깨지면서 우둑서니가 제 모습을 드러내더니 바닥에 쓰러졌다. 더불어 수십 명의 우둑서니의 도깨비 부하들도 쓰러져 버렸다. 우둑서니의 입에서 수천 명의 혼령이 빠져나왔다.

그때 한 혼령이 걸어왔다. 백정이 인사를 하며 말한다.

여기에 끌려오기 전에 난 독립군으로 활동 했었소.

강도 일본군에 끌려와 죽어서도 곡괭이 잘하며 노역을 하던 원혼들을 풀어줘서 고맙소.

우린 먼 이곳까지 일본군에게 끌려와 온갖 폭언과 폭력에 시달리며 노역을 하다가 죽었소

여기 저기 찢기고 상처 가득한 몸을 이끌고 혼령들이 저마다 눈물을 흘리고 있었다.

백정은 동료들의 눈물을 닦아주며 말했다.

대한이 망했어도 우리들의 마음이 죽어버리지 않으면, 우리 나라는 망하지 않을 것이요

우리가 지켜야 할 것은 한국혼(韓國魂)이요.

그때 백정이 눈물을 흘리더니 노래를 불렀다.

이 풍진(風塵) 세상을 만났으니 ~ 너의 희망이 무엇이냐~ 부귀와 영화를 누렸으면 희망이 족할까~

푸른 하늘 밝은 달 아래~ 곰곰이 생각하니~ 세상만사가 춘몽 중에 또다시 꿈같도다~37)

근로보국대로 끌려 운 혼령들이 저마다 아픔을 삭히고 눈물을 흘리며 노래를 같이 불렀다.

백정은 말했다.

우둑서니의 방망이에서 금으로 된 염주가 있을 겁니다. 그것을 동굴 맨 안쪽엔 잡혀 있는 주작(朱雀)에게 주면 힘을 되찾을 것입니다.

다만 부탁이 있소.

동굴 안에서 나뒹굴고 있는 시체를 동굴 밖에 묻어주시오

한 많은 피와 눈물을 흙 속에나마 파묻히게 도와 주시구려

---

37) 이학천 작사 노래 '이 풍진 세상을'

미옥은 그들의 피와 눈물로 이뤄진 처량한 모습에 눈물을 흘리며 고개를 끄덕였다. 그리곤 아리랑을 불렀다.

아리랑 아리랑 아라리요 아리랑 고개로 나를 넘겨주오 ~

수천 명의 사람들이 전국에서 끌려와 금광에서 하루 종일 노역을 시키곤 학대하고, 죽여버린 일제의 만행이 그들의 혼령에게서 보였다. 미옥은 타지까지 끌려 나와 고통받는 혼령들의 넋에 눈물을 흘렸다. 미옥과 용옥은 시체를 거둬 동굴 앞에 양지바른 곳에 묻어주었다. 그러자 저마다 마치 자기 집에 돌아가듯 혼령들이 무덤에 들어갔다. 한설은 무덤을 보며 조용히 고개를 숙이곤 기도드렸다. 그런 미옥은 한설에게 조심스럽게 물었다.

시신을 흙에 묻어주는 이유는 무엇인가요?

무덤은 혼의 성스러운 집이다.

흙 속에 묻힌 백골이 썩으면 마침내 한을 풀고 순수한 혼령이 되어 새로운 백을 맞이할 준비를 할 수 있단다.

한설은 한의 비를 들고는 종을 흔들고 기도하더니 두 동강 난 한의 비를 맞히었다. 원혼의 넋을 위로하며 무덤 앞 한의 비를 새웠다. 한의 비에는 네 번째 손가락이 잘린 손의 지문이 찍어 있었다. 한설은 그 옆에 시를 새겼다.

사할린 이중 징용 광부 유족들,

차마 눈감지 못한 넋들이시어!

일제의 잔학한 침략전쟁의 그늘 아래

꽃같이 고운 청춘은

굴욕과 고난으로 상처받은 채

이국만리 낯선 이곳에서

조국과 혈육을 사모하며

죽어간 가여운 영혼들이시어

아 편히 잠드소서38)……

한설은 한의 비 마지막 언저리엔 한 맺힌 이들의 넋을 위로하며 영원히 잊지 않겠노라고 다시 새겼다. 미옥은 약속한 대로 푸른 혼령의 뼈를 찾아 헤맸다. 백정을 향해 물었다.

뼈가 어디 묻혀 있는지요?

백정은 고개를 저으며 말했다.

일본군의 최고 원수 이토를 저격했소.

---

38) 서정길의 사할린 한인문화회관 앞 비명

일본군에게 말도 안 되는 재판을 받고는 사형을 선고받았소.

한데 일본군에 의해 묻힌 그 뼈는 알 수 없소이다.

푸른 혼령이 남긴 마지막 부탁이 미옥의 머릿속을 맴돌았다. 미옥은 부탁을 들어주지 못해 너무나 가슴 아팠다.

주작(朱雀)은 붉은빛의 거대한 새였다. 방망이에서 금으로 된 염주를 꺼내 동굴 가장 깊은 곳에 묶여 있는 주작(朱雀)에게 가져다주었다. 주작(朱雀)은 붉은빛을 내며 다시 하늘로 날아올랐다. 어찌나 붉은 빛이 깃털에 가득 뒤덮고 있는지 고귀한 자태가 하늘을 뒤덮였다. 거대한 날갯짓으로 순식간에 동굴을 빠져나와 하늘로 날아오른 주작(朱雀)은 미옥에게 보랏빛의 씨앗을 남겨주었다.

주목 씨앗에는 의(義)가 새겨져 있었다.

의로움은 미옥이도 수운에 배워서 잘 알고 있었다.

이익을 탐하지 않고 의로운 사회를 만드는 맹자의 덕목인 그것을 말이다.

보 도 연 맹

증만이 걱정스러운 표정으로 고개를 숙이고 있다.

청희는 말한다.

뭣이 그렇게 걱정이래요.

수운에 암살 작전이 마음에 걸리는구먼. 어쩐다. 이제 우린 나라를 소련에 팔아먹을 빨갱이를 없애려고 했을 뿐이요

내게 방책이 있소

어제 뉴스 보셨소

대통령님이 보도연맹 조직을 만드셨다고 하잖소

그게 뭣이오?

빨갱이에게 전향시킬 기회를 주는 조직이지요.

지금 전국에 좌익들을 가입시키라는 할당 명령이 떨어졌소

근데 내 생각엔 여기에 가입된 빨갱이를 나중에 일거에 몰아내려는 것 같소

얼마 전 제주도와 전남에서 빨갱이 토벌 작전을 아시잖소

제주도만 하더라도 5천 명을 토벌했고, 전남 여주와 순천엔 2,500명을 일거에 죽여버렸어요.

그 말을 듣자 고민하던 증만은 눈을 크게 뜨고 청희를 쳐다보곤 말한다.

옳다 거니! 이제 전국적으로 빨갱이를 토벌하겠구먼!

수운은 말한다. 서당에서 아이들을 앉혀 놓고 말한다.

군자는 다양성을 인정하고 지배하려고 하지 않으며, 소인은 지배하려고 하며 공존하지 못한다. (君子和而不同, 小人同而不和). 라고 공자는 말했다.

무릇 나쁜 지도자는 권력을 휘둘러 사람들을 폭력으로써 지배하여 민중이 피를 흘리게 하고 훌륭한 지도자는 민중을 대변해서 강대한 나라를 만드느라

증만과 청희가 서당에 찾아왔다. 청희는 어쩔 줄 몰라 하고 있는 증만을 옆에 두고 수운에 손짓으로 온 것을 알렸다.

수운은 수업을 마치고 아이들을 서둘러 집으로 돌려보냈다.

수운은 화난 얼굴로 말하였다.

여긴 어인 일이요?

청희는 말했다.

어젯밤 일 때문에 할 말이 있소.

우리 천천히 얘기하며 풀어봅시다.

셋은 방에 들어가 마주 보고 앉자 증만은 말을 열었다.

어젯밤 일은 사과하오.

수운은 화가 난 얼굴로 소리치면서 반문했다.

왜 나를 죽이려고 했던 거요?

청희는 중재하면서 말을 이었다.

좋소 이렇게 합시다.

이제 서로 피를 보는 싸움은 이걸로 마칩시다.

우리는 대통령의 뜻을 받들고자 이렇게 왔습니다.

보도연맹에 가입하여 공산주의 세력을 막고 민주주의를 확립해야지요

우리도 이래 봐도 마을의 이장인데 어떻겠소. 나라를 팔아먹을 빨갱이들을 그냥 놓아둘 수는 없는 거잖소

빨갱이가 공산주의로 만들려는 음모를 갖을지 모르니 이런 싸움까지 계속 발생하는 거 아니겠소

보도연맹에 가입하면 대통령의 뜻에 따라 더는 인민위원회을 건들지 않겠소

그러자 옆에 있던 증만도 거들며 말했다.

물론 그렇게 되면 금광도 이제 서로 동등하게 협의로 마을에서 공동개발 해야지요.

자 수운 어떻소?

수운과 인민위원회 모두 보도연맹에 가입하시오.

보도연맹에 가입하면 좌익세력을 국가에서 보호할 것이요

게다가 쌀 1되씩 지급해 주겠소

그럼, 이 싸움도 더 이상 없을 것이오.

수운은 의심의 눈초리로 그들을 보며 고민에 빠졌다. 순수이 물러나는 모습이 의심쩍었다. 하지만 더 이상의 싸움이 지속하면 마을이 혼란될 게 불 보듯 뻔한 상황에서 수운도 더는 어쩌지 못하였다.

보도연맹 가입 소식을 듣고 달려온 해월은 걱정스런 얼굴로 말하였다.

거리에 민중들이 불만에 들끓고 있소.

친일파 순경들을 고용하고 반민특위를 해산한 탓이지요

대통령이 여론을 전환하려고 무슨 꿍꿍이가 있을지 모르오.

해월의 말을 듣자 머리가 더 복잡해졌다. 하지만 계속 찌져져서 서로 갈등만 심해지면 어떤 미래도 진전 시킬 수 없다. 해방이 되었지만 길거리에 고아와 빈곤한 사람들은 넘쳐나고 있었다. 하루 빨리 미래를 보고 마을을 재건해야한다. 수운은 고민 끝에 결심한 듯 말하였다.

좋소. 보도연맹에 가입하고 더 이념적 논쟁은 그만두고 실질적인 마을의 발전을 이야기합시다.

증만과 청희가 돌아가고 수운은 인민위원회을 소집하였다. 곧이어 보도연맹에 가입할 것을 촉구하며 말했다.

이제 더 이념적 싸움이 아닌 진실로 마을의 발전을 도모할 기회가 온 거 같소이다.

사람들도 모두 수운의 말을 동조하며 소리쳤다.

좋소. 이제 나라에서 인정된 공산주의 세력이니 우리의 목소리를 정당하게 내봅시다.

증만은 환히 웃고는 수운과 악수를 하였다.

며칠 뒤 보도연맹에 가입하면 쌀 1되씩 지급하겠다는 글귀를 오일장 한복판에 써 붙이자 여기저기 궁핍한 사람들이 가입하기 시작했다. 가입한 사람들에는 인민위원회뿐 아니라 아무런 정치적 색이 없는 평범한 사람들도 많았다. 할당된 가입자가 채워지자 증만과 청희는 보도연맹 단원의 이름이 적힌 책을 들고는 환한 웃음을 지었다.

봉 오 동

수운은 미옥을 데리고 더덕을 캐기 위해 구름과 맞닿을 만치 높게 솟은 가리왕산 중턱에 올랐다. 중턱에 올라서자 노란 유채꽃이 가득 피어나 있었다. 유채꽃 사이로 무덤들이 보였다. 미옥은 노란 유채꽃 향을 맡으며 신이나 있었다.

그러자 수운은 유채꽃 너머 무덤을 보며 슬픈 표정을 짓더니 말했다.

미옥아 유채꽃은 슬픈 꽃이란다.

독립군들이 죽은 무덤엔 유채꽃이 이렇게 가득 피어나 있단다.

몹쓸 일본군들이 저 무덤을 덮어 버리려고 유채꽃을 심은 거란다.

선열들의 고귀한 피로 물들인 꽃이다

저 유채꽃들은 저마다 독립군들이 흘린 피를 먹고 피어난 것이다.

미옥은 유채꽃을 보자 이젠 슬픈 마음이 들었다. 유채꽃마다 죽어서도 떠나지 못하는 독립군의 원한들이 저마다 잠들어 있는 듯 보였다.

태백산맥을 넘어 북쪽 깊은 산골짜기에 봉오동(鳳梧洞)이 있었다. 봉오동은 산지로 둘러싸였고 가운데 움푹 파인 분지로 이뤄진 골짜기였다. 골짜기 오르는 입구에는 불타는 마을이 보였다. 마을은 저마다 온통 불태워졌고 곳곳에 시체들이 나뒹굴고 있었다. 죽은 시체 더미에 있는 혼령들을 꾀어서 잡아먹고 있는 악귀가 있었다. 거대한 범의 모습을 하곤 붉은 빛의 긴 털을 얼굴과 온몸에 뒤덮고 붉은 점이 이마와 볼에 찍힌 공포스러운 탈을 얼굴에 쓴 모습을 하고 있었다. 한설은 책을 덮고는 말하였다.

봉오동은 오래전 독립군들이 끝까지 항거해 싸우던 전쟁터야

봉오동에서 독립군에게 대패한 일본은 간도에 사는 조선 마을을 불태우고 조선인을 모조리 학살해 버렸단다!

이제 죽음의 땅이 되어 일본군에 죽은 독립군과 조선인의 혼령이 가득해

악귀 적염귀(赤髥鬼)는 저들의 혼령을 먹고 자란 무시무시한 악귀야

악귀 적염귀(赤髥鬼)는 울음소리가 매우 기묘한데, 저 붉은 수염을 이용해서 어떤 목소리도 묘사해서 혼령을 꾀어내어 잡아먹는 악귀야

적염귀의 붉은 수염은 새끼 아즈마들을 낳아 무시무시한 세력을 키울 수 있단다.

얼른 적염귀가 세력을 키우기 전에 무찔러야 하니 서둘러 출발해야 한다.

봉오동은 넓은 협지로 되어있어 가는 길이 쉽지 않았다. 봉오동 협지를 향한 골짜기로 올라서자 굵직한 나무들이 빽빽이 둘러 쌓여 있고 가운데는 불태워진 마을이 보였다. 불태워진 집들 사이로 몇몇 집은 아궁이에 불을 때는 게 보였다. 여인들이 낯선 사람들이 오자 겁먹은 듯 후다닥 문을 걸어 잠그곤 집으로 들어갔다. 그러자 마을엔 잿가루만 날릴 뿐 거리엔 사람의 체취가 보이지 않았다.

얼마 후 아궁이에 불을 때는 집마다 죽은 혼령들이 모여들고 있는 게 보였다. 미옥은 혼령들이 모여드는 게 신기해서 한설에게 물었다.

왜 집집마다 죽은 혼령들이 모여들까요?

한설은 모여드는 혼령들은 안쓰럽게 바라보며 말했다.

오늘은 혼령들이 목 놓아 기다리던 날이다.

망자들에게 정성스럽게 음식을 차려, 넋을 위로하는 제삿날이다.

용옥은 입맛을 다시며 말했다.

제사를 지냈으니, 맛있는 음식이 집마다 가득 있을 텐데.

그리곤 의아하다는 듯 용옥은 한설에게 물었다.

마을 전체가 같은 날에 제사를 지내는 건 처음 봐요!

경신참변39)때 일본군에게 마을 전체가 같은 날에 죽임을 당했던 게다.

한설은 죽은 혼령들을 위해 종을 흔들더니 합장하며 조용히 기도를 드렸다.

---

39) 1920년 일본군이 만주를 침략해 간도에 거주하던 한국인을 대량으로 학살한 사건.

한참을 걸어 마을을 막 지나 봉오동 산골로 올라가는 길로 접어들었다.

봉오동 봉우리로 올라가는 산길마다 여기 저기 유채꽃이 가득 피어 있었다. 그 유채꽃 너머에는 무덤들이 보이기도 했다.

미옥은 유채꽃 너머에 있는 무덤을 보자 수운이 말했던 독립군의 묘 인걸 금방 알아차렸다. 한참을 오르고 있을 때였다. 한설은 멈추더니 뒤를 돌아보며 소리쳤다.

거기 누구냐!

유채꽃 너머에 한 무덤을 째려보던 한설은 다시 소리쳤다. 무덤 뒤에서 한 소년이 몰래 흠칫흠칫 훔쳐보고 있는 게 보였다.

아까부터 왜 계속 따라오느냐!

나오지 않으면 내 성스러운 부적을 써서 강제로 나오게 할 것이야.

그때 서야 어린 소년의 모습으로 한 혼령이 걸어 나왔다.

소년은 어린 나이임에도 군인의 복장을 하고 있었다.

소년은 눈물을 흘리며 말하였다.

저는 대한독립군(大韓獨立軍)으로 일본에 맞서 싸우다 죽은 군입니다.

형도 동생도 어머니 아버지도 모두 일본군에 죽고, 억울한 혼령이 되어 이승을 떠돌다 악귀에게 잡아먹히었지요.

부탁이니 저를 거둬 주신 장군님의 혼령만이라도 구해 주시어요.

용옥은 말했다.

내가 도와줄게요. 나도 어머니 아버지가 일본군에 죽어서 아직 혼령을 찾지 못했어요.

소년을 따라 흰 무궁화가 가득 핀 산봉우리에 이르자, 2미터 남짓의 거대한 키의 용맹한 얼굴을 가진 사내의 혼령이 쓰러져 있었다.

한설은 삼신할매의 부적을 이용해 생명의 기운을 불어넣었다. 그제야 사내의 혼령이 정신을 들고 일어났다. 사내는 정신을 차리자 옆에 지켜보던 소년이 환히 웃으며 말했다.

장군님 정신이 드셔서 다행입니다. 하지만 동지들은 모두 일본군에게 죽고 혼령마저 악귀에게 먹혀 버렸습니다.

나는 대한독립군(大韓獨立軍)의 장군이요

장군은 말을 멈추곤 눈물을 흘리며 고개를 숙였다.

내 무슨 면목으로 동지들을 저승에서 만나리

미옥은 장군을 일으키며 말했다.

장군님 우리 함께 악귀를 물리치고 혼령을 구합시다.

하지만 장군은 미동도 하지 않고 고개를 숙이고 눈물만 흘리고 있었다.

그때 소년이 일어서 위엄 있게 노래를 불렀다.

신대한국 독립군의 백만용사야 조국의 부르심을 니가 아느냐~ 삼천리 삼천만의 우리 동포를 건질이 너와 나로다~ 나가 나가 싸우러나가 나가 나가 싸우러나가~ 독립문의 자유종이 울릴때까지~ 싸우러 나아가세 원수들이 강하다고 겁을 낼건가~ 우리들이 약하다고 낙심 할건가~ 정의의 날센 칼이 비끼는 속에 이기리~ 너와 나로다 나가 나가 싸우러나가 나가 나가 싸우러나가~[40]

장군님 싸웁시다. 동지의 혼령들을 구합시다. 다시 총을 듭시다.

장군은 고개를 들고 일어나더니, 옆에 놓여 있던 소총을 들었다.

---

40) 독립군가

다시 봉오동으로 오자 긴 붉은 털로 뒤덮혀 있는 적염귀와 그의 새끼들이 죽은 시체에서 맴돌고 있는 혼령을 먹고 있었다.

장군은 소총으로 정확히 적염귀의 새끼를 맞추자 새끼는 그 자리에서 쓰러졌다. 적염귀는 고개를 돌려 뛰어오기 시작했다. 한설은 서둘러 봉황의 부적으로 결계를 쳤고, 용옥은 금강팔정도로 먼저 달려온 적염귀 새끼들을 상대하였다. 미옥은 한의 검을 들고 적염귀의 거대한 손톱을 피해 공격하기 칼을 휘둘렀다. 적염귀는 거대한 덩치에 비해 날렵하게 미옥의 칼을 피하곤 거세게 공격하였다. 장군은 적염귀에도 총알을 발사했지만 끄덕하지 않았다. 그래서 적염귀 새끼들을 향해 한발 한 발 정확히 쏴서 죽였다. 하지만 금세 적염귀는 새끼들을 수염을 뽑아서 만들어냈다. 적염귀의 새끼들을 상대하는 한설과 용옥이 점차 기세가 밀리고 있었다. 수많은 새끼 아즈마들이 덮쳐드는 것을 겨우 막아서 싸우고 있었다. 한설은 미옥에게 외쳤다.

미옥아 얼른 적염귀의 수염부터 베어내 새끼들을 만들지 못하게 해야 해!

미옥은 한의 검을 들고 수염을 향해 휘둘렀지만, 적염귀는 빠르게 피했다.

적염귀의 거센 손톱이 날아들자 미옥은 그만 피하지 못하고 맞고 쓰러졌다.

그때 장군은 적염귀의 눈을 향해 총알을 쏘자 눈을 맞고는 눈을 감싸 안고 비명을 질렀다.

장군은 미옥을 부축한 뒤 소리쳤다.

이대론 안 되겠습니다. 후퇴합시다!

무궁화가 꽃 핀 봉오리로 돌아왔다. 미옥은 팔을 크게 다쳐 더 이상 칼을 쓰기 어려웠다.

우리 힘으론 역부족입니다.

이대론 싸워서 이길 수가 없습니다.

그때 소년은 뭔가 생각난 듯 말했다.

장군님 산 너머 서쪽에 있는 청산리(青山里)에 동지들이 있습니다.

그들의 힘을 모아서 함께 싸웁시다.

장군은 고개를 끄덕이며 서쪽을 바라보며 말했다.

거기 북로군정서군(北路軍政署軍) 동지들이 있지요. 얼른 갑시다.

청산리는 긴 계곡으로 좌우는 걷기 힘들 만큼 좁고 삼림이 빽빽이 들어선 협곡이었다. 장군은 소리쳤다.

북로군정서군 장군은 어디 있는가? 나 대한독립군 장군이 왔소.

그러자 여기저기 숨어 있던 군인의 옷을 입은 사내들이 나타났다. 그리곤 그 가운데 백발 머리의 나이가 많음에도 불구하고 용맹함이 가득한 사내가 앞으로 나와 말했다.

대한독립군 장군, 분명 악귀 적염귀에게 당하지 않았소

맞소. 다행히도 살아났소.

우리 다시 힘을 합쳐 저 악귀 적염귀를 없앱시다.

그러자 나타났던 수백 명의 혼령이 사라졌다.

보시다시피 안 되겠네, 적염귀는 무시무시한 악귀일세 우리가 힘을 합쳐도 이기지 못해

게다가 우린 이미 일본군에게 패배해서 죽어버린 혼령이야.

억울한 한만 가득 맺힌 원혼이란 말이네, 죽어서도 저 악귀에게 시달릴 필요 없지 않냐는 말 일세

이제 조용히 저승으로 돌아갈 날만 기다릴 뿐이네

그러자 소년이 눈물을 흘리며 말했다.

지금 동지들과 간도의 민중에 혼령이 모두 악귀에 먹혀 죽어서도 고통받고 있어요.

우리 같이 일본군과 싸울 때처럼 힘을 합쳐서 악귀를 물리칩시다.

하지만 북로군정서군 장군은 고개를 저었다. 그리곤 남아있던 북로군정서군의 군인들마저도 모두 숨어버렸다.

그때 소년은 독립군가를 부르며 힘차게 손을 가슴 위까지 치켜세웠다.

신대한국 독립군의 백만용사야 조국의 부르심을 니가 아느냐~ 삼천리 삼천만의 우리 동포를 건질이 너와 나로다~ 나가 나가 싸우러나가 나가 나가 싸우러나가~ 독립문의 자유종이 울릴때까지~ 싸우러 나아가세 원수들이 강하다고 겁을 낼건가~ 우리들이 약하다고 낙심 할건가~ 정의의 날센 칼이 비끼는 속에 이기리~ 너와 나로다 나가 나가 싸우러나가 나가 나가 싸우러나가~[41]

그러자 북로군정서군의 군인들이 하나 둘 씩 모습을 드러내 노래를 부르기 시작했다. 북로군정서군 장군도 노래를 부르는 소년을 보더니 따라 노래를 부르기 시작했다. 그러자 모든 북로군정서군들이 독립군가를 같이 부르기 시작했다. 독

---

41) 독립군가

립군가가 청산리 전체에 메아리쳤다. 노래가 끝나자 북로군정서군 장군은 말했다.

동지들 우리 일본군과 맞서 싸웠던 것처럼 온 힘을 합쳐 싸웁시다.

그러자 수백 명의 독립군들이 나타나 환성을 지르며, 전의를 다지곤, 당당히 독립군가를 부르며 봉오동으로 떠났다. 일본군과 싸웠던 것처럼 수백 명의 독립군이 봉오동으로 모였다. 대한독립군 장군은 북로군정서군 장군에게 말했다.

일본군을 상대로 대승을 거뒀던 것처럼 좁은 봉오동으로 적염귀를 유인합시다.

그러자 북로군정서군 장군은 흰 수염을 쓰다듬으며 고개를 끄덕였다.

봉오동을 중심으로 둘러싸여 진형을 갖추자 북로군정서군 장군은 돌격 신호를 외치며 악귀 적염귀를 향해 총구를 발사했다. 적염귀는 수백 명의 독립군의 혼령을 보곤 수백 가락의 수염을 모두 뽑아서 자신의 새끼인 아즈마들을 잉태했다. 수백 마리의 악귀 아즈마가 독립군을 향해 달려들었다. 그러자 후퇴하면서 적염귀를 좁은 봉오동 계곡으로 유인하였다. 마침내 봉오동으로 적염귀가 들어서자 대한독립군 장군은 돌격 신호를 외쳤다. 그러자 용맹한 모든 독립군은 악귀를 향해 총을 쏘고 칼로 찌르며 싸웠다. 봉오동 청산리 대첩의 일본군과의 전쟁에서 두 차례 승리했던 독립군들의 모습을 다시 볼 수 있었다. 독립군의 용맹한 사기는 엄청난 열세에도 불구하고 일본군과의 전투에서 이길 수 있었는지를 알 수 있었다.

순식간의 전세는 역전되었다. 그 수백만의 악귀들은 모두 독립군의 총에 없어져 버렸다. 악귀 적염귀도 수백 명의 독립군의 총알을 맞고 더는 힘을 쓰지 못하고 주저앉았다. 미옥은 주저앉은 적염귀의 목을 한의 검으로 베어버렸다. 그러자 적염귀의 몸에서 수백 명의 죽은 독립군과 간도에 살던 조선만의 혼령들이 나타났다. 저마다 헤지고 상처를 입은 몸을 가진 모습에 눈물이 가득했다.

악귀에게 먹혀 버린 대한독립군 동지들을 다시 만난 소년은 눈물을 흘리며 서로 부둥켜안았다. 그리곤 못다 부른 독립군가를 함께 부르기 시작했다. 마침내 봉오동 전체에 있던 모든 독립군과 조선민이 부른 독립군이 메아리칠 때 하나 둘씩 혼령들이 저승으로 승천했다. 마지막으로 남은 대한독립군 장군은 적염귀의 죽은 자리에서 주운 붉은 실타래로 엮어진 노리개를 미옥에게 건네면서 말했다.

적염귀가 훔친 붉은 노리개는 수호신 기린의 성스러운 기운이 담겨있습니다.

노리개를 봉오동 뒤편 무궁화가 핀 봉우리에 올라서 기린에게 가져다주면 기운을 차릴 것입니다.

그런데 적염귀의 자리엔 긴 수염의 할아버지가 눈물을 흘리며 주저앉아 있었다.

경신참변(庚申慘變)에 일본군이 오더니 집을 불태우고, 어미는 머리에 총알이 박히고, 자식은 허리가 칼에 잘리고, 손자는 통째로 불에 태워져 버렸다오. 무려 삼만 명의 조선인이 학살당했소이다. 이게 인간이 할 짓인지요 이런 참변이 어디 있냔 말입니다.

할아버지는 한이 서려 애처롭게 눈물을 흘리고 있었다.

미옥은 할아버지를 달래면서 말한다.

할아버지 애석하지만, 인제 그만 노여움을 풀고, 한을 거둬 저승에 있는 자식을 만나러 가셔야지요.

미옥은 할아버지의 눈물을 닦아주고 아리랑을 부르자 그제야 할아버지의 혼령은 하늘로 승천하였다.

봉오동 뒤편은 수많은 무궁화가 피어나 있었다. 그 봉우리에 올라서자 오색 깔 빛을 가진 수호신 기린이 쓰러져 있었다. 기린은 용의 머리와 사슴의 몸을 가지고, 소의 꼬리에 말과 같은 발굽이 있으며 등은 오색 빛이 기운을 잃어 희미하게 비추고 있었다. 기린에게 노리개를 가져다주자 다시 등에 오색 빛이 비치고, 네 개의 발굽에는 하얀 털이 돋아나더니 일어나 봉우리를 거침없이 달리자 흰 발굽에서 고름이 피어났다. 기린은 뽕나무 씨앗을 주고는 등의 오색 빛을 찬란히 뿜으며 봉우리를 넘어 봉오동으로 달려갔다.

뽕나무 씨앗에는 지(智)가 쓰여 있었다. 지란 무엇인지 미옥이 묻자 한설이 대답했다.

지(智)란 올바름과 그릇됨의 시시비비를 판별하는 지혜이다.

한데 단지 많이 배운 자가 지혜로운 자가 아니다.

올바른 지혜를 얻기 위해선 공부를 통해 끊임없이 지식을 습득하고, 지혜로운 사람에게 배우기를 주저하면 안 되며 배움을 다시 올바른 행동으로 실천해야 한다.

그래서 수신제가치국평천하(修身齊家治國平天下)42)라고 이르렀다. 천하를 다스리자면 그 전에 집안을 가지런히 하고, 몸과 마음을 닦아 공부해야 하는 것이지.

---

42) 大學(대학)

나 의 소 원

　모스크바에 미국·영국·소련 3국 외상 회의에서 조선의 신탁통치를 결의하였다. 며칠 후 신문 1면에 '소련은 신탁통치 주장, 소련의 구실은 3·8선 분할 점령, 미국은 즉시 독립 주장'이라는 기사가 났다.[43] 그러자 임시정부 중심의 반탁 통치 진영과 좌익의 찬탁 통치 진영 간의 대립이 격화됐다. 그때 대통령의 정읍발언[44]을 통해서 단독 정부론 주장이 나오자 갈등은 폭발되었고 양 진영 사람들이 거리로 쏟아져 나왔다. 또다시 강대국의 속국으로 전락한다는 거부감으로 인해

---

43) 1945년 12월27일 동아일보 1면
44) 정읍 발언(井邑發言)은 1946년 6월 3일에 전북 정읍에서 '남측만이라도 임시정부 혹은 위원회 같은 것을 조직할 것

신탁통치는 민중들의 민심을 뒤흔들었다. 마침내 찬탁 통치와 반탁 통치로 나눠진 진영은 자유주의와 공산주의의 이념 논쟁으로 번지게 되었다. 해방된 조선은 이념 논쟁의 거센 물결로 소용돌이치고 있었다. 신탁과 반탁의 시위가 한창인 가운데 기차역 앞 한 켠에서 수운은 미옥이와 서울에서 기차를 타고 오는 해월을 기다리고 있었다. 지평선 너머로 끝없이 이어진 붉게 녹슨 철로가 혈관처럼 정선을 관통하고 있었다. 수운은 한탄하면서 말한다.

저 붉게 물든 철로가 피를 빨아들이는 주사바늘처럼 꽂아서 조선을 수탈하고 있구나

미옥아, 혼돈의 신 이야기가 떠오르는구나

남해(南海)의 신 숙(儵)과 북해(北海)의 신 홀(忽)과 중앙의 신 혼돈(渾沌)이라고 했다. 숙과 홀은 때때로 혼돈의 땅에서 만나곤 했는데, 혼돈은 그들을 잘 대접했다. 숙과 홀은 혼돈의 호의에 보답하기로 했다. 사람들은 일곱 개의 구멍이 있어 보고, 듣고, 먹고, 숨쉬는데, 이 혼돈에게만 없었다. 그래서 구멍을 뚫어 혼돈에게도 이를 만들어 주기로 했다. 그리하여 하루에 한 구멍씩 뚫었는데, 7일째가 되자 혼돈은 그만 죽어 버렸다.45).

미옥은 의아하게 생각했다.

---

45) 장자(莊子) 내편(內篇)

아버지, 왜 혼돈의 신이 죽었어요?

도움의 탈을 쓰고, 강제된 탐욕은 죄악을 낳을 뿐이다.

바로 근대화라는 탈을 쓴 일본의 탐욕이 조선을 여기저기 칼로 찢어 놓았다.

이젠 두 도둑놈이 와서 조선을 아예 두 동강으로 찢어 버리려고 하는구나!

붉은 철로를 따라 검붉은 연기를 뿜으며 멀리서 기차 소리가 들려왔다. 기차 앞머리에는 붉은 반점으로 된 일본 깃발이 여전히 그려져 있었다. 마치 검은 살기를 뿜으며, 붉은 반점을 달고 달려오는 거대한 악귀의 모습이 연상되자 미옥은 흠칫 놀라 수운의 등 뒤에 숨어 기차를 숨어 지켜보았다. 온 마을을 울리는 기차 소리를 듣고 여기저기 마을 사람들이 기차에 탄 승객들을 배웅하려고 몰려들었다. 해월은 수많은 사람이 내리는 와중에 기차를 내려 주위를 두리 번 거렸다. 수운이 해월에게 손짓을 하자. 해월이 급하게 수운을 찾아 뛰어왔다. 해월은 수운을 앞에 두고는 한숨을 쉬면서 말한다.

수운, 서울에서 중요한 뉴스를 가지고 왔소

대통령이 단독정부론을 주장했소!

이를 어쩌요 이제 분단이 되겠소!

수운은 한탄하면서 하늘을 잠시 멍하게 보더니 울분을 토했다.

한반도가 분할되는 신탁 통치는 절대 안되오!

분단되면 결국 전쟁이 날 거요!

그러자 해월은 방금 인쇄된 조간신문을 건네 들며 말했다.

아직 희망이 있소. 죽음을 무릅쓰고 김구 선생님이 38선을 넘어 북조선에 가셨소이다.

신문에는 백범 김구의 시국 성명 '삼천만 동포에게 읍고함' 이라는 제목에 글이 있었다. 그 아래는 김구의 간절한 분단을 막기 위한 염원이 담겨있었다.

'나는 통일된 조국을 건설하려다가 38선을 베고 쓰러질지언정 일신에 구차한 安逸을 취하여 단독 정부를 세우는 데는 협력하지 아니하겠다. 나는 내 생전에 38 이북에 가고 싶다. 그쪽 동포들도 제 집을 찾아가는 것을 보고서 죽고 싶다. 궂은 날을 당할 때마다 38선을 싸고 도는 怨卑의 곡성이 내 귀에 들리는 것도 같았다. 고요한 밤에 홀로 앉으면 남북에서 헐벗고 굶주리는 동포들의 원망스런 용모가 내 앞에 나타나는 것도 같았다. 삼천만동포 자매형제여! 붓이 이에 이르매

가슴이 抑塞하고 눈물이 앞을 가리어 말을 더 이루지 못하겠다. 바라건대 나의 애달픈 고충을 명찰하고 명일의 건전한 조국을 위하여 한번 더 深思하라46).

수운은 김구의 시국성명을 보고는 눈을 떼지 못하였다. 그러면서 나지막이 말했다.

김구선생님은 죽음을 무릅쓰고도 분열된 나라를 위해 38선을 건넜소.

김구선생님처럼 갈등을 풀고, 화합할 방법을 찾아야겠소.

수운은 증만을 찾아 말했다.

이제 공식적으로 공동정부와 공동개발을 알리는 공동협약서를 작성합시다.

증만은 머리가 아프다는 듯 손사레를 쳤다.

지금은 머리가 아프니 나중에 하지요

수운은 소리쳤다

어허 말이 다르지 않소

---

46) 1948년 2월 10일부터 12일 김구 시국성명서

청희는 대신 말했다.

좋소 그렇게 하지요 오늘 형님이 머리가 아픈가 보오

수운이 돌아가자 증만에게 청희는 말했다.

형님 걱정하지 마시오. 우선 저들의 원하는 걸 들어줍시다.

그러면 나중에 어쩌려고 이러오?

청희는 웃으며 말했다.

미끼를 먼저 던져야 사냥을 할 수 있지 않소

조만간 빨갱이 사냥을 하잔 말이요

그거 아시요 일본군이 다 도망가도 아직 이 땅의 경찰과 군인은 여전히 그 사람들 이란 말이요

게다가 판사 검사 대통령까지 우리와 뜻이 같잖소

즉 우리편이란 말입니다.

형님 어제 경찰간부와 육군 장교를 만나고 왔소

웃으면서 청희는 말한다.

이번에 확실히 끝냅시다. 검이 안되면 총을 쓰면 되지요

올거니 역시 청희가 머리가 좋구먼

증만은 환히 웃음을 지었다.

조선자유연합과 보도연맹은 공동개발 공동 정부로서 앞으로 지킬 조항이 담긴 협약내용이 있었다.

제 1항 일제의 적산을 공동으로 분배하여 공평한 나라를 세우겠다.

제 2항 기업가와 노동자가 같은 권리를 갖는 나라를 세우겠다.

제 3항 지주와 농민이 같은 권리를 갖는 나라를 세우겠다.

제 4항 남자와 여자의 권리가 같는 나라를 세우겠다.

제 5항 청년의 힘으로 움직이는 나라를 세우겠다.

제 6항 학생이 편히 공부할 수 있는 나라를 세우겠다[47].

왼쪽에는 증만이 대표로 앉아 있었으며 오른쪽에는 수운이 대표로 앉아 있었다. 그리고 그 뒤에는 사람들이 가득 메워 있었다. 두 사람은 서로 싸인을 하고 악수를 하였다. 그러자 사람들이 일제히 손벽을 쳤고 여기저기 환호성이 들리기도 했다. 협약이 끝나고 돌아오는 길 해월은 수운에게 말했다.

드디어 일제가 끝나고 이 땅에 새로운 사회를 만들 수 있겠

---

47) 제주인민위원회

소.

수운도 웃으며 말했다.

학교와 병원을 짓고 이 땅을 새롭게 이룩해서 새로운 새대에는 일본의 죄악을 사라진 땅에서 떳떳하고 정의로운 사회를 물려줘야 될 것입니다.

수운 목숨도 위험할 뻔했는데 정말 고생 많았소.

아닙니다. 독립군들의 노고에 비하면 아무것도 아닙니다.

김구 선생님은 일찍이 독립을 위해서라면 나라의 가장 미천(微賤)한 자가 되어도 좋다고 했잖소

김구 선생님은 일찍이 빼앗긴 국토를 되찾고 도로 잃어버린 주권을 회복하기 전에는 우리는 언제나 부끄럽고, 슬프고, 언제나 비참하다고 했소.

그래서 의열단을 모집해서 맞서 싸웠지요.

내 겨우 잠깐의 위협 따위가 무슨 고생이겠소

이제서야 이 땅을 지켰던 독립군들에게 고개를 들 수 있겠소

얼마 전 김구 선생님이 연설하신 게 잊히지 않소.

내가 바라는 것도 마찬가지요. 오직 한없이 가지고 싶은 것

은 인의가 충만하고, 자비가 충만하고, 사랑이 충만한 정신을 배양하는 문화의 힘이 이 땅에 뿌리 내린 사회를 말입니다.

집으로 돌아온 수운은 새로운 사회를 만들 부푼 꿈을 꾸었다. 오늘따라 유난히 밝은 달빛이 흰 문풍지에 반짝이며 비추었다.

리 지 샹 위 안 소

　북쪽의 산을 넘어가면 으슥한 곳에 8개의 오래된 건물이 다닥다닥 지어져 있었다. 건물 앞 현판에는 리지샹 위안소라고 쓰여있었다. 우울한 잿빛으로 덮인 건물은 저마다 검은 기운이 가득 한 채 그늘이 져 있었다. 그 검은 기운이 유독 강하게 나타난 건물이 있었다. 건물에는 다닥다닥 작은 방들로 여러 개 나뉘어져 있었고 한 방에는 고문하는 도구들까지 있었다. 그 방 중 하나에 놀랍게도 사지가 절단된 채 있는 악귀 신기원요가 검은 기운을 가득 품은 채 혼령들을 집어삼키고 있었다.

　한설은 말한다.

여긴 오래전 일본군이 수백 명의 여인들을 납치해서 더러운 욕망으로 지어진 건물인 위안소야

정말 더럽고 잔혹한 씻을 수 없는 죄악이 가득한 건물이지

아직도 여인의 원한이 가득해서 폐허가 된 건물이지 지금은 근처에 얼씬도 하지 않아

가장 잔혹하게 사지가 절단되어 죽었던 한 여인의 혼령이 악귀 신기원요가 되어

모든 혼령을 집어삼키고 있단다.

모든 게 일본군의 죄악이지

살아서 있던 고통이 죽어서도 반복되고 있는 것이지

신기원요는 자기 몸을 절단하거나 붙이는 자유자재로 공격하는 무서운 악귀야

그 악귀를 처단하는 방법은 나도 몰라 책에도 나와 있지 않아

태백산맥 너머 북동쪽으로 향했다. 거친 태백산맥을 막 넘어섰을 때였다. 산길은 양 갈래의 길로 나누어져 있었다. 한쪽은 오동나무 두 그루가 세워져 있는 좁다란 잘 닦여진 길이 나 있었다. 한쪽은 검은 대나무가 빼곡히 나 있는 넓은 산길

이 있었다. 한설은 해태의 부적을 꺼냈다. 해태가 악귀를 찾으러 나아가는 길로 확인해보기로 했다. 해태는 검은 대나무가 빼곡한 길로 향했다. 한설은 해태를 따라 검은 대나무가 빼곡한 길로 향했다. 검은 대나무로 인해 햇빛이 비치지 않는 어둠의 숲이었다. 음기가 가득하여 필히 원혼들이 있을 것 같았다. 한설은 걱정되는 듯 말했다.

원혼들의 살기로 푸른 대나무가 기운을 잃고 검은 대나무로 바뀌어 버렸어.

원혼들의 비명이 검은 대나무마다 느껴진다.

필시 억울한 원혼들의 한이 가득한 곳이 숲 어딘 가에 있을 것이야.

미옥의 일행은 경계를 늦추지 않고 검은 대나무 숲이 끝나는 북동쪽을 계속 걸어갔다. 그런데 숲을 나오자 다시 처음 양 갈래의 길로 돌아와 있었다. 한설은 다시 한번 해태의 부적을 앞세워 검은 대나무 숲을 향했다. 하지만 역시나 다시 처음 양 갈래 길로 돌아오게 되었다. 이를 이상하게 여겨 다시 양 갈래 길에서 고민하였다. 미옥은 다시 두 갈래의 길을 보자 이상한 듯 고개를 갸웃거리며 말했다.

다시 두 갈래의 길로 돌아왔어요.

한설은 한숨을 쉬며 말했다.

검은 대나무 숲에는 원혼들의 저주로 숲을 건너지 못하게 하고 있어

오동나무 길로 걸어가자 저기엔 살기가 느껴지지 않는다

미옥의 일행은 어쩔 수 없이 오동나무가 있는 다른 길로 걸어가야만 했다.

오동나무를 지나 길 끝에는 오래되고, 낡은 건물이 보였다. 건물에는 '조선혁명정치간부학교'라는 글자가 현관문 위에 새겨져 있었다. 건물 안에는 오래전 학교로 사용한 흔적들이 고스란히 남겨져 있었다. 낡은 칠판에는 여러 글귀가 쓰여 있었으며, 그 앞에는 이미 오래전 쓰지 않아 먼지로 가득한 나무 교탁이 보였다. 교탁 왼편의 벽에는 붉고 진한 글씨로 새겨진 교가가 쓰여 있었다.

꽃피는 고국은 빛 잃고 물이 용솟음치듯 대중은 들끓는다.

억압받고 빼앗긴 우리 삶의 길들 끊는 것만으로 되찾을 수 있으랴

갈 길 몰라하는 동포들이여 오라 이곳 학교의 교청으로

조선에서 자란 소년들이여 가슴에 피 용솟음치는 동포여 울어도 소용없는 눈물을 거두고 결의를 굳게 하여 모두 일어서라

한을 지우고 성스러운 싸움으로 필승의 의기가 여기에서 뛴다48)

한설은 찬찬히 교실을 훑어 보더니 말했다.

민족의 독립을 위해 용맹이 싸웠던 독립운동가들을 양성한 학교야

칠판에는 흰 분필로 쓰여진 글씨가 눈에 띄었다.

'7가살(七可殺)'과 5가지 파괴 대상이라고 쓰여 있었다. 그 아래 7가살로 '조선총독 이하 고관, 군부 수뇌, 대만 총독, 매국적(賣國賊), 친일파 거두, 적의 밀정, 악덕 친일 지방 유지(土豪劣紳)가 쓰여 있었으며, 5파괴로 '조선총독부, 동양척식회사, 매일신보사, 각 경찰서, 기타 외적 중요 기관'이라고 쓰여 있었다. 칠판에 나온 글만으로도 의열단이 맹렬히 독립운동을 조선 전 지역에서 활동하고 있었던 것을 알 수 있었다.

어디선가 성스러운 혼령의 기운이 느껴졌다. 곧 남자의 푸른 혼령이 다가왔다. 푸른 혼령은 죄수의 옷을 입고 있었으며 가슴팍에는 264라는 수인 번호가 쓰여져 있었다.

난 독립운동을 위해 조선혁명정치간부학교 1기로 입교하였소.

---

48) 조선혁명정치간부학교 교가

졸업 후에는 의열단에 합류하여 독립운동하였소

일제의 죄악을 먹고 자란 악귀들로 산 자들은 발길이 끊긴 지 오래되었소,

산 자들이 여긴 어쩐 일이요?

푸른 혼령은 푸른 기운이 가득한 눈동자를 크게 떠서 미옥의 일행을 자세히 훑어보며 놀라움을 감추지 못하였다.

악귀를 없애기 위해 리지샹 위안소를 가는 길이예요.

푸른 혼령은 흠짓 놀라더니 천천히 말했다.

리지샹 위안소는 가장 추악한 일제의 만행이 빚어 놓은 곳이지요.

거기에 가려면 반드시 검은 대나무 숲을 지나야 하오

한데 대나무 숲은 억울한 혼령들의 원혼으로 인해 저주받은 곳이 되어 버렸다오.

그래서 아무도 그 숲을 통과한 자가 없소이다.

푸른 혼령의 말을 듣고서야 이제야 알았다는 듯 이마를 치며 한설은 말했다.

검은 대나무 숲을 계속 맴돌기만 하다가 여기로 오게 되었어

요.

푸른 혼령은 다시 푸른 눈동자를 크게 뜨며 말했다.

숲을 통과하려면 감옥에 갇힌 억울한 혼령들의 원한을 풀어주어야 하오.

검은 대나무 숲에 숨겨진 억울한 혼령들이 갇힌 감옥으로 인도 하리다.

검은 대나무 숲은 대낮인데도 여전히 어둠으로 쌓여 음기가 가득했다. 유독 대나무가 빼곡히 에워싸인 곳으로 갔다.

이 대나무를 베어 보세요.

미옥은 푸른 빛의 한의 검을 빼 들고는 검은 대나무를 베어 내었다. 그러자 검은 대나무가 베어진 자리 뒤로 낡고 오래된 건물이 보였다. 음기와 원한이 가득 느껴지는 건물은 내부에 들어서자 한 평 남짓한 작은 방들이 빼곡히 나누어져 있고 방마다 낡은 나무와 쇠창살로 이룬 문으로 되어있었다. 이곳은 일제가 독립군들을 가두는 데 쓰인 감옥이었다. 좁다란 감옥엔 묻히지 못한 뼈와 해골들이 즐비하게 있었다. 그리곤 그 위로 억울한 혼령들이 슬피 울고 있었다. 혼령들은 저마다 낡고 찢긴 옷 사이로 온갖 고문을 당한 흔적들이 고스란히 몸에 드러났다. 혼령의 몸은 저마다 사지가 잘리고, 불에 지져 살가죽이 뜯기고, 이빨과 손톱이 전부 빠져 버린 고통의 흔적들 앞에서 얼마나 많은 고문을 당했을지 이루 말할 수 없었다. 푸른 혼령은 혼령들을 바라보며 말했다.

의열단은 가장 격렬하게 일제의 탄압에 맞서 저항했던 독립군이었소

저들의 일제에 대한 목숨을 바친 저항이 이 땅의 독립을 이루도록 했소.

푸른 혼령은 저마다 원혼을 풀지 못하는 혼령을 보면서 떨리는 목소리로 슬피 말했다.

독립했지만 저들의 억울한 원혼은 죽어서도 풀지 못하고 여전히 남겨져 있소

 아직도 감옥에서 묻히지 못한 뼈를 묻어 원한을 풀어주시오.

미옥의 일행은 조심스럽게 감옥에 있는 뼈를 고이 들고 감옥 밖에 양지바른 곳으로 가져가서 묻어주기로 했다. 빼곡히 나누어져 있는 감옥마다 뼈들이 즐비하게 뒹굴던 뼈를 하나하나 맞추어 조심스럽게 들고 옮기었다. 그런데 감옥 끝엔 다른 감옥처럼 평범하지 않은 모습이었다.

감옥 문에는 붉은 점과 함께 붉은색으로 731부대라는 글자가 새겨져 있었다. 방 내에는 수술대와 수술 도구가 가득했다. 게다가 맨 안쪽엔 사람을 가두고 밀폐시키는 좁다란 방은 가스통이 연결되어 있으며 방 내에는 수많은 뼈가 쌓여 있었다. 그리고 한 방에는 사람과 원숭이의 심장을 주삿바늘로 찔러 긴 호수로 연결하는 참으로 눈 뜨고 보기 힘든 광경도 있었다. 미옥은 그 괴기스러운 모습에 눈을 차마 뜨지 못하였다. 그런데 방 한쪽엔 수려한 외모의 남자의 혼령이 홀로 앉아 웅크린 채 슬픈 목소리로 시를 읊고 있었다.

가슴 속에 하나둘 새겨지는 별을

이제 다 못하려는 것은

쉬이 아침이 오는 까닭이요,

내일 밤이 남은 까닭이요,

아직 나의 청춘이 다하지 않은 까닭입니다.

별 하나의 추억과

별 하나의 사랑과

별 하나의 쓸쓸함과

별 하나의 동경과

별 하나의 시와

별 하나의 어머니, 어머니[49]

미옥은 시가 너무나 아름다워 혼령에게 말했다.

너무나 아름다운 시어요.

웅크리던 남자는 눈물을 머금은 눈동자로 미옥을 보더니 말하였다.

난 시인이요

멀리 고향에 계신 어머니를 떠올리며 쓴 한의 시요

난 감옥에서 일본군에게 생체실험을 당하고 죽고 말았소.

감옥에 갇힌 독립군들은 일본군에 의해 산체로 장기를 훼손당하고, 독가스와 세균 심지어 동물의 피를 주입당하기까지 했소.

우리는 통나무를 벗기듯, 피와 살을 벗겨 놀이개로 쓰다 버려진 마루타 였소.

혼령의 몸에는 온갖 주사 자국과 여기저기 장기를 훼손한 수

---

[49] 윤동주의 시 별 헤는 밤

술로 인한 자국이 가득했다.

죽어서도 일제에 당한 고통과 원한이 가슴 깊게 남아 있소.

미옥은 시인의 처량한 모습에 눈물을 흘리며 뼈를 고이 담아 감옥 밖으로 가져가 양지바른 땅에 묻어주었다.

마침내 감옥의 뼈를 모두 가져와 양지 바른 땅에 묻어 두었다. 그러자 수 많은 혼령들이 모여들었다. 특히 군인의 복장으로 옷에는 의열단이라고 쓰여 있는 혼령들이 다수 있었다. 혼령들은 군인처럼 줄을 일제히 서서 팔을 저으며 힘차게 노래를 불렀다.

피 끓는 진실한 친구 쇠줄처럼 단결하자

전기를 높이 걸고 나가세 싸움터로

3.1 대학살과 서북간도 토벌대의

동경 대판 신내천에서 흘린 피 그 얼마인가

동방의 강도 일본을 우리 칼로 찌르고

쌓인 원한을 씻고 새 역사를 여세[50]

의열단원들의 노래가 퍼져나가자 점점 검은 대나무 숲은 푸른 대나무의 기운으로 회복하기 시작했다. 혼령들은 저마다

---

50) 조선혁명정치간부학교의 전기가

눈물을 흘리며 하늘 위로 승천하기 시작했다. 의열단이 모두 하늘로 승천한 후로 마지막으로 남겨진 남은 뼈가 있었다. 264번 죄수 번호가 가슴에 새겨진 낡은 옷을 본 미옥은 푸른 혼령의 뼈를 예감하였다. 끝으로 푸른 혼령의 뼈를 조심스럽게 양지 바른 땅에 묻어주었다. 푸른 혼령은 자신의 뼈가 땅에 묻히자 드디어 원한이 풀리는지 참던 눈물을 흘리며 나지막한 목소리로 시를 읊었다.

까마득한 날에

하늘이 처음 열리고

어디 닭 우는 소리 들렸으랴

모든 산맥들이 바다를 연모해 휘달릴 때도

차마 이곳을 범하진 못 하였으리라

끊임없는 광음을 부지런한 계절이 피어선 지고

큰 강물이 비로소 길을 열었다

지금 눈 내리고 매화 향기 홀로 아득하니

내 여기 가난한 노래의 씨를 뿌려라

다시 천고 뒤에 백마를 타고 오는 초인이 있어

이 광야에서 목 놓아 부르게 하리라 51)

푸른 혼령은 푸른 빛을 되찾은 대나무 숲 북동쪽 끝을 가리키며 말했다.

저 대나무 숲 끝을 지나면 리지샹 위안소가 나올 것이오

푸른 혼령은 눈물을 그치더니 밝은 웃음을 지으며, 의열단을 따라 하늘로 승천하였다.

미옥의 일행은 대나무 숲의 북동쪽을 향하였다. 대나무 숲이 끝나는 지점에 이르자 잿빛으로 그을린 건물이 보였다. 건물에는 리지샹 위안소라는 현판이 정문에 새겨져 있었다. 잿빛으로 드리워진 위안소에는 살기가 가득했다. 밝은 대낮에도 어둠의 기운이 건물 전체에 드리워져 있는 것은 필시 강력한 악귀가 살고 있는 것을 예감하도록 하였다. 건물에는 오래된 먼지가 가득했고, 건물 내부는 방마다 온갖 악행을 자행했던 고문과 학대 도구들이 즐비하게 놓여져 있었다. 태양이 뜨겁게 비추는 낮인데도 불구하고 건물 내부는 어둠이 짙게 드리워져 있었다. 건물 내부는 작은 방들로 나누어져 있었다. 방을 들어가자 살기가 안개처럼 가득 흩뿌려져 있었다. 한설은

---

51) 이육사의 시 광야

경각심을 늦추지 않고 말했다.

조심해 악귀 신기원요가 여기 있어

한설은 봉황의 부적을 들고 결계를 치려는 찰나에 팔이 날아와 부적을 낚아채고는 찌져 버리고 사라졌다. 신기원요의 팔이었다. 너무 순식간이라 아무리 찾아보아도 신기원요의 모습이 보이지 않았다. 냉기는 사라지고 다시 모습을 드러내지 않았다.

그리곤 검은 기운이 유난히 강한 한 건물로 들어갔다. 다닥다닥 겨우 사람이 누울 수 있는 작은 방들이 있는 가운데 한 방에서 울음 소리가 들렸다. 미옥은 19번이라고 써 있는 방 앞에서 노래 소리를 듣고 조심스럽게 문을 열었다. 방에는 혼령으로 보이는 소녀가 아이를 임신 한지 배가 불러 있는 몸으로 앉아서 눈물을 흘리며 노래를 부르고 있었다.

타향살이~ 몇 해 던가~ 손꼽아 헤어보니 고향 떠나 십여 년에 청춘 만 늙고 ~52)

미옥은 물었다.

소녀야 여기에서 살고 있니?

소녀는 고개를 끄덕이더니 울음을 멈추고 말하였다.

---

52) 김능인(金陵人)작사, 손목인(孫牧人) 작곡, 노래 '타향살이(他鄕살이)'

난 저 먼 고향에서 일본군에게 끌려왔어

그리곤 같이 끌려온 친구가 일본군에게 사지가 절단되어 죽더니 악귀가 되어버렸어.

3개의 단지에 뿔뿔이 흩어져 버린 시신을 모아 묻어주면 한을 풀 거야

미옥은 소녀를 위로하고는 말했다.

내가 시신이 든 단지들을 모아올게.

한설은 말하였다.

우리 흩어져서 찾아보자

서로 건물마다 단지를 찾아 헤매기 시작했다.

미옥은 한 건물의 옥상에 있는 높은 다락방에서 붉은 단지를 발견했다. 그 순간 팔이 나라와 미옥이의 한의 검을 든 손을 잡더니 한의 검을 멀리 던져버렸다. 손을 봉쇄당한 미옥은 어쩔 도리를 못 하고 있었다. 악귀 신기원요가 제 모습을 드러내며 나타났다. 신기원요는 소녀의 모습으로 흰 소복을 입고 있었지만, 속살이 다 비쳐 보였다. 온몸에는 칼집으로 난 상처가 고문에 흔적을 알 수 있었다. 특히 배에는 거대한 칼자국이 나 있었다. 소름 끼치도록 무서운 눈으로 미옥이의 모든 팔과 다리를 잡고 움직이지 못하게 하더니 혼령을 집어

삼키려고 하였다. 미옥에게 검은 기운이 입과 눈과 귀로 들어와 집어삼켰다. 미옥은 눈을 뜨자 칠흑 같이 어두운 밤보다도 더 깊은 어둠이 눈앞에 드리워졌다. 그러자 보이지 않는 어둠 속에서 여기저기 비명이 들려왔다. 그 비명을 따라갔을 때였다. 흐릿하게 보이더니 한 여인이 여기저기 배와 가슴이 칼날에 찢기며 고통스럽게 비명 지르고 있었다. 그 고통스러운 여인의 사지를 붙잡고 칼을 들고 찌르며 웃고 있는 일본군들이 있었다. 미옥은 그 여인의 고통스러운 모습에 숨이 막혀왔다. 그때 19번 방에서 노래를 부르던 소녀가 나타나 외치는 소리가 저 멀리 밖에서 들렸다. 신기원요에게 소녀가 나타나서 소리친 것이었다.

제발 인제 그만둬!

네 절단된 시신을 모아 주려고 오신 분들이야.

신기원요는 소녀를 보고는 소리치며 말하였다.

일본군들도 똑같이 말했어! 얌전히 있으면 죽이지 않겠다고

내 꼴을 봐 내 사지가 절단된 모습을 보라고 다 죽여주마

나머지 다른 신기원요의 팔이 소녀에 목을 조이고 소녀의 혼령마저 빨아들이기 시작했다.

미옥과 소녀 모두 기운을 잃어가고 있었다.

그때 한설이 청룡(靑龍)의 부적을 써서 신기원요의 공격을 멈추게 하였고 용옥은 미옥과 소녀를 신기원요의 팔에서 구해내었다. 미옥은 겨우 숨을 쉬면서 칠흑 같은 어둠이 눈앞에 사라지더니 눈을 뜰 수 있었다. 신기원요는 공격을 풀고 한설과 용옥을 노려보았다. 한설과 용옥은 각자 한 팔에는 붉은 단지를 들고 있었다. 붉은 단지가 있는 것을 보자 신기원요는 더 이상 공격하지 않았다.

소녀는 외쳤다.

여기 네 시신이 든 단지들을 모두 찾아왔어

이제 이 단지들을 땅에 묻어줄 거야 그러니 제발 원한을 풀고 저승으로 가자

신기원요는 주저앉아 눈물을 흘렸다.

한설은 미옥에게 말했다. 얼른 한의 검으로 신기원요를 베어버려

미옥은 검을 들고 신기원요 앞으로 갔다.

눈물을 흘리는 신기원요는 저항하지 않자 미옥은 한의 검으로 가슴팍을 찌르려고 했다.

그러자 소녀가 안 돼요. 제발 그러지 말아요. 그러더니 아까 부르던 노래를 불렀다.

타향살이~ 몇 해 던가~ 손꼽아 헤어보니 고향 떠나 십여 년에 청춘 만 늙고 ~

그러자 신기원요는 눈물을 흘리다가 쓰러져 버렸다. 그리곤 수많은 소녀의 혼령들이 신기원요에서 나왔다. 저마다 몸에는 수많은 칼자국과 학대와 고문이 흔적들이 가득했고 몇 명은 임신을 한지 배가 불러 있기도 했다. 신기원요가 있던 자리엔 어떤 소녀보다도 많은 학대의 흔적을 갖는 소녀가 눈물을 흘리며 말했다.

죽기전에 고향에 꼭 한번 고향을 보고 싶어요

소녀는 노래를 슬피 노래를 부른다.

고향에 고향에 돌아와도 그린 고향이 아닌 로뇨~

산꿩이 알을 품고 뻐꾸기 제철 울건만~

마음은 제 고향지나지 않고

머언 항구(港口)로 떠도는 구름~

오늘 뫼끝에 홀로 오르니 틴 흰 점꽃이 인정스레 웃고,

어린 시절에 불던 풀피리 소리 아니나고 메마른 입술에 묶여 쓰디쓰다.

고향에 고향에 돌아와도 그리고 하늘만이 높푸르구나.53)

노래를 부르던 소녀는 말했다.

우리 모두 어른 나이로 고향에서 일본군에 끌려와 여기서 죽었어요. 제발 우리들 시신만이라도 고히 묻어주세요. 그리곤 이 붉은 단지는 건물 뒤편에 흐르는 강물에 가면 수호신 백택(白澤)을 해방시킬 수 있어요

미옥은 시신을 모두 묻어 주겠다고 약속했다. 그리곤 미옥은 아리랑을 불렀다.

아리랑 아리랑 아라리요 아리랑 고개로 나를 넘겨주오 ~
그러자 소녀들이 아리랑에 모두 눈물을 흘리며 하늘로 승천했다. 항아리에 있는 시신들을 모두 묻어주고 항아리를 들고는 건물 뒤편에 있는 강가에 쓰러져 있는 백택(白澤)에게 가져다주자

백택(白澤)은 사람 얼굴에 온몸에 눈과 뿔이 달린 소의 모습이 되었다. 백택(白澤)은 기운을 찾고 붉은 불빛을 내며 기운을 차리고 하늘로 날아올랐다. 배나무의 씨앗으로 덕(德)이라는 글씨가 있었다. 미옥은 글씨를 보곤 수운이 했던 말을 떠올랐다.

덕(德)을 갖는 사람은 타인의 불행을 아파하는 마음(측은지심, 惻隱之心)·, 부끄럽게 여기고 수치스럽게 여기는 마음(수

---

53) 채동선 작곡 정지용 시 고향

오지심, 羞惡之心), 타인에게 양보하는 마음(사양지심, 辭讓之心), 선악시비를 판별하는 마음(시비지심, 是非之心)을 갖는 것이다.

손 가 락 총

　역병이 온 조선을 돌고 있었으며, 밭과 논엔 흉작이 지속되어 수확할 곡식이 나날이 줄어들고 있었다. 일제강점기에도 볼 수 없었던 거지나 노숙자들이 길거리에 즐비했다. 길거리에는 어린아이부터 노인까지 배고픔으로 쓰러져 가는 사람들이 넘쳐났다. 쌀을 달라는 구호가 여기저기에 외치고 있었고, 한편에는 쌀가마를 불에 태우며, 성난 민중들의 시위가 전국을 뒤덮고 있었다.

해월은 다급히 수운을 찾아왔다.

수운 들었는가 지금 미군이 미곡수집령54)을 내렸다고 하더군

---

54) 1946년 2월 미곡공출사건 [米穀供出]

마을마다 쌀 오천 석을 내놓으라고 하지 않겠나?

이렇게 되면 오 분의 일인 헐값으로 쌀을 강제로 팔아야 하네

이런 악법이 어디 있는가 말이야!

미군이 조선 땅의 곡식을 죄다 수탈하고 있다니!

일제강점기도 이러진 않았다네, 쌀값은 다섯 배 이상 하늘 높이 솟구치고, 길거리엔 굶어 죽는 사람들이 늘어나고 있다는데, 이 기회를 삼아 매점매석한 친일파들의 쌀은 창고에 썩어나고 있다는데 이게 말이 되는가?

그래서 지금 전국에서 민중들이 폭동이 일어나고 있어!

수운은 화가 난 목소리로 책상을 치면서 일어나 외쳤다.

우리도 나서서 싸워야 하지 않겠는가!

길거리에 수많은 사람이 굶주림에 쓰러져 가고 있었다. 그리고 수많은 민중들이 함께 미군을 향해 미곡수집령 반대를 외치며 소리치고 있었다. 그런데 한편에서는 조선자유연합의 깃발을 흔들며 나타났다. 조선자유연합의 중심에 증만이 나타나더니 손가락으로 민중들을 가르치며 소리쳤다.

이 빨갱이 새끼들 다 죽여버려!

그러자 조선자유연합들이 몰려와 폭력으로 민중들을 진압하기 시작했다.

그리곤 뒤편에서 수백 명의 미군과 국군이 몰려오더니 선두에 있던 연대장은 나타나 소리쳤다.

폭동 사건을 진압하기 위해서는 삼십만 명을 희생시키더라도 무방하다55).

군인들은 총으로 민중들을 학살하기에 이르렀다. 길거리엔 피로 얼룩져 버렸다. 그 광경을 보곤 달려 나가려는 수운을 해월은 막더니 겨우 피신했다. 수운은 죽어가는 민중들 앞에 어쩔 도리가 없었다. 해월은 수운을 부축하여 집으로 함께 돌아와 말하였다.

일본군들이 저질렀던 만행을 고스란히 따라서 죄 없는 민중들을 죽일 수가 있냐 말인가

수운, 지금 학교에서는 학도 호국단(學徒護國團)56)이라며 중학교, 고등학교, 대학교까지 빨갱이를 적으로 교육하고, 군대 훈련을 받게 하고 있어!

---

55) 1948년 4월 3일 제주 4·3 사건
56) 1949년 4월 22일 학도 호국단(學徒護國團)

어제 계엄령을 선포하고, 국가보안법을 만들어 누구나 빨갱이로 낙인 찍고 죽일 수 있게 되었 구만!

손가락 총이라고 아는가?

증만이 손가락으로 지목하자 총으로 쏴 버리지 않았소

이젠 마음만 먹으면 재판도 없이 누구나 즉결처형이 가능해 졌다며!

정말 슬픈 것은 연좌제야

가족, 친구, 친인척까지 모조리 빨갱이로 몰아 씨를 말라버릴 수 있네!

말을 하다가 멈춘 해월은 눈물을 흘리더니 천천히 말을 이었다.

여운형 선생님과 김구 선생님 모두 암살당하고 말았네!

뜻이 다르면 독립운동가마저도 빨갱이로 죽여버린 셈이지

나라가 두 동강으로 쪼개져 헐뜯고 싸우고 죽이고 있소

수운은 머리에 불꽃이 튀었다. 가슴이 찢기는 소리였다. 너무 충격이 커서 한참 말을 하지 못했다. 일제에 그 어떤 탄압에도 살아남은 김구이지 않던가 정작 독립된 땅에 조선인에게 암살당해 죽은 것이다.

이미 수운은 알고 있었다. 예견된 결과였다. 수운은 히로시마에 핵이 떨어진 날 슬픔에 절규하였다. 핵이 떨어진 날 수많은 독립군처럼 수운은 눈물을 흘렸다. 그 눈물은 독립에 대한 기쁨의 눈물이 아니라 독립을 빼앗긴 절규의 눈물이었다.

피카 톤

번쩍 쾅 우레와 같은 소리가 온 땅을 울렸다.

얼마 후 검은 버섯이 온 하늘을 덮치어 피어나더니 히로시마에 멈추지 않고 조선 땅까지 저주가 퍼졌다.

일본이 빠져나간 자리에 미군이 차지했다. 일본에 떨어진 핵은 조선에도 떨어졌다. 찬란한 영광으로 쟁취할 독립은 핵에 빼앗긴 날이었다. 다시 미제의 탄압 앞에 무릎 꿇고 살아갈 나날에 절규했다. 그런데도 마지막까지 독립을 외쳤던 김구가 죽은 것이다. 그와 함께 조선 땅의 독립도 죽었다.

수운은 절망에 빠져 한탄했다.

이젠 전쟁이 일어나도 막을 방법이 없구나!

수운은 낙담하면서 눈물을 흘리며 고개를 숙이며 말했다.

일제가 떠난 자리엔 탐욕에 미친 자들이 그 자리를 차지했구나!

나라를 이념으로 세뇌하고, 민중들을 모조리 빨갱이로 낙인 찍어 죽여버리다니!

부들부들 떨며 주먹을 땅에 치며 수운은 고개를 숙이고 절망하였다.

우 금 치

미옥은 마리아와 더덕을 채취하려고 산에 오르고 있었다. 그런데 저 멀리 노란 꽃이 가득 피어 있는 게 보였다. 노란 꽃을 보더니 눈이 휘둥그레지던 미옥은 마리아에게 물었다.

노란 꽃이 정말 예뻐요. 이게 뭔 꽃이래요?

녹두꽃이란다. 녹두꽃을 보니 떠오르는 소리가 있구나

마리아는 노래를 불렀다.

새야 새야 파랑새야 녹두밭에 앉지 마라 녹두 꽃이 떨어지면 청포장수 울고 간다 새야 새야 파랑새야 우리 논에 안지 마라 새야 새야 파랑새야 우리 밭에 앉지마라[57)

소리가 먼가 구슬퍼요 무슨 소리에요?

농민들을 이끌고 끝까지 일본군과 맞서 싸운 용맹한 장군이 있었단다.

녹두처럼 왜소한 모습이지만 호랑이만치 강직한 용맹함에 사람들은 녹두 장군이라고 불렀단다.

하지만 너무나 슬프게도 일본군에게 패배하고 죽고 말았지

녹두장군은 죽었지만 민중들은 여전히 슬픔을 기리며 불리고 있는 소리란다.

미옥은 마리아가 부르는 노래를 따라 녹두꽃을 바라보았다.

미옥 아버지는 검을 옆에 두고는 눈을 감고 명상을 하며 미옥에게 말한다.

마지막 검도를 알려주마 적멸도검(寂滅道劍)이다

적멸도검(寂滅道劍)은 번뇌와 미혹을 벗어나 고요의 경지로 검도를 행하는 것이다.

적멸도검(寂滅道劍)을 터득한 사람은 생사를 초월한 불생 불멸한 법신을 체득하게 된다.

---

57) 민요 새야 새야 파랑새야

죽음을 두려워하지 마라. 오직 검에 집중하거라

모든 고통은 집착에서 시작되나니 집착을 버리고 오로지 검에만 집중하면 생사를 초월하는 적멸도검을 터득할 수 있다.

수운은 눈을 뜨고 바닥에서 일어나 검을 들고는 미옥과 합을 겨루었다. 미옥은 실력이 나날이 나아져서 이젠 쉽게 지지 않았다.

나날이 성장해 가고 있구나! 이제 훌륭한 검도를 휘두르고 있구나.

이제 마지막 적멸도검은 죽음을 두려워하지 않는 네 마음에서 시작되는 거란다. 두려움을 없애고 오직 검에 몰입하는 경지란다.

그 경지에 이르면 검이 곧 내가 되는 것이다

바로 물아일체(物我一體)의 경지를 향하게 된다.

미옥은 어깨가 아파 검술을 멈출 수밖에 없었다. 우둑서니에 찔린 어깨의 상처가 온몸으로 퍼지는 걸 깨달았다. 상처가 생긴 후로 매일 악몽을 꾸고 있었다. 미옥은 잠이 들 때면 눈에 파묻혀 핏물이 낭자한 어머니 모습이 떠올랐다. 일본군의 칼날에 쓰러져 가며 비명이 들려오기도 했다. 매일 악몽은 더욱 심해져 가더니 정신까지 혼미해졌다. 어떨 때는 악귀들이 나타나 수많은 조선인의 혼을 빼앗아 먹는 것을 보이기도 했다. 고통스러운 나날은 더욱 심해졌다. 미옥의 해쓱해진 몰골에 어깨의 상처가 점차 깊어져만 갔다. 악귀의 기운이 온몸으로 퍼지고 있던 것이었다. 한설은 상처의 심각성을 깨달았다. 고민 끝의 천성산에 기거한 도사를 떠올렸다.

푸른 빛 도사

푸른 빛깔 도포를 입고 다니기 즐겼다. 아픈 자들이 오면 씻은 듯이 낫게 해주던 명의였다. 어떤 이는 그 능력이 신비로워 도술을 쓰는 푸른 빛 도사라고도 했다. 일본군이 온 뒤 자취도 없이 사라졌다. 천성산에 숨어들었다는 소문만 무성했다. 천성산은 깊고 어둠으로 잠식된 산이었다. 낮에도 어둠으로 그림자가 가득했다. 스산한 바람이 불어 들자 공포스러운 소리가 메아리쳤다. 한설과 미옥은 한참을 걸었지만, 어둠만 깊어질 뿐 길을 찾지 못하고 헤매고 있었다. 작은 동굴이 보이자 그때야 한설은 안도했다. 악한 기운을 내쫓고 영험한 기운이 모여드는 굴이었다.

촛불 사이로 푸른 빛의 도복을 입은 남자가 가부좌를 틀고 앉아 있었다.

양손에는 특이한 무늬가 새겨진 화살을 들고 있었다.

왼손 활에는 ☰ 무늬가 새겨져 있었으며, 오른손 활에는 ☷이 새겨져 있었다.

푸른 빛의 도사는 화살을 보며 불길한 표정을 지었다. 일본군이 온 후부터 건(☰)과 곤(☷)의 괘가 계속해서 연달아 나왔던 터였다. 건(☰)과 곤(☷)은 파멸로 점쳐진 점괘였다. 고개를 돌려 미옥을 본 푸른 빛의 도사는 말했다.

악귀가 소녀를 집어삼키고 있소.

성한 기운이 아니었으면 이미 악귀가 집어삼키고도 남았을 거요.

한을 삭히어 성한 기운을 쌓은 덕이요.

알 수 없는 말을 하던 푸른 빛 도사는 미옥의 상처를 유심히 보더니 서둘러 약초를 챙겨왔다. 푸른 빛 도사는 미옥의 어깨 상처에 푸른 빛 맴도는 풀을 입으로 짓이겨 내더니 조심스럽게 발라주었다.

깊은 음지에서 양의 기운으로 뿌리 내리는 산삼과 음의 기운을 흡수하는 개똥쑥이 기운을 보살필게요.

푸른 빛 도사는 한설에게 이토록 강한 악귀가 소녀를 덮친 연유가 무엇인지 물었다. 한설은 도사에게 한의 계약을 설명했다. 이제 마지막 남은 우금치을 말하였다. 도사는 갑자기

두 눈을 치켜뜨고는 공포에 떨었다.

수 만명의 동학 농민이 학살된 우금치요

누군가 수 만의 혼령을 재물삼아 우금치에 지옥의 문을 열었소.

악귀의 기운이 적멸굴까지 뻗어오고 있소.

곧 죄악을 먹고 자란 악귀들로 지배당할 것이요

지옥의 왕 지하적대국은 그 누구도 이길 수 있는 상대가 아니요.

일본군이 뿌린 죄악을 먹고 자란 무시무시한 악귀요.

미옥은 점차 기운이 돌아왔다. 촛불 사이로 굴의 앞에 묘가 있는 것을 깨달았다. 그 묘에는 사발처럼 동그라미를 그리며 차례로 이름이 새겨져 있었다. 그때야 미옥은 혼을 지키려고 동굴에 숨어 지낸 걸 깨달았다. 미옥은 간절히 푸른 빛 도사에게 부탁했다.

수많은 조선의 억울한 혼령이 악귀에게 짓밟히고 있어요.

막지 못하면 저들의 혼마저 악귀가 덮칠 것이에요.

푸른 빛 도사는 매일 일본군에게 처참히 죽임을 당한 사람들이 떠올랐다. 눈물에 파묻혀 더는 살 의욕을 저버린지 오래였다. 매일 세상과 신을 원망하는 나날이었다. 혼령이라도 지키기 위해 세상을 떠나 적멸굴에 은둔을 하였다. 미옥의 말을 듣던 도사는 혼령마져도 악귀에게 먹혀 고통스러워 할 것을 생각하자 치가 떨렸다. 더는 비극이 반복되어선 안 된다. 이 죄악을 씻고 억울한 한을 풀어 새로운 세상을 만들어야 한다.

푸른 빛 도사는 푸른 도자기로 고이 싸여진 물건을 잡아들었다.

푸른 보자기를 풀자 푸른 빛의 거대한 활이 보였다. 한설은 경탄하였다.

푸른 빛의 각궁

새벽 이슬과 신성한 약초만 먹고 자란 푸른 물소의 뿔로 만들어진 푸른 빛이 도는 활이었다.

활엔 8개의 괘가 차례로 새겨져 있었다.

☰ ☱ ☲ ☳ ☴ ☵ ☶ ☷

푸른 빛의 도사는 8괘를 보며 말했다.

우주는 음과 양이다. 음과 양이 섞여 8괘에서 말미한다.

한데 음과 양이 섞이지 않고, 극에 달하면 우주는 파멸한다.

음기가 극에 달하면 양기로서 풀어야 한다.

죄악으로 잠식된 음의 기운을 몰아내고 양의 기운을 터주어야 한다.

푸른 빛 도사는 활통을 꺼내들자 푸른 화살이 보였다. 푸른 화살에는 서로 다른 괘가 끝에 새겨져 있었다. 푸른 빛 도사는 활통에 하나의 활을 잡아 들었다.

☷

활 끝에 새겨진 괘를 보던 푸른 빛의 도사는 놀라워했다.

음 위에 양이로다.

음을 양으로 밝히고, 혼돈을 질서로 바로 세울 때가 왔다.

푸른 빛 도사는 화살을 활 시위에 꽂고 적멸굴 밖으로 쏘았다. 그러자 푸른 빛이 동굴을 가득 비추어왔다. 빛이 점차 사라지자 푸른 빛 도사는 흔적없이 사라졌다.

태백산맥을 너머 서쪽 깊은 곳엔 어둠의 계곡이라고 불리는 우금치 계곡이 있었다. 우금치 계곡은 기다랗고 좁다란 모습을 하고 있었다.　계곡 주위는 노란 녹두꽃이 가득 뒤덮어 피어 있었다. 계곡엔 수천 명의 혼령이 총과 칼에 찔려 있는 게 보였다. 그리곤 수백 마리의 악귀들이 혼령을 빨아먹고 있었다. 그 피비린내가 진동할 것 같은 계곡 중앙에는 거대한 머리가 9개가 달리고 팔이 9개 달린 악귀 지하국대적이 있었다. 자신의 수백 마리의 악귀의 부하를 거느리는 악귀들의 왕이었다. 지하국대적 뒤로는 거대한 병풍이 새워져 있었다. 병풍 뒤로는 동학농민의 뼈들이 탑처럼 쌓여 있었다. 그리곤 병풍을 통해 지옥에서 올라온 수많은 악귀들이 잉태해서 나왔다. 탄생한 악뒤들은 저마다 동학농민의 혼령을 빨아먹고 힘을 키우고 있었다. 나뒹구는 동학농민의 뼈들을 병풍 뒤로 옮겨서 재단처럼 쌓아두곤 새로운 악귀들을 잉태하는 재물로 사용하였다.

한설은 책을 덮고는 한참 말을 잊지 못했다.

악귀들의 왕이자 지옥의 왕이야.

일본군에게 비참하게 학살된 수많은 동학 농민의 혼령을 모조리 빨아먹더니

지옥에 있던 수많은 악귀를 거느리고 이승에서 왕국을 건설했구나!

누군가 우금치에 병풍을 세워 동학 농민의 시체를 쌓아두곤 지하국대적을 불러들였어!

무시무시한 무당이 악귀의 무덤을 파헤쳐 계약했구나!

어서 그 자를 찾아서 막아야 해

그 다음 지하국대적을 죽이고, 저승과 이승을 연결하여 악귀을 잉태하는 병풍을 없애야 한다.

벌써 마을로 몰려오기 위해 군대의 전열을 가다듬고 있어

우금치 계곡으로 떠나자

노란 녹두꽃이 계곡 주위를 아우르고 있었다. 계곡에 다다랐을 무렵 앉아서 울고 있는 남자가 보였다. 남자는 녹두처럼 작고 왜소한 몸이었다. 옆에는 거대한 활을 땅을 놓고는 남자는 슬피 울고는 고개를 들지 못하고 있었다.

미옥은 물었다.

왜 울고 계세요?

모두 내 잘못이야.

내가 다 죽게 내버려 두었어.

다시 남자가 고개를 숙이고 눈물을 흘리며 녹두밭에 고개를 숙인 채 주저앉아 있었다.

무슨 일을 했길래 잘못했다고 하시는 거예요?

나는 동학군의 장군이요 일본군과 맞싸워 동학농민군 2만 명을 끌고 이곳에 와서 전투를 벌였소

그런데 일본군의 총구에 끔찍하게 모두 죽어버리고 말았지요.

모두 내 잘못이요

한설은 말했다.

장군님 저 죽은 혼령들도 모두 죽음을 각오하고 싸웠습니다.

저들의 죽음을 헛되이 하지 마세요

이렇게 자책하는 걸 원치 않을 것입니다.

장군은 다시 눈물을 흘렸다.

용옥이 말했다.

지금이라도 죽은 자들의 혼령을 구하기로 같이 갑시다

죽어서도 고통받게는 하지 말아야 할 거 아닙니까?

저 앞을 보시오. 악귀들이 혼령을 갉아먹고 있습니다.

장군은 그제야 고개를 들고 계곡 아래를 내려다보았다.

수만 마리의 악귀가 혼령을 갉아먹고 있었다.

이럴 수가 저 수많은 악귀가 어디서 나타났는가?

설마 지하 깊은 곳에서 1만 년을 잠자던 악귀의 왕 지하국 대적이 부활했구나!

장군은 눈을 떼지 못한 채 악귀들을 바라보고 있었다.

장군은 다시 주저앉고 말았다.

동학 농민에게 무슨 면목으로 다시 검을 들겠는가?

그때 미옥은 할머니가 말해줬던 농민을 이끌고 싸웠던 녹두장군임을 깨달았다. 그리곤 할머니가 불렀던 노래를 불렀다.

새야 새야 파랑새야 녹두밭에 앉지마라~ 녹두 꽃이 떨어지면 청포장수 울고 간다~ 새야 새야 파랑새야~ 우리 논에 안지 마라~ 새야 새야 파랑새야 우리 밭에 앉지마라~

미옥은 장군에게 소리치면서 말했다.

아직도 사람들은 용맹하게 싸운 농민들과 장군님을 잊지 못하고 있어요

우리 악귀와 싸워서 죽은 혼령이라도 아픔을 달래고 저승으로 보내요!

장군은 검을 들고 일어났다. 장군을 따라 미옥 일행은 달려드는 악귀들을 검으로 물리치기 시작했다.

수 많은 악귀들이 도처에서 몰려왔다. 마치 먹이를 찾은 개미때처럼 사방에서 악귀들이 때로 달려들었다. 너무나 많아 쉴틈도 없이 공격해왔다. 도저히 이대로는 승산이 없어 보였다. 그때 멀리서 푸른 화살이 악귀로 날라왔다. 푸른 빛의 도사는 한번에 여덟개의 화살을 꽂고 거대한 각궁의 시위를 당겼다. 악귀에게 정확히 명중하였다. 대단한 활 솜씨였다. 화살 한 발 한 발이 정확히 명중하면서 순식간에 수십 마리의 악귀를 물리쳤다.

푸른 빛 도사는 미옥에게 다가와 말하였다.

성스러운 검을 든 소녀여 지하국대적은 9개의 머리를 갖고 있소. 거기서 8개는 죽여도 재생하는 환상에 지나지 않소

진짜 머리는 오직 하나 그 머리를 맞추는 건 쉽지 않을 거요

활로 머리를 쏘면 기운이 약해져 분간 할수 있소

그때를 놓치지 마시오

그런 미옥은 도사의 말을 깊이 세기면서도 활에서 눈을 땔수 없었다. 한의 검과 같은 성스러운 기운이 가득한 활이었다. 게다가 경지에 다다른 활 솜씨에 경탄했다. 미옥은 도사에게 물었다.

어떻게 저렇게 멀리서 정확히 활을 명중할 수 있어요?

적멸궁이요.

극으로 달한 음의 기운을 양으로 돌릴 수 있는 영험한 활이지요

한데 조금이라도 음의 기운이 담겨 있으면 쏠 수 없소

마음을 비우고 온몸의 기운을 양기로 집중해서 활을 겨눠야 하오.

푸른 빛 도사는 생각에 잠겼다. 그 동안 일본군에 죽임 당한 동지들에 슬픔 때문에 활을 쓸 수 없었다. 고통의 기억들이 매일 머릿속을 맴돌고 있었다. 하지만 더는 과거의 아픔 속에 살수 없다. 이제 과거를 떨쳐버리고 죽은 동지를 위해서라도 온 기운을 모아 싸울 것을 다짐했다. 푸른 빛 도사는 푸른 활을 잡아 들었다. 푸른 활 끝에 괘가 새겨져 있었다.

☰

마른 하늘에 벼락이 치더니 푸른 빛 도사의 앞에 번쩍였다. 곧 푸른 빛 도사는 놀란 마음을 진정하고는 의미심장한 목소리로 되뇌었다.

음이 극에 달하면 양이 동(動)한다.

양은 번개가 되어 음을 몰아내 새로운 질서를 세운다.

죄악의 싹을 자르고 새로운 씨앗이 뿌려질 때다.

미옥을 바라본 푸른 빛 도사는 말했다.

소녀여 지금 내 말을 명심하소서

해 질 무렵 양기가 극에 달하는 바로 그때 악귀는 가장 약해진다오.

그 순간을 놓치지 말고 집중해서 지하국대적의 머리를 보시오.

해가 지니 때가 왔소.

미옥은 고개를 끄덕이고 한설과 용옥과 더불어 언덕 아래에 우금치 계곡으로 뛰어갔다. 먼저 정면으로 달려내려 간 한설과 용옥에게 수백 마리의 악귀가 때로 달려들었다.

한설은 모든 수호신의 부적을 전부 사용하여 전력을 다하였으며, 용옥은 금강팔정도로 전력을 다해 싸웠다. 미옥은 그동안 뒤쪽 계곡 깊숙한 곳에 있는 지하국대적으로 향했다.

지하국대적은 악귀들이 죽어가는 것을 보고 분노해서 거대한 방망이를 들고 나타났다.

그때 미옥은 정면으로 지하국대적과 마주하고 달려 들어온 힘을 다해 뛰어들었다. 빠르게 달려오는 미옥을 눈치 못 채

더니, 머리 한 개를 칼로 찔렀다. 그러자 지하국대적은 미옥을 손으로 잡더니 땅으로 내팽개쳐버렸다. 그리곤 순식간에 머리가 다시 재생되었다. 쓰러진 미옥에게 다시 지하국대적이 거대한 방망이를 들어 올리더니 내리치려고 하였다. 그러자 동학 장군이 검으로 지하국대적의 머리를 가격했다. 그러자 방망이를 내려놓고 동학 장군을 향해 바라보았다. 그리곤 거대한 바위를 들어서 동학 장군에게 던져버렸다.

미옥은 다시 기운을 찾고 일어났다. 하지만 다리 한쪽이 절뚝거리게 되었다. 미옥은 겨우 일어나서 검을 겨누었다. 거대한 몽둥이를 피하는 것만으로도 벅찰 정도였다. 9개나 되는 지하국대적의 팔마다 들고 있는 방망이들은 쉴 틈 없이 날아들었다. 더는 피할 수 없는 걸 미옥은 직감했다. 방망이를 피하자마자 다시 날아드는 몽둥이를 맞고 그만 한의 검을 놓치고 정신을 잃고 쓰러졌다.

지하국대적은 웃으면서 미옥이 거대한 손으로 움켜쥐고는 입맛을 다시며 혀를 날름거렸다. 그리곤 유난히 짙은 붉은 점을 가진 머리가 탐욕스러운 입을 벌려 미옥의 기운을 빨아들이기 시작했다. 미옥의 기운이 빨려지면서 미옥은 눈동자가 검게 바뀌었다. 미옥은 어둠보다 더 짙은 어둠이 눈앞에 장막처럼 쳐지더니 앞에 우금치 계곡이 보였다. 어둠 속에서 희미하게 동학 농민의 전투 모습이 눈앞에 펼쳐졌다.

해진 한복을 입고 그 모습은 누추해 보였지만 하나하나 눈빛만큼은 강렬한 용기로 불타오른 수만 명의 농민들이 진형을 갖추고 있었다. 총을 들고 제대로 된 싸움을 준비한 포수도 있었지만, 대부분은 죽창을 들거나 곡괭이와 같은 제대로 된 무기 없는 사람들이 많았다. 죽음을 각오한 동학 농민에겐 오직 강탈당한 이 땅의 정의를 세우려는 사명만 있을 뿐이었다. 수만 명의 동학 농민을 향해 푸른 도포 자락을 희날리며 남자가 앞에서 외쳤다.

개벽(開闢)이다!

등불이 물위에 틈 없이 밝았다! (燈明水上無嫌隙)

기둥은 죽어 말라야 오히려 힘이 있으니(柱似枯形力有餘)

나는 하늘님의 부르심을 받겠 노라(吾順受天命)

때다 때다 높이 날고 멀리 뛰어라(汝高飛遠走)[58]

이 땅에 침범하여, 나라를 강탈하고 인민을 짓밟고 아녀자를 강간한 저 일본군을 무찔러 새로운 나라를 세우자!

그 소리에 맞춰 수 만명의 함성소리가 들리더니 총을 들고 달려드는 일본군을 향해 달려들었다. 하지만 총을 앞세운 일본군들 앞에 무참히 죽어갔다. 마치 육신들의 쌓여진 산처럼

---

58) 최제우

시체들이 쌓여갔다. 우금치 계곡 전체에 피로 물들여 갔다. 미옥은 일본군의 학살의 만행에 눈물을 흘렸다. 눈물을 흘리며 슬픔에 소리를 쳤지만 소리 나지 않는 아우성만 맴돌 뿐 동학농민들의 피로 물들인 시체들의 쌓여진 우금치 계곡을 주저앉아 눈물만 흘렸다. 그때 미옥을 깨우는 목소리에 눈을 떴다. 푸른 빛 도사가 미옥을 품에 안고는 일으켜 세웠다.

지체할 시간이 없소.

더는 지하국대적과 수만 마리의 악귀들을 막을 수 없을 것이요.

고개를 들고 미옥은 한설과 용옥이 수많은 악귀에 휩싸여 겨우 버티고 있는 것을 깨달았다. 수만 명 동학 농민의 혼령을 먹고 자란 수만 개의 악귀들이 물밑들이 들어와 한설과 용옥을 공격하고 있었다. 그 수가 너무 많아 더는 버티는 게 불가능해 보였다. 그때 황혼이 지기 시작했다. 해가 산맥에 점차 질 무렵 붉은빛이 계곡을 핏빛처럼 물들였다. 그때 지하국대적의 머리가 흐릿하게 흔들리는 게 보였다. 미옥은 되새겼다.

마음을 비우고 기운을 집중하자

수운이 적멸도검(寂滅道劍)을 가르쳐 줄 때를 회상하였다. 집중해서 보니 중앙에 있는 머리가 유난히 강한 살기가 느껴졌다. 다른 머리들은 흐릿하게 흔들리지만, 중앙에 머리는 강한 살기로 미옥을 꿰뚫어지게 보고 있었다. 게다가 이마 중앙에 아주 짙고 붉은 점이 새겨져 있었다.

저게 진짜 머리구나!

다시 한번 거대한 방망이가 땅을 내리치자 미옥은 옆으로 피하면서 기회를 엿보았다. 그리곤 재빨리 달려가 중앙의 머리 이마에 붉은 점을 정확히 찔렀다. 그러자 지하국대적이 비명을 지르면서 쓰러져 버렸다. 그 소리를 들은 수백 마리의 악귀들도 순식간에 같이 모습을 감추고 사라져버렸다. 그 악귀들이 있던 자리엔 수만 명 동학 농민의 혼령이 원래의 모습을 드러냈다. 하지만 병풍에서는 여전히 악귀들이 튀쳐나오며 소리치고 있었다.

서둘러 미옥은 악귀가 잉태하고 있는 병풍을 한의 검으로 찢겨버리기 위해 칼을 휘둘렀다. 그때 한 여인이 지팡이를 휘두르며 미옥을 막아섰다. 여인은 이마에는 악귀와 같은 붉은 점이 그려져 있었다. 그리곤 한설과 같은 황금 종을 한 손에 들고는 다른 한 손에는 벼락 맞은 대추나무 지팡이를 들고 있었고 오방색 무당의 옷을 입고 있었다. 그의 두 눈은 악한 기운이 가득 뿜어져 나오고 있었다.

용케도 지하국대적을 무찔렀구나!

내 복수를 너희가 망쳐버렸어!

여인은 결심하듯이 소리쳤다. 그리곤 왼손에 들고 있던 황금 종을 흔들더니 기도를 올렸다.

그러자 병풍에서 수많은 악귀가 다시 몰려나오기 시작했다. 악귀들은 미옥의 일행에게 달려들었다. 수많은 악귀가 달려들자 정신없이 미옥의 일행은 맞서 싸우기 시작했다. 그러한 사이에 여인은 오른손에 들고 있던 지팡이의 끝을 손으로 잡아 들었다. 그러자 지팡이에서 한의 검처럼 빛이 가득한 칼날이 드러났다. 붉은빛으로 에워싸인 칼날에는 악한 기운이 강하게 뿜어져 나왔다. 여인은 자기 손가락을 칼로 베어내더니 피를 지하국대적의 머리에 흩뿌렸다. 그러자 지하국대적의 쓰러진 머리에서 악의 기운이 다시 살아났다.

한설은 악귀들과 맞서 싸우며 긴장된 얼굴로 여인을 쳐다보더니 말했다.

복수심으로 악귀와 계약한 게로구나

그러자 여인은 두 눈을 크게 뜨더니 소리쳤다.

부모와 동생을 죽인 친일파들을 모조리 죽여버릴 것이야!

이 땅을 피와 죄악으로 뒤덮어 복수할 것이다.

여인은 붉은 칼날을 움켜쥐고 맹렬하게 미옥에게 휘둘렀다.

미옥은 한의 검으로 맞서 싸웠다. 붉은빛과 푸른 빛으로 가득한 두 칼날이 서로 맞대어 합을 겨루었다. 한설은 악귀들을 봉인하기 위해서 남은 모든 부적을 동시에 꺼냈다. 그러자 8개의 수호신이 동시에 나와 악귀들과 전멸전을 펼쳤다.

한설은 악의 기운으로 살아나는 지하국대적으로 다가갔다. 그리곤 손가락을 깨물더니 흐르는 붉은 핏물로 적신 서낭신의 부적을 지팡이 끝에 꽂았다. 그리곤 지하국대적의 머리에 내리쳤다. 그러자 지하국대적의 악한 힘이 다시 부적으로 봉인되기 시작했다. 한설은 붉은 칼날로 맹렬히 미옥에게 휘두르는 여인을 향해 소리쳤다.

제발 헛된 복수심을 거두세요.

죽은 부모님의 원혼을 위해서라도 그만두세요.

지금이라도 성불하면 지옥을 면할 수 있어요!

구원 따위 필요없다.

복수를 위해 오늘만 기다렸다!

여인은 앙칼지게 소리쳤다.

그의 두 눈동자는 핏물처럼 붉게 타오르고 있었고 붉은 검은 더욱 강렬하게 악한 기운을 내고 있었다.

여인은 복수심이 더욱 불타올랐다.

여인의 붉은 칼날에서 수만의 혼령이 고통에 아우성치고 있었다. 그 고통의 소리가 즐거운 듯 붉은 칼날의 소녀는 말했다.

죄악의 노래가 이 땅을 탐욕으로 구원할 것이다.

이 붉은 칼이 무슨 칼인 줄 아느냐?

저 수만 명의 동학 농민을 학살한 일제의 칼날이다.

죄악의 검으로 이 땅을 죄악으로 뒤덮으리라

붉은 칼날의 기운이 거대해지면서 미옥을 향해 내려치자 미옥의 가슴팍에 찔렸다. 미옥은 땅바닥에 한의 검을 내동댕이치며 쓰러지고 말았다. 붉은 칼날의 기운이 미옥을 뒤덮기 시작했다. 미옥은 혼령의 고통 치는 괴성이 여기저기 들려왔다. 더는 한 맺혀 울부짖는 혼령들의 괴성을 참을 수 없었다. 붉은 피로 물들여 범벅이 된 세상이 미옥의 눈앞에 뒤덮었다. 악귀의 붉은 점이 미옥의 이마에도 새겨졌다. 미옥은 완전히 기력이 다 빠져갈 때였다. 미옥은 아파서 정신을 들 수 없었다. 어머니가 보고싶었다. 흐르는 눈물을 참지 못했다. 미옥은 자기도 모르게 아리랑을 불렀다.

아리랑 아라리요 고개고개로 나를 넘겨 주게~

붉은 칼날의 소녀는 미옥을 끝장내기 위해 붉은 칼날을 들었다. 그때 푸른 기운이 미옥을 애워싸기 시작했다. 소녀는 겁에 질린 얼굴로 뒤로 물러섰다.

화답처럼 멀리 어디선가 아리랑이 들려왔다. 미옥은 아리랑을 듣자 고통이 조금씩 사라져갔다. 붉은 핏빛은 푸른 빛으로 물들였다. 아리랑이 한 맺혀 울부짖는 괴성으로부터 미옥을 구원해 주고 있었다. 아리랑이 미옥을 고통에서 벗어나게 하고 있었다. 아리랑을 듣고는 동학 농민의 혼령들이 미옥의 주위에 몰려들었다. 미옥의 주위를 에워싸더니 붉은 핏빛으로 된 기운을 몰아내고는 푸른 기운을 가득 비추었다. 그러자 붉은 칼날을 휘두르지 못한 채 더는 기운을 쓸 수가 없었다.

어머니는 미옥에게 다가와 상처 난 부위에 입을 맞추었다. 그러자 붉은 칼날에 찔린 상처가 점차 아물기 시작했다. 어머니는 눈물을 흘리던 미옥의 볼을 손으로 닦아주며 말하였다.

강해지거라 성스러움이 드리워지리라

그 어떤 고통도 축복으로 노래하거라

네가 아리랑을 부르면 나도 아리랑을 부를 거야.

네가 싸우면 나도 함께 싸울 거야.

애통하게 죽은 혼령들을 보거라

한을 가슴에 묻고 신명내거라

슬픔의 한이 기쁨의 한이 되어

혼령들이 아리랑으로 구원받을 거야

저들의 한을 어서 풀어주자꾸나.

어머니는 한의 검을 미옥의 손에 쥐여 주었다. 어머니는 미옥을 향해 미소를 짓더니 한의 검에 푸른 빛으로 사라졌다. 주위를 에워싸던 동학 농민의 혼령들도 같이 한의 검으로 스며들었다. 놀랍게도 온 하늘을 뒤덮을 만한 푸른 빛의 성스러운 기운이 미옥에게로 스며들었다.

미옥은 혼령들의 푸른 기운으로 빛나고 있었다. 비로소 미옥은 깨달았다. 한을 풀어주었던 뭇 혼령들이 함께하고 있다는 것을 말이다. 미옥은 붉은 칼날의 기운으로 온몸이 찢어지는 고통이 몰려왔지만 이겨내기로 다짐했다.

한설은 모든 기운을 담아 부적으로 지하국대적을 막고 있었다. 지하국대적의 기운을 겨우 부적에 봉인되자 한설은 끝내 피를 토하며 쓰러졌다. 그 순간 붉은 칼날의 핏빛은 약해져 가더니, 여인은 기운을 잃어가고 있었다.

미옥은 한의 검을 치켜세웠다. 붉은 칼의 여인을 향해 한의 검을 온 기운을 다해 휘둘렀다. 한의 검으로 붉은 칼의 검을 내려치자 붉은 칼은 두 동강 나며 깨져버렸다. 붉은 칼의 여인은 완전히 기운이 빠져 자리에 주저앉고 말았다.

미옥은 서둘러 악귀들이 지옥에서 계속해서 쏟아져 나오는 병풍을 향해 뛰어갔다. 미옥은 한의 검으로 두 동강 찢어 버렸다. 그러자 병풍을 경계로 지옥에서 수많은 악귀가 이승으로 나오려고 발버둥을 치는 결계가 점차 사라져 가는 걸 볼 수 있었다. 쏟아져 나온 악귀들이 모두 절규하더니 점차 사라져 갔다. 여인의 붉은 빛의 칼날도 점차 붉은색이 흐려지더니 마침내 사라져 버렸다. 그리곤 그의 이마에 새겨진 붉은 점도 점차 사라져 갔다. 여인은 눈물을 흘리며 울부짖었다.

광복이 오자 두 손을 들고 덩실덩실 소리치던 어머니 아버지!

그런데 그토록 바라고 바라던 독립이 이뤄졌건만 친일파들에게 고문 끝에 죽고 말았소.

이런 분통한 원한이 어디에 있단 말이냐!

난 친일파들의 복수를 위해 지하국대적과 영혼을 걸고 계약했다.

근데 왜 복수를 막는 것이냐!

용옥은 눈물을 흘리며 절규하던 여인을 안아주며 묵주를 여인의 손에 쥐여 주며 말했다.

내 부모님도 의병으로 싸우다 죽었어요.

그 한을 거두고 부처님께 성불하소서

나무아미타불 관세 보살

여인은 그제야 울음을 그쳤다. 그리곤 묵주를 손에 쥐고는 기도를 올렸다.

여인의 뒤로는 찢긴 병풍들이 바람이 나부끼고 있었다.

한설은 병풍을 모아 부적으로 이어 붙였다,

그리곤 다시 지팡이의 성스러운 기운을 불러들이자

병풍으로 동학 농민의 혼령들이 저승으로 돌아갔다.

한설은 돌아가는 혼령들로 가득한 병풍을 보며 말하였다.

저 혼령들이 이제 새로운 백(魄)을 준비하러 가는구나!

우리의 육신은 혼백(魂魄)으로 이뤄진 거란다.

비록 이 땅의 백은 사라졌지만, 혼령은 사라지지 않는다.

한설은 푸른빛의 혼령들이 병풍 뒤로 사라지는 걸 보면서 긴 탄식 하였다.

한데 현세 욕망에 집착한 인간들은 타락된 혼령이 되어 성스러운 백을 맞이할 기회를 영영 놓치곤 말지.

한설은 혼령들이 사라지자 병풍을 조심스럽게 접어들어 불을 붙였다. 그러자 수많은 혼령이 승천하는 듯 성스러운 푸른빛이 저마다 불타오르며 하늘 높이 사라져 갔다. 한설은 밤하늘에 수놓은 별처럼 타오르며 사라져가는 하늘을 올려다보며 혼잣말로 되뇌었다.

우주는 가장 높고 아름다운 가치로 빚어진 성스러운 혼백으로 나아가길 염원한다.

 지하국대적이 죽은 자리엔 고운 도자기로 만들어진 평범한 사발이 떨어져 있었다.

푸른 빛 도사가 다가와 말하였다.

오래전 일본군에 맞서 2만 명의 동학 농민이 맞서 싸웠소.

그러나 수적으론 압도했지만 총 앞에 모조리 학살당했소

이렇게 핏빛으로 가득한 계곡이 되어버렸지요.

그리곤 악귀들이 몰려와 혼령을 다 갉아먹기 시작했다오.

나는 줄곧 모든 사람은 평등하며, 사람이 곧 하늘이라고 믿어왔습니다만, 악귀를 없애고 성스러다 다다을 되살리니 당신들이 곧 하늘이 내린 신(人乃天)임이 틀림없소.

지하국대적의 죽은 자리에 떨어진 사발을 가리다며 말한다.

저 사발은 우리의 성스러다 의지를 담아 새긴 사발통문(沙鉢通文)에 쓰인 사발이었소

저 사발엔 오래 전 봉인된 현무(玄武)의 성수가 들어 있소

이 성수가 든 사발을 계곡 밑에서 잠자고 있는 현무(玄武)에게 가져다 뿌려주면 다시 깨어날 거요

수 만은 동학 농민의 혼령이 악귀에서 풀려나자 장군은 눈물 을 흘렸다.

전쟁 한번 못해보고 뺏긴 썩어 빠졌던 나라요 동학 농민은

나라를 대신해서 용맹하게 싸웠소.

동학 농민의 용맹함을 반드시 다억해주시오!

때를 만나서는 천하도 힘을 다하더니 다이 다하니 영웅도 어쩔 수 없구나! 백성을 사랑하고 정의를 위한 풀이 무슨 허물이랴

나라를 위한 일편단심 그 누가 알리

장군은 흘러나오는 눈물을 가득 머금은 채 시를 읊었다. 수만의 동학 농민의 혼령이 저마다 눈물 흘리고 있었다. 미옥은 자기도 모르게 눈물이 났다. 그 어떤 것도 저들의 한을 어찌 말로 헤아릴 수 없음을 알고 있었다. 아리랑을 불러 슬픔과 한을 헤아리고 싶었다. 미옥은 한을 온전히 가슴에 담아 아리랑을 불렀다.

아리랑 아리랑 아라리요 아리랑 고개로 나를 넘겨주오 ~

미옥은 아리랑이 동학 농민들 사이로 울려 퍼졌다. 저마다 한 맺혀 울부짖던 아리랑을 듣고는 눈물을 그치고 이만 명의 동학 농민의 혼령이 하늘로 승천하였다.

미옥은 계곡 깊숙이 잠자고 있는 현무(玄武)을 보았다. 현무는 검은색의 두 마리의 거북이 서로 한 쌍으로 이루어져 목과 꼬리가 뱀의 형상을 나타내고 있었다. 현무에 이마에 뿔을 제자리에 끼워 놓았다. 현무는 하늘을 검은빛이 가득 반짝이며 날아올랐다. 그리곤 주황색 빛깔의 씨앗의 성(聖)이라는 글자가 새겨진 들국화 씨앗을 주고 사라졌다.

미옥이 한설에 묻자

성(聖)이란 무엇인가요?

지극한 올바른 마음가짐을 갖고 행하여 마침내 이로운 뜻을 세워 신과 같이 영원히 추앙 받게 되는 것을 성스러움이라고 한다.

사람은 신기를 타고났지만 미혹된 마음으로 악귀가 되버리곤 한다.

하지만 훌륭한 성인은 지극한 올바른 행위로 역사를 바꾸고, 신기를 지극히 키워 신인합일(神人合一)이 될 수 있단다.

그러고 보니 미옥아, 성스러운 기운이 가득하구나!

 한 맺힌 혼령을 가엽게 여기고, 불의를 참지 못하는 정의로운 마음으로 가득해졌구나!

이무기 한이 네게 준 과제들이 신이 되는 성스러운 길로 이끌고 있었던 게다.

골 령 골

밝은 햇살이 드리우던 정오에 미옥과 수운은 검을 겨루고 있었다. 서로의 검은 허공을 가르면서 팽팽하게 맞서고 있었다. 그 때 팽팽하던 기세는 수운의 검을 가로질러 목에 겨누면서 수운을 압도했다. 수운은 검을 내려놓더니 대견스럽게 미옥을 바라보았다.

미옥아 이제 지극한 기운이 네게 왔구나!

사람들은 보이는 천지만 알지 보이지 않는 도는 모른다![59]

도로서 세상을 이롭게 하면(同歸一體), 저절로 영원히 잊히지

---

[59] 최제우 (至氣今至)

않는 인간(無爲而化)이 되어, 만사를 새롭게 알게 된다.60)

그래서 도를 취득한 자는 바로 신이 될 수 있는 것이다

미옥아 도로서 세상을 이롭게 해라!

역사에 영원히 남는 인간이 돼라! 바로 네가 신이 되는 것이다.

수운은 미옥을 대견하게 바라보면서도 강한 어조로 말하였다.

라디오에서 소리가 흘러나왔다.

서울 시민 여러분, 안심하고 서울을 지키십시오. 적은 패주(敗走)하고 있습니다. 정부는 여러분과 함께 서울에 머물 것입니다.", "국군은 총반격으로 적은 퇴각 중입니다. 이 기회에 우리 국군은 적을 압록강까지 추격하여 민족의 숙원인 통일을 달성하고야 말 것입니다.

6.25 전쟁이 발발한 것이다. 사람들은 혼란이 가득했다. 그런데 증만은 수십 명의 동북청년단원과 군인까지 동원해서 보도연맹들을 집마다 찾아 다니며 찾아다니기 시작했다. 그 소식을 전하러 해월은 급하게 수운을 찾아왔다.

---
60) 최제우 (侍天主造化定永世不忘萬事知)

수운 라디오를 들었는가? 얼른 피해야 하네

지금 북조선이 남침해서 한양을 넘어섰다는구먼.

수운은 의아하다는 듯이 말했다.

하지만 우리 국군이 이기고 있지 않은가?

해월은 침통한 표정으로 말했다.

대통령은 이미 남쪽으로 멀리 도망갔네!

그리곤 서울의 피난민들을 그대로 두고는 한강 인도교를 폭파해 버렸다네61)

게다가 증만이 보도연맹들을 군인과 친일 경찰들을 데리고 와서 강제 연행한다고 하더군

뭔가 수상쩍게 얼른 대피해야 하네!

그때 밖에서 소리가 들렸다. 증만이 군인과 경찰을 동원해서 수운 집에 도착한 것이다. 증만은 문을 두드리며 큰 소리로 외친다.

수운 대통령 지시가 있소.

보도연맹은 특별히 모집하라는 지시요.

---

61) 1950년 6월 28일 한강 인도교 폭파사건.

얌전히 지시를 따르는 게 좋을 거요.

수십 명의 사람들이 칼을 차고 증만은 위협하며 말하였다.

마리아는 밖에 온 사람들의 소리를 듣고는 심상치 않은 일이 일어나고 있는 것을 눈치챘다. 얼른 방 안에 있는 미옥의 손을 잡고는 뒷문으로 돌아들어 가 쌀자루가 쌓인 창고로 데려갔다.

미옥아 사람들의 소리가 사라질 때까지 절대 여기 밖을 나오면 안 된다.

할머니 말을 알겠느냐 곧 돌아올 터이니 여기서 기다리거라

마리아는 미옥의 두 손을 움켜잡고는 눈시울이 붉어진 미옥의 두 눈을 바라보며 말하였다. 그리곤 미옥의 두 손을 내려놓고 나가려는 순간 미옥은 마리아의 품에 안겼다. 그러자 마리아는 미옥의 머리를 쓰다듬으며 말하였다.

난 어릴 적 일본군에게 두 부모를 잃어도 절망해 본 적이 없다.

미옥아 어떤 일이 있어도 강해져야 한다.

아녀자들은 강해야만 살아남을 수 있는 세상인 걸 명심하거라.

그리곤 아무렇지도 않게 마리아는 미옥을 남겨두고 창고를 나왔다. 수운은 심상치 않은 운명을 예감하며, 어쩔 수 없이 마리아와 함께 끌려가게 되었다.

얼마나 지났을까 밖에 인기척이 사라지자 미옥은 집 밖으로 나왔다. 하지만 길가에는 아무도 없었다. 미옥은 얼른 한설에게 뛰어갔다. 한설은 겁먹은 미옥을 진정시키고 사람들이 끌려간 산내 골령골을 향해 갔다. 저 멀리 골령골에 끌려가는 수운과 마리아를 보곤 미옥은 뛰어가려고 하자 한설이 붙잡고는 막았다.

미옥아 저기 살기가 가득해

저 골령골에 가면 절대 안 된다. 우리 여기서 지켜보자

동북청년단은 마을 앞 골령골로 사람들을 끌고 갔다. 산 중턱에는 골령골이라는 긴 골짜기가 있었다. 골령골에 들어서자 동북청년단원이 칼을 뽑아 들었다. 살기가 가득한 동북청년단원 우두머리 단장이 외쳤다.

빨갱이 토벌 작전을 시작하자

그러자 보도연맹 사람들이 공포에 질려 웅성거렸다. 그러더니 보도연맹 사람들을 향해 칼과 총을 들고 무참히 죽였다.

한 늙은이는 애원하며 말했다.

대체 무슨 죄를 지었기에 이럽니까? 제발 살려주세요.

하지만 동북청년단원은 미소 지으며 칼을 휘두를 뿐이었다.

그러자 해월은 눈물을 흘리며 작심한 듯 소리쳤다.

이왕 죽는 몸이니 대한민국 만세를 부르고 죽겠다! 대한민국 만세!

해월은 칼날을 가슴에 맞고 쓰러졌고, 수많은 옆에 동료들도 모두 따라 대한민국만세를 부르며 같이 칼날에 쓰러져 갔다.

해월은 피가 흐르는 가슴을 부여잡고는 눈물을 흘리며 마지막 힘을 다해 목 놓아 노래를 불렀다.

부용산 산 허리에 잔디만 푸르러 푸르러~ 솔 밭 사이 사이로 회오리 바람 타고~ 간다는 말 한마디 없이~ 너만 가고 말았구나~ 피어나지 못한 채 붉은 장미는 시들었구나~ 부용산 산 허리에 하늘만 푸르러 푸르러[62]~

그때 동북청년단의 칼날이 수운에도 날아들자 빠르게 피하면서 엎어뜨리고는 칼을 잡아챘다. 수운은 분노에 가득했다. 동료의 죽음을 본 수운의 칼날이 흔들렸다. 그러다 멈칫 칼날의 흔들림이 멈추었다. 그리곤 수운은 결심한 듯 동북청년단

---

62) 안치환의 노래 '부용산'

을 향해 칼을 겨누었다.

얇은 칼날의 쌍칼을 들고 빠르게 움직이는 몸이 뱀 같은 검으로 매섭게 달려들었다. 동시에 두 칼날을 피하는 수운은 전혀 흔들림이 없었다. 피하는 동시에 정확히 심장을 찔렀다. 수운의 칼날 끝에 이제껏 보지 못한 강한 기가 실려 있었다. 그리곤 크고 묵직한 두꺼운 장검의 검을 든 동북청년단원이 달려들자 미리 다 알고 있듯이 피하자 마자 옆구리를 찌르며 공격하였다. 순식간에 2명의 동북청년단을 제압했다. 그때 지켜보던 동북청년단장이 잽싸게 달려들었다. 수운은 단장의 움직임을 눈치채지 못하였고 빠르게 피하였지만, 칼날이 오른쪽 눈을 찔렸다. 눈에서 피가 났다. 수운은 오른쪽 눈에 피가 흐르며 눈을 뜨기 어려웠다. 단장은 웃으면서 말한다.

너의 검법을 파악했다.

상대방의 살기를 오히려 이용하여 급소를 되치는 방법이 훌륭하구나.

게다가 순간순간 칼끝에 힘을 모아서 결정타를 한 방에 날리는 모습이 보통 솜씨가 아니구나.

 하지만 제주도에서 오천 명을 이 칼로 찔러 죽인 내게 쉽게 되지 않을 거다.

내가 오늘 대한민국을 위해서 온 빨갱이들에 휘발유를 뿌리

고 불태워버릴 것이다

둘의 싸움이 팽팽했다. 수운은 이미 한쪽 눈을 다쳐 몸과 칼날이 흔들리고 눈에서 흘기는 피가 손을 거쳐 검 끝까지 흘러내렸다. 그리곤 단장은 강한 공격을 내리치는 척하지만 전과는 다르게 재빨리 수운의 공격을 피하면서 싸웠다. 그렇지만 수운의 찔린 눈에서 피가 그치지 않았다. 수운은 점차 눈에서 피가 쉬지 않고 흘러 앞을 분간하기 어려웠다. 수운은 비틀거리며 서있는 것 조차 힘들었다. 단장은 웃으면서 온 힘을 모아 마지막 일격을 가했다. 하지만 그의 일격으로 방심한 약점이 드러난 순간 수운은 피하며 돌아서서 심장을 찔렀다. 동북청년단을 모두 쓰러뜨린 수운은 칼을 들어 증만을 향했다. 그때 쾅하는 소리가 울렸다. 총알은 수운의 가슴을 관통했다. 증만은 손가락 총을 겨누자 군인들이 총으로 수운의 심장을 겨냥했다. 수운은 가슴을 부여잡고 눈물을 흘리며, 마지막 순간임을 깨닫고 한탄하였다.

칼아, 나는 너를 위하여 우노라!

열 해를 갈고 나니 칼날은 푸르다마는 쓸 곳을 모르겠다.

춥다고 한들 봄추위니 그 추위 며칠이랴.

자지 않고 생각하면 긴 밤만 더 기니라.

푸른 날이 쓸데없으니

칼아~ 나는 너를 위하여 우노라63)

증만은 마구 총을 쏘면서 외쳤다.

모두 쏴 죽여버려라 이 빨갱이 새끼들! 대통령의 명령이다64).

조선자유연합단원과 군인들은 합동으로 총을 겨누고는 일제히 불을 뿜었다. 마구 쏘아대는 총탄의 소리에 거꾸러지며 발악하며 아우성과 비명이 난무했고 한편으로는 눈물을 흘리며 두 손을 들고 대한민국 만세 소리가 처절히 들려왔다. 골령골에 수천 명의 보도연맹 단원들이 무차별로 총에 맞아 쓰러졌다. 그 학살당한 시체들의 붉은 피가 쏟아져 골령골에 가득히 물들여 갔다. 무참하게 내팽개쳐진 육신들을 구렁텅이로 굴러 떨어뜨렸다. 쌓인 시체 더미들이 여전히 꿈틀거린 채 그대로 구렁텅이 속에 던졌다. 곧이어 군인들이 흙을 끼얹어 덮었다.

멀리서 미옥은 수운과 마리아의 죽음을 지켜보고 눈물을 흘리며 비명을 지르자 한설은 미옥의 입을 막고 품에 안았다. 그때 하늘엔 굉음과 함께 폭풍우가 몰아쳤다. 미옥은 소리에 놀라 하늘을 올려다보자 때마침 개기월식이 막 진행되고 있

---

63) 단재 신채호
64) 보도연맹학살 긴급명령 제1호(비상사태에 있어서의 반민족적 또는 비인도적 범죄를 엄중 처단) 1950.6.28

었다. 미옥은 이무기 한에게 씨앗이 담긴 주머니를 들고는 뛰어갔다. 미옥은 한과의 계약이 떠올랐다. 그리곤 전력을 다해 뛰어 용마소로 향했다. 용마소에 도착하자 이무기 한은 이미 개기월식을 보며 미옥을 기다리고 있었다. 이무기 한은 푸른 빛을 가득 머금은 채 미옥의 씨앗의 담긴 주머니를 보곤 말하였다.

약속대로 아홉 가지 씨앗을 모두 모았구나!

이제 한의 노래를 들려주렴.

한의 노래가 끝나면 네가 신이 되어 무릉도원에 가게 해주마

미옥은 눈물을 흘리며 가슴에 맺힌 한을 풀어 아리랑을 불렀다. 미옥의 머릿속에 어머니 할머니 아버지의 모습이 스쳐지나갔다. 미옥은 아픈 한이 가슴에서 목으로 전해져 저절로 꺾여 들어가 소리로 분출했다. 할머니가 말했던 그 가슴에 묻힌 한이 드뎌 소리로 터져 나온 것이었다. 미옥의 아리랑은 아픈 한이 절실한 소리로 나와 삭히고 삭히어 꺾여 들어가 흥으로 이어져 나왔다. 곧 어머니가 있는 무릉도원으로 갈 생각에 기쁨의 눈물로 바뀌어 가며 아리랑을 불렀다.

아리랑 아리랑 아라리요 아리랑 고개로 나를 넘겨주오 ~
강원도 금강산 일만이천봉 팔만구암자 유점사 법당 뒤에 칠성단 도도 못고

팔자에 없는 아들 딸 낳아달라고 석달열흘 노구메 ~
정성을 말고 타관객리 외로히 난사람 괄시를 마라 ~65)

그때 저 멀리서 학살을 마치고 돌아오는 증만이 아리랑을 듣고 용마소로 걸어왔다. 미옥이 용마소에서 노래를 부르는 것을 보게 되자마자 증만은 수운의 딸 미옥인걸 단번에 알아보았다. 증만이 탐욕스런 미소를 머금더니 혼잣말했다.

빨갱이들은 씨를 말려버려야 해

증만은 권총을 들고 미옥의 심장을 향해 발사했다. 미옥은 피를 흘리며 쓰러졌다. 한설은 용마소로 뛰어왔지만 이미 미옥이 쓰러진 뒤였다. 탐욕스러운 미소를 머금은 채 증만이 얼른 자리를 떠났다. 한설은 미옥을 가슴팍을 부여잡고 눈물을 흘렸다. 미옥은 어머니가 보고 싶었다. 어머니가 환히 웃던 얼굴이 보였다. 마지막 온 힘을 다해 아리랑을 불렀다.

아리랑 아라리요 저 고개 고개로 나를 넘겨주게 ~

미옥은 아리랑을 미처 끝내지 못하곤 숨을 거두었다. 아리랑을 따라 미옥의 주위로 수많은 혼령이 모여들었다. 그중 유난히 푸른 혼령이 다가와 눈물을 훔치던 미옥의 볼을 닦아주었다.

---

65) 정선 아리랑

네 애끊는 한이 소리로 터져 나와 가락으로 풀어내니 신명(神明)이로다.

그동안 이름 모를 뭇 혼령들의 아픈 한을 대신 받아들였던 미옥이다. 마침내 살아생전 누구도 이루지 못했던 애끊는 한이 소리로 담아 가락으로 풀어내 그윽한 성(聖)이 되었다. 미옥의 아리랑은 한을 풀어 성스러운 길로 나아가는 신명(神明)의 소리였다. 미옥에 주위로 혼령들은 저마다 아리랑을 듣고 한을 삭히고 신명(神明)을 받아 승천하였다.

네 덕에 한을 풀고 무릉도원으로 승천한 이 수많은 혼령을 보거라.

미옥아 신명(神明)을 받아 무릉도원으로 가자.

눈물 흘리던 미옥은 미소 짓던 어머니 따라 환히 미소 지었다. 미옥은 드디어 깨달았다. 아리랑을 듣고 미소 짓는 어머니의 미소를 보고서야 말이다. 신명(神明)은 죽어서도 풀지 못한 한 맺힌 마음을 위로하고 그윽한 성(聖)으로 나아간다. 미옥은 말로 이루 헤아릴 수 없는 수북하게 쌓인 한을 풀고 성스러운 길로 나아가기로 결심했다. 그 성스러운 길로 나아가 도달하는 곳이 무릉도원이었다.

미옥은 어머니의 손을 꼭 잡고는 수많은 혼령의 축복 아래 함께 무릉도원으로 승천했다.

이무기 한은 푸른빛의 눈물을 흘리며 크게 울음소리로 포효하더니 푸른 비닐을 흩날리며 용마소로 들어가 버렸다. 용마소는 한의 눈물로 푸른빛이 가득 물들어 버렸다. 미옥의 뺨을 타고 흐리던 눈물은 주머니를 적셔 들어갔다. 눈물이 묻은 성(聖)이 새겨진 씨앗에서 싹이 피어났다. 그리곤 미옥의 심장에서 흘러 들어간 피는 나머지 여덟 개의 씨앗에 핏물이 스며들고는 씨앗은 욕(慾)의 글자로 바뀌더니 싹이 피어났다.

들 국 화

〈20년 후〉

　한설은 홀로 골령골로 향했다. 골령골은 뼈와 혼령이 산처럼 쌓인 골짜기가 되었다. 아직도 제대로 묻히지 못한 뼈와 해골이 나뒹굴고 비가 오면 핏물이 흐르고 있었다. 길고 긴 골령골 전부가 뼈와 해골의 무덤으로 놓여 있었다. 1만 여구가 넘는 시쳇더미들은 긴 무덤을 이루며 지워지지 않은 채 남겨져 있었다. 한설은 매일 같이 골령골에 종을 흔들며 기도를 올리고 씻김굿을 행했다. 골령골에는 한 맺힌 혼령의 비명이 한설의 귀에 메아리치고 있었다. 그러던 어느 날 서낭당 뒤편에 있는 한설의 집에 중년의 사내가 찾아왔다. 그 사내는 황금 배지가 달린 고급스러운 정장을 입고 손목엔 금으로 된 염주가 있으며 목엔 금으로 된 십자가 목걸이를 차고 있었다. 뒤늦게 사내를 알아본 한설은 놀랐다. 그 사내는 바로 증만이었다.

증만은 탐욕스러운 미소를 머금더니 말하였다.

만신 한설님 새롭게 시장으로 선출된 증만입니다.

내게 축복과 기원을 바라는 큰 굿을 해달라고 부탁하고자 합니다.

돈은 아주 넉넉히 드리겠습니다.

성대히 굿을 치러서 천지신명께 제 죄를 사해주시고, 천지신명의 복이 나에게 가득하게 해주소서

증만의 탐욕스러운 미소는 보도연맹을 죽일 때 지었던 미소였으며, 미옥에게 총을 쐈을 때 지었던 미소였다. 한설은 증만을 보곤 흠칫 놀라 더 이상 말이 못이었다. 온갖 악귀가 증만의 등에서 아우성치고 있었다. 거기엔 미옥의 한이 고통에 발버둥 치는 모습이 증만의 등에서 보였다. 그런데 놀랍게도 증만의 이마의 붉은 점이 새겨져 있는 게 한설의 눈에 보였다. 악귀에게서만 보였던 붉은 점이 증만에게도 있었다. 일장기의 붉은 점은 일본군의 가슴에 새겨지고, 일본군이 조선에서 사라지자, 일본군에게 죽은 원혼들을 먹고 자란 악귀의 이마에서 새겨지더니, 그 악귀들이 사라지자, 증만의 이마에 붉게 새겨졌다. 그 어디에서도 보지 못했던 짙게 타오르

는 거대한 붉은 점이 증만의 이마에 새겨져 있었다.

증만이 간 뒤로부터 한설은 증만에게 봤던 원혼들의 비명과 그 원혼을 먹고 자란 거대한 악귀로부터 헤어 나올 수 없었다. 지금껏 한 번도 흔들림 없는 한설이 도저히 제정신을 차릴 수 없었다. 한설은 증만의 있던 잔혹한 악귀의 모습에 손발이 떨려왔다. 여느 때처럼 골령골에 씻김굿을 하는데 한 맺힌 혼령들의 비명이 한설의 귓가에 맴돌더니 더는 참지 못해 끊임없이 괴롭혔다. 예전처럼 평정심을 찾지 못한 한설은 고통의 연속이었다. 매일 온몸에서 피가 솟구치는 환상에 갇혀 괴로워했다. 한설은 보도연맹의 쓰러져 간 혼령들이 울부짖는 분노와, 저주와, 회한과, 울먹임 앞에 혈관에서 맥박치고 있던 한이 피가 되어 토하고 말았다. 한설은 오랫동안 고이 접어든 흰 장삼을 꺼냈다.

용마소에 미옥의 피를 먹고 자란 피나무가 수북이 흔들렸다. 바람에 흔들릴 때마다 미옥의 비명과 아리랑이 겹치어 한설의 귓가에 울렸다. 한설은 수많은 한으로 새겨진 종을 피나무에 작게 핀 들국화 옆에 내려놓았다.

흰 장삼 소매를 뻗어 살풀이를 시작했다. 장삼 소매가 하늘로 뻗어 올렸다. 장삼 소매가 뻗을 때마다 고통스러운 한설의 마음이 평안해져 갔다. 어느 순간 한설의 장삼 소매가 하늘로 휘날릴 때 미옥의 장삼 소매가 같이 하늘을 휘날렸다.

미옥의 장삼 소매가 한설에 장삼 소매로 맞닿았을 때, 미옥의 혼이 한설의 혼에 맞닿았고, 미옥의 한이 한설의 한으로 맞닿았다. 마침내 장삼 소매가 하늘 꼭대기를 향해 솟구쳐 흩뿌리자 미옥이 웃음을 지었고, 한설도 웃음을 지었다. 한설은 장삼 소매를 용마소로 치켜들었다. 용마소의 푸른 빛 계곡물로 서서히 장삼 소매가 적셔 들고 있었다. 장삼 소매가 푸른 빛을 가득 머금고 적셔둘 때 미옥의 아리랑이 미옥의 입에서 한설의 입으로 계곡에 울려 퍼졌다.

아리랑 아리랑 아라리요 아리랑 고개로 나를 넘겨주오 ~
강원도 금강산 일만 이천 봉 팔만 구 암자 유점사 법당 뒤에 칠성단 도도 못고
팔자에 없는 아들 딸 낳아달라고 석달열흘 노구메 ~
정성을 말고 타관객리 외로히 난사람 괄시를 마라 ~
세파에 시달린 몸 만사에 뜻이 없어 홀연히
다떨치고 청려를 의지하여 지향없이 가노라니
풍광은 예와달라 만물이 소연한데
해저무는 저녁노을 무심히 바라보며
옛일을 추억하고 시름없이 있노라니
눈앞에 왼갓것이 모두시름 뿐이라
아리랑 아리랑 아라리요 아리랑 고개로 나를 넘겨주오 ~
태산준령 험한 고개 칡넝쿨 얼크러진 가시덤불 헤치고
시냇물 구비치는 골짜기 휘돌아서 불원천리 허덕지덕 허위단

신

그대를 찾아왔건만 보고도 본체만체 돈담무심(頓斷無心)

아리랑 아리랑 아라리요 아리랑 고개로 나를 넘겨만 주소~66)

긴 장삼이 모두 푸른 빛 물결에 잠겨 더 이상 보이지 않을 때까지 아리랑은 계곡에 메아리 쳤다. 미옥이 못다 부른 아리랑을 한설이 목메어 불러 한 맺힌 혼을 분출하였다. 계곡에 울려 퍼진 아리랑은 용마소의 푸른 물결과 더불어 서서히 잔잔해져 갔다. 한설이 죽던 날, 별들이 애처롭게 반짝이더니 저마다 떨어졌다. 이제 그 누구도 한 맺힌 혼령을 헤아려주지 않기 때문이다. 한을 풀어 성스러운 별이 되었던 세상은 끝나버렸다. 탐욕으로 번뜩이는 생의 욕구가 만든 불빛들이 그 자리를 대신 차지하는 세상이 되었다.

연곡사 불당에 용옥은 미옥의 이름이 적힌 이름표 앞에 십자가 목걸이를 걸어 둔 채 조용히 목탁을 두드리고 있었다. 미옥의 이름 옆에는 수천 개의 위패가 나란히 세워져 길게 나열되어 있었다. 지난 20년 매일 같이 목탁을 두드리며 미옥의 죽음을 추모하던 용옥이었다. 용옥은 아직 미옥과 보도연맹 사람들의 죽음에 헤어 나오지 못하고 있었다.

---

66) 정선 아리랑

용옥을 따라 매일 같이 와서 기도하는 사람들이 있었다. 살아남은 자들은 매번 눈물로 지새우며 기도를 올렸다. 하지만 누구나 눈물만 흐를 뿐 속으로 삭이고 삭일 뿐이었다. 누구에게도 하소연하지 못하고 있었다. 살아남은 자는 저마다 학살의 기억을 다시 학살해서 기억의 학살로서 살아남을 수 있었다.

연좌제라는 대물림은 골령골의 이후로도 학살을 자행하고 있었다. 그 이유는 빨갱이였기 때문이다. 일장기의 그려진 붉은 점을 스스로 얼굴에 새긴 친일파들은 해방되자 자신에게 새겨진 붉은 점을 저 억울하게 희생당한 순진무구한 사람들에게 새기더니, 빨갱이로 둔갑시켜 죄악을 이식하는 데 성공하고 말았다. 빨갱이는 인간이 아니었다. 빨갱이는 죽어야만 살 수 있었다. 빨갱이라는 죄악은 학살 현장에서 살아남은 자들 주위를 유령처럼 배회하며 평생 괴롭혔다. 학살 현장에 살아남은 자들은 숲에서 홀로 배회하는 사슴처럼 살아남아, 그 순진무구한 눈망울에서 눈물을 머금은 채 홀로 살아남은 죄책감과 빨갱이라는 거짓된 낙인을 가슴에 새긴 채, 숨죽이고 남은 생을 살아갔다. 하지만 그 기억의 학살과 빨갱이의 낙인을 버티지 못한 순진무구한 자는 참혹한 트라우마와 분통의 기억 앞에서 스스로 목을 매 기억의 자살로서 고통을 씻어낼 수 있었다.

용옥은 기도를 마치고 불당에서 일어나 연적지로 걸어갔다.

그런데 연곡사 중앙에 가장 크게 증만이라는 이름의 연등이 붙어있는 게 보였다. 용옥은 눈을 크게 뜨고 연등에 붙은 이름을 다시 확인하고는 경악하였다. 용옥은 그 이름을 보곤 다시 20년이 지난 골령골의 일이 회상되었다. 아무리 지우려고 애써도 그 기억만 남긴 채 지워지지 않는 골령골의 학살이 용옥을 다시 괴롭히고 있었다. 용옥은 밤새 잠을 못 이루곤 이른 새벽부터 불당에 가서 목탁을 두드렸다. 그다음 날 아침이 되자마자 용옥은 결심한 듯 불당을 나와 짐을 싸서 주지 스님을 찾아갔다.

주지 스님은 용옥을 보자 환히 웃으면서 말한다.

때마침 잘 왔소. 기쁜 소식이 있소

새롭게 임명된 증만 시장님이 사찰을 재건할 큰돈을 기부하기로 약속했소

드디어 사찰 전부를 재건할 수 있게 되었습니다.

용옥 스님 이 얼마나 기쁨 일입니까.

용옥은 엄숙한 얼굴로 고민 끝에 천천히 입을 열었다.

주지 스님 이십 년이나 절을 지켰습니다. 이제 절을 출가하여 탁발승 되고자 합니다.

왜 그러십니까 용옥 스님 이 절을 일으킨 장본인이지 않습니

까?

이렇게 기쁜 일이 있는데 떠난다니요?

주지 스님에게 말없이 고개를 숙여 합장하고 용옥은 사찰을 나왔다.

용옥은 용마소로 왔다. 미옥의 죽음 이후 20년 만의 용마소로 오게 되었다. 미옥의 시체를 직접 묻었던 용옥은 여전히 그날의 기억이 생생히 떠올랐다. 미옥을 묻고는 미옥의 목에 걸린 십자가 목걸이를 매일 가슴 품에 넣어 갖고 있었다. 용옥은 가슴 속에 흐르는 한이 그칠 기약조차 없었다. 용옥은 용마소에 수북하게 자라 있는 피나무에 놀랐다. 피나무가 흔들릴 때마다 미옥의 한 맺힌 아리랑이 용옥의 귀에 고통스럽게 메아리쳤다. 그 피나무 옆에는 작게 피어 있는 들국화가 있었다. 들국화엔 한설의 종이 놓여 있는 것을 본 용옥은 자신도 모르게 눈물을 흘리곤 그 자리에 주저앉았다. 용옥은 한설의 종 옆에 미옥의 십자가를 함께 놓고는 흙으로 조심스럽게 묻어 두었다. 용옥은 새로 만든 무덤을 손으로 어루만지더니 손등에 눈물을 적시며 외쳤다.

대체 이 한을 어찌 풀어야 하는가?

새로 만든 무덤은 높이 솟았으나, 들국화는 꺾여 비틀어지더니 바람 곁에 저 멀리 용마소 너머로 흩어져버렸다.

작가의 말

아리랑 아라리요 고개 고개로 나를 넘겨 주게 ~

  어릴 적 매일같이 할머니가 부르던 아리랑이 지금도 귀에 맴돈다. 할머니의 구슬픈 아리랑을 들을 때 면 질문들이 머릿속에 맴돌았다. 아리랑을 사랑하게 된 연유는 무엇일까? 어떤 삶의 애한이 있었길래 슬픈 가락의 아리랑을 매일 부르게 되었을까? 할머니가 돌아가시면서 풀지 못한 숙제처럼 남겨진 질문들 속에서 소설을 쓰기 시작했다. 그 질문들을 따라 거슬러가면서 우리의 슬픈 역사의 아픔을 마주할 수밖에 없었다.

역사의 회복

 19세기를 봉쇄하고 싶다던 이상(李箱)의 외침은 꺾여진 날개짓으로 날아오르지 못한 자유를 말한다. 21세기 여전히 자유의 날개짓은 제국주의에 불길로 꺾여 비틀거리고 있다.

 해방은 너무나 눈부신 것이었다. 그 기쁨도 잠시 일제의 죄악들을 씻어내기도 전에 두 제국주의 침략은 독립군들의 정의로운 정신과 민족의 주체성을 말살시켰다. 그 결과 민족상잔의 전쟁으로 이어지고 분단이라는 비극의 씨앗이 뿌려졌다. 70년이 지난 오늘날, 비극의 씨앗은 거대한 나무가 되고, 열매를 맺어버렸다. 전쟁의 소용돌이 앞에서 남겨진 거라곤 찢어 버리고 잘려진 극단적 이념이었다. 친일파보다도 더욱 증오한 건 빨갱이와 적대적 분단선이다. 이젠 돌이킬 수 없는 분단의 역사 앞에서 죽은 자는 말이 없지만 역사는 두 눈을 부릅뜨고 처절한 애한을 울부짖는다. 우린 애한 가득한 역사의 회복이 필요할 때이다.

 오늘날까지 제국주의 질서는 유지되었으며, 이념 아래 폭력의 기억은 학살되었다. 기억의 학살은 빨갱이로 낙인찍음으로써 기억의 자살로 이어져야 했었다. 이제라도 해방공간의 지워진 기억과 비극의 씨앗을 다시 파헤쳐 돌이켜보아야 한다. 빨갱이란 이름으로 묻혀버린 역사의 진실을 마주해야만 한다. 이 소설은 판타지로나마 해방공간에 살던 민중의 열망을 담아 잃어버린 역사의 회복을 기원하며, 비극에 파묻힌 영령들의 한을 풀고 싶었다.

이념의 회복

　6.25전쟁보다 국가폭력에 자행된 학살로 희생된 사람이 훨씬 많다. 특히 보도연맹 사건은 70년이 지난 오늘까지도 백 만 명 가까이 빨갱이란 이름으로 억울하게 희생당했어도 어떤 진실도 드러나지 않았다. 국가폭력은 이념의 질곡 앞에서 누구도 말하지 못 하도록 은폐할 수 있었다. 이렇게 된 것에는 서구 제국주의 심어놓은 이념이었다. 일본의 제국주의가 끝나자 다시 서양의 두 제국주의로 승계됐다. 서구 제국주의로부터 이 땅은 다시 전쟁과 학살이라는 폭력으로 기만당한 슬픈 역사였다.

　서구 제국주의는 일본 제국주의 보다 더 악랄하고 은밀하게 이식되었다. 그것은 물리적 폭력에 그치지 않고 보이지 않는 유령으로 우리를 홀리고 있다. 그 유령은 이념이다. 이념은 조선을 두 땅을 찢어 놓은 것에 멈추지 않고 우리의 정신적 주체성마저도 두 조각으로 찢어 놓아 버렸다. 서구 제국주의는 냉정 이데올로기뿐만 아니라 종교와 문화처럼 보이지 않는 정신적 씨앗으로 여태껏 노예의 도덕과 노예의 이념으로 우리를 지배하기에 이른다. 서구 제국주의 이념은 니체가 경고했던 노예도덕을 성공적으로 이식되었다. 서구 제국주의 짙은 그늘 안에 가려져 꼼짝달싹 못 하는 사대주의 속에서 살아가도록 만들었다. 그 결과 물리적 폭력보다 더 은밀하고 치밀하게 정신적 폭력과 이념의 지배에 놓인 시대가 되었다.

주체의 회복

정의가 사라진 시대가 되었다. 정의를 위해 싸우던 성년들은 탐욕스러운 칼날에 죽어 버렸지만 아무도 기억하지 못한다. 그 대가는 탐욕이 곧 정의가 되는 탐욕의 시대가 되었으며, 자본가들의 탐욕 아래 민중의 주체성이 말살한 신자유주의 시대가 되었다.

민주주의 역사는 권력자가 아닌 민중 스스로가 만들어 가야 한다. 그러기 위해선 먼저 권력자로 쓰인 역사가 아닌 민중의 역사가 주체가 되어야 한다. 일제강점기에 단순한 독립을 향한 열망이 아닌 주체적인 정신과 새로운 나라를 꿈꾼 열망이 독립군과 동학농민운동에 있었다. 그러한 열망이 어떤 일제의 압제에도 굴복하지 않고 목숨 바쳐 싸워 주체적인 이념과 역사를 세우게 꿈꾸어 왔다.

동학농민운동은 인내천 사상을 통해서 서구 노예 신앙을 거부 했으며, 독립군은 주체적인 민족성을 통해 제국주의를 거부했다. 우리는 그들의 정신을 계승하여 새로운 민중이 주체로 되는 역사를 만들 수 있다. 지금이라도 일제강점기부터 해방공간에 이르기까지 주체적 역사를 꿈꿨던 독립운동가들과 동학농민운동의 추구했던 가치를 재조명해야 할 것이다.

독립운동가 백범 김구는 책 '나의 소원'에서 민중을 짓밟는 제국주의가 아니라 민중이 주체가 되는 문화강대국의 국가를 꿈꿨다. 이처럼 제국주의의 만행이 빚어낸 역사를 반복하지 않기 위해서 근현대사의 질곡에서도 주체성을 외쳤던 민중의 역사를 돌이켜보고, 주체적 가치를 회복하는 것이 새로운 역사의 시작점이다.

  마지막으로 일제의 탄압에 희생당한 조선 민중과 당시 빨갱이란 이름으로 억울하게 죽어야 했던, 제주 4.3, 여순 민중 항쟁, 보도연맹 백 만의 민중 앞에 이 글을 바치는 바이다.

한의 노래

발   행 | 2024년 06월 25일
저   자 | 고석호
펴낸이 | 고석호
디자인 | 윤현준
펴낸곳 | 생각방앗간
출판사등록 | 2024.05.03.(제2024-000011호)
주   소 | 강원특별자치도 춘천시 퇴계동 395-36
전   화 | 0507-1316-9709
이메일 | immunmill@gmail.com

ISBN | 979-11-987885-1-1(05810)

ⓒ 한의 노래
본 책은 저작자의 지적 재산으로서 무단 전재와 복제를 금합니다.

ISBN 979-11-987885-1-1